Johanna Lindbäck

Landkarte für Verliebte und andere Verirrte

Johanna Lindbäck

# Landkarte für Verliebte & andere Verirrte

Aus dem Schwedischen von Susanne Dahmann

Urachhaus

Die Originalausgabe erschien 2017
unter dem Titel *Karta för förälskade & andra vilsna*
Lilla Piratförlaget AB, Stockholm.

Die Übersetzung dieses Buches wurde durch die freundlich gewährte Förderung des Swedish Arts Council finanziell unterstützt.

ISBN 978-3-8251-5185-0

Erschienen 2020 im Verlag Urachhaus
www.urachhaus.com


Umschlaggestaltung: Rothfos & Gabler, Hamburg,
nach einer Idee von Marianne Pettersson-Soold
Gesamtherstellung: CPI books GmbH, Leck

# Julia

Als sie auf die Brücke rauffuhren, die das Festland mit den Inseln verband, schickte sie Isak eine SMS. »Von jetzt an im Flaschenpost-Modus. Kuss!«
Es war erst zwanzig nach acht, also entweder schlief er, oder sie waren dabei, das Auto zu packen, um dann auch wegzufahren. Aber später, wenn er es sehen würde, dann würde er irgendwas in der Art von »Go for Dalarö!« oder »Kuss!« zurückschreiben. Schwindelerregend.
Dass *sie* in einem Auto saß und mit einem Typen textete, der ihr *Freund* war, und dass dieser Freund *Isak* war. Dass sie ihm Sachen wie »Kuss!« schrieb. Dass sie gerade noch Mittsommer zusammen gefeiert hatten. Als ob das total normal wäre. Julia hatte sich noch nicht daran gewöhnt. Morgen hatten sie Zweiwöchiges. In diesen zwei Wochen hatten sie sich siebenmal getroffen, aber immer noch kribbelte es vor Aufregung, wenn sein Name auf dem Handydisplay auftauchte. Erst mal, weil er es war, und dann, weil er möglicherweise enttäuscht klingen könnte, oder noch schlimmer: verärgert, und weil er sagen könnte: »Wir müssen mal reden, richtig?«. Weil er alles kapiert haben könnte.
»Jetzt wird es vielleicht weniger.« Ihr Vater nickte zum Auto vor ihnen, das plötzlich über einen Meter weiterfahren konnte.
Es würde nicht weniger werden, und das wussten sie beide. Obwohl es Montag nach Mittsommer war und der Urlaub für

viele sicher längst begonnen hatte, stand hier alles. Das sollte eigentlich niemanden mehr schockieren, vor allem nicht, wenn derjenige fünfzehn Jahre lang über die Skurubron gefahren war. Hier war immer Stau. Trotzdem hatte Papa darauf bestanden, dass sie im Morgengrauen aufstanden, um zeitig loszukommen. Soll heißen, genau zur morgendlichen Rushhour. Jetzt saß er da und seufzte abwechselnd und trommelte ungeduldig aufs Lenkrad, während sie sich im Halbmetertakt vorwärtsschoben.

»Kannst du damit nicht mal aufhören?«, bat sie. »Was soll eigentlich der Stress? Wir haben doch keinen Termin.«

»Ne, klar … Ich will einfach ankommen. Und dann müssen wir noch einkaufen, und …«

Julia sagte nichts, sondern versuchte ruhig zu atmen und sich nicht aufzuregen. Ließ den Blick über die Autos um sie herum wandern, über das Wasser, den Skurusund und die schlossigen Villen mit Ufergrundstück. Astrid wohnte auch in so einem Haus, das man von hier aus aber nicht sehen konnte.

*Astrid ist scheißegal. Es sind Ferien. Freu dich. Denk an Isak. Mhm, supersüß. Denk an ihn.*

»Muss dieses Jahr draußen irgendwas gemacht werden? Streichen oder so?«, fragte Julia.

»Doch, ich hatte vor, den Schuppen zu streichen.«

»Das kann ich machen.«

Ihr Vater sah sie erstaunt an. »Ach so? Ja, klar.«

Julias großer Bruder Arvid beklagte sich immer, dass ihre Eltern das Konzept Ferien nicht begreifen würden. Er hingegen tat das und wollte nicht »wie ein armer Irrer schuften«, wenn er mal frei hatte. Arvid fand, dass er und Julia, sowie sie draußen am

Sommerhaus ankamen, mit einer anstrengenden Sache nach der anderen zugeknallt wurden.

»Ja, ich habe Lust, was zu arbeiten«, erklärte sie nun. »Holz hacken oder den Graben freischaufeln oder was in der Art. Wovon man hinterher richtig fertig ist.«

So fertig, dass man abends nicht mehr wach liegen und grübeln kann. Nicht einmal über eine supersüße Person. Man fällt einfach ins Bett. Der Zustand wäre so schön.

Ihr Vater nickte. »Wir finden bestimmt was von dem Kaliber.« Dann legte er ihr den Arm um die Schulter. »Fühlt sich doch trotzdem gut an, mal rauszukommen, oder, mein Schatz?«

*Trotzdem*. Er und Mama meinten, sie wäre enttäuscht. Und ja, das war sie schließlich auch, aber nicht wegen dem, was sie glaubten. Obwohl, schon wegen dem. Auch. Plus wütend. Plus Schnauze voll. Und traurig.

Der Plan war ja gewesen, dass Julias beste Freundin Karin diese Woche mitkommen sollte. Genau wie sie in den letzten sechs oder sieben Jahren mitgekommen war. In der guten alten Zeit, als das eine Tradition war, die keine von ihnen missen wollte, nannte Karins Vater das immer ihre »Sommerlagerwoche«. Zu Beginn des Sommers immer eine gemeinsame Woche in Julias Sommerhütte, bevor Karin mit ihrer Familie in Urlaub fuhr.

Jetzt, in der bösen neuen Zeit, war Karin keine beste Freundin mehr. Julia und sie hatten seit dem letzten Schultag nichts voneinander gehört, und nicht mal da hatten sie miteinander geredet. Karin hatte nur ein kurzes und pflichtschuldiges »Tschüss« von sich gegeben und war abgehauen. Ihr letztes wirkliches Gespräch hatte vor anderthalb Monaten stattgefunden, genauer gesagt, vor dreiundvierzig Tagen. Vier drei. Das war total krank. Noch nie zuvor hatten sie sich eine so lange Zeit nicht gesprochen. Andererseits hatte Julia auch noch nie einen Freund gehabt. Und definitiv keinen Isak.

Am Samstag war Karin für eine Woche Mallorca zusammen mit ihrer Mutter und ihrer neuen besten Freundin Astrid plus deren Mutter in ein Flugzeug gehüpft. Eine »Mädelstour« anstelle der Sommerlagerwoche. Die Reise war ein Geschenk dafür, dass Karin und Astrid die neunte Klasse abgeschlossen hatten, so hart gekämpft hatten, sich selbst so viel wert waren, bla, bla, bla. Julia hatte auch die Neunte abgeschlossen und hatte auch verdammt hart gekämpft, und sie war es sich vielleicht auch total wert, aber sie kriegte keine herrlichen Sommerreisen.

»Laut Vorhersage wird es angeblich mindestens eine Woche schön und warm, wir werden also bestimmt baden gehen können«, sagte ihr Vater in dem aufmunternden Ton, den er immer anschlug, wenn er nicht *zu* offensichtlich tröstend, sondern eher normal wirken wollte. Und als ob das mit dem Baden eine Aktivität wäre, die er sich jetzt im Auto ausgedacht hätte. *Wow, da gibt es bestimmt einen Strand, und weißt du was, da könnten wir doch baden!* Als ob sie das nicht jeden Sommer machen würden. Und als ob nicht alle in diesem Auto wüssten, dass das Wasser noch ein paar Wochen lang eiskalt sein würde. Da spielte es überhaupt keine Rolle, ob die Sonne schien, es würde vor Mitte Juli doch keine erträgliche Badetemperatur geben. Frühestens. Bis dahin blieb das Untertauchen mehr ein Überlebenstraining als ein herrliches Bad. Richtig herrlich baden – das machte man auf Mallorca.

»Hm«, knurrte Julia nur. »Sollen wir dann auch die Farbe für den Schuppen kaufen, oder gibt es die schon?«

»Wir müssen wohl welche kaufen.«
»Heute?«
»Wenn du gleich loslegen willst?«
»Will ich.«
»Siehst du, wie gut, dass wir früh losgefahren sind.« Er lächelte sie an. »Jetzt können wir nämlich noch bei Fredells vorbeifahren.«

Irgendwie fühlte es sich doch auch schön an, auf dem Weg nach Dalarö zu sein. Die erste Woche, sie und Papa. Nächste Woche fing Mamas Urlaub an. Normalerweise würde das Julia jetzt schon ungeduldig machen. Nur sie und die Eltern, zwei Wochen lang in der Hütte. Dem Ort, an dem nichts los war. Niemals. Man mähte den Rasen, reparierte irgendwas auf dem Grundstück oder am Haus, badete, grillte, las Bücher, döste in den Liegestühlen – oder drinnen auf den Sofas, falls es bewölkt war –, trank Kaffee, ging früh ins Bett. Und am nächsten Tag dasselbe von vorn. Und am übernächsten, und am überübernächsten. Jahr um Jahr. Keine Variation. Sie langweilte sich immer so schrecklich, wenn sie ohne Karin da war.
In diesem Sommer war es genau das, wonach sie sich sehnte. Sie hatte sich selbst dafür entschieden, jetzt mit Papa mitzufahren, anstatt zu Hause zu bleiben und auf Mama zu warten, die noch eine Woche arbeiten musste. Was könnte sie denn da schon tun? Rumsitzen und einsam die Wände anstarren? Da war es auf Dalarö viel besser.

Hazel Grace in *Das Schicksal ist ein mieser Verräter* sagt, dass sie sich in Augustus Waters auf dieselbe Weise verliebt hat, wie

man einschläft. Erst langsam, und dann alles auf einmal. Bisher war Julia mit Isak in der langsamen Phase gewesen, und das war okay. Sie waren vollauf mit Schulabschluss, Fußballcamps und allen möglichen anderen Dingen beschäftigt gewesen.
Es machte nichts, dass die Dinge in der falschen Reihenfolge passierten, wenn man sie nur zurechtrückte, und darum ging es in diesem Sommer. Dalarö war der perfekte Ort. Lahmes Netz, alter, träger Trott und keine anderen Menschen, mit denen man was unternehmen konnte. Dieses Jahr nicht mal Arvid. Mit anderen Worten, fantastische Voraussetzungen, sich nach allem, was passiert war, erst mal zu entspannen und durchzuatmen. Anfangen, es zu verstehen. Und sich dann zu langweilen. Anfangen, Sehnsucht zu haben. Isak zu vermissen. Dann würde sie schon kommen, die richtige, echte, Alles-auf-einmal-Verliebtheit. Die rund um die Uhr bestehen blieb und nicht nur hier und da mal kurz aufblühte. Isak war nett, lustig und voll gut. Julia mochte ihn total gern. Das Einzige, was fehlte, war, verliebt zu sein. Aber das hier fühlte sich sehr nah dran an. Denn wenn es nicht passierte … Dann würde sie komplett allein sein. Kein Isak, keine Karin. Und Karin würde noch mehr recht kriegen. Julia *war* eine verdammte Bitch.

# Rasmus

»Hast du das gesehen! Ha!« Rasmus' Mutter winkte und zeigte aufgeregt in alle Richtungen, noch ehe sie überhaupt aus dem Auto ausgestiegen war. »Sieh nur!«
Die Hütte! Die Veranda! Der Rasen! Die Natur! Bäume und Büsche und alles! Vogelzwitschern! Blauer Himmel! Sonne!
Sie war komplett aus dem Häuschen, und einen Moment lang dachte Rasmus, sie würde vor Glück in Ohnmacht fallen.
»Es sieht genauso aus wie auf den Bildern. Oh, das hier ist jede einzelne Krone wert, das weiß man jetzt schon!«
Sie eilte zum Haus. Kriegte die Tür nach einigem Kämpfen mit dem Schloss auf, und dann ertönten weitere glückliche »Oh!!!« von drinnen.

Im späten Frühjahr war in ihrem Viertel eine Fassadenrenovierung angefangen worden. Alle Fenster und Balkontüren wurden mit Plastik zugehängt, und das würde auch fast den ganzen Sommer so bleiben. Vermutlich bis Mitte August. Wenn man wissen wollte, wie das Wetter war, oder ob es Morgen oder Abend war, dann musste man entweder eine Wetterapp bemühen, auf die Uhr schauen oder in den Hof hinausgehen. Eine Treppe runter. Rasmus hatte sich noch nie vorher Gedanken darüber gemacht, wie viel es ausmacht, ein Fenster zu haben, oder vor allem: *keins* zu haben. Hatte nicht begriffen, was für

ein Luxus es war, die Vorhänge aufziehen zu können und direkt eine Menge über die Welt da draußen zu erfahren. Oder frische Luft reinlassen zu können.
Seine Mutter seufzte jeden Morgen und starrte hasserfüllt auf das Plastik, wenn sie in die Küche kam. Mal sagte sie »wie soll man das bloß aushalten«, mal »was *denken* die sich eigentlich dabei« und mal »das ist so schrecklich.« Dann nahm sie Sivan, ihre Katze, auf den Arm. »Du armes Ding. Bestimmt bist du auch traurig, oder, mein Schnäuzelchen?«
Rasmus hatte gedacht, die schlechte Laune würde vergehen, wenn sie sich erst mal daran gewöhnt hatten, denn was sollten sie sonst tun?
Ja, offensichtlich eine Sommerhütte mieten. Ein richtiges Haus auf dem Land. Auf einer Insel. Draußen im Schärengarten. Zwar konnte man die ganze Strecke dorthin mit dem Auto fahren, aber es lag draußen im Schärengarten.
Solche Ferien machten sie sonst nie. Sie kannten nicht einmal Leute, die Landhäuser auf Inseln hatten, die sie möglicherweise hätten besuchen können. Er konnte sich nicht erklären, wie Mama sich das jetzt hatte leisten können. Eines Tages im Mai kam sie plötzlich von der Arbeit nach Hause und knallte ein Papier auf den Küchentisch.
»So, jetzt! Drei Wochen ab Mittsommer gehört das uns!«
Fünfzig Quadratmeter, zwei Zimmer und Küche. In der Nähe vom Wasser. Dalarö.
»Ne, oder?«
»Aber hallo!«, erwiderte sie. »Man muss raussehen können, wenn Sommer ist, sonst überlebt man den Winter in diesem Land nicht.«

Er las noch einmal. »Okay … Aber sind solche Häuser nicht schweineteuer?«
»Eigentlich schon. Aber ich bin schließlich gut im Verhandeln.« Sie sah zufrieden aus. »Das gehört einer Kusine von Sussi bei der Arbeit, und die sind gerade dabei, sich scheiden zu lassen und können sich auf rein gar nichts einigen. Ich habe nicht auch nur die Hälfte von dem ganzen Gerede begriffen. Das Wichtigste ist aber, dass alles so schnell ging, und die Cousine hatte keine Lust, jede Woche Stress mit neuen Mietern zu haben, und so haben wir uns auf drei Wochen gedealt. Ich habe einen netten Freundschaftspreis bekommen.«
»Wow.«
»Oder?! Ich habe vor, die ganze Zeit dortzubleiben, auch wenn das Wetter schlecht ist. Stell dir vor, einfach rausgehen und morgens einen Kaffee auf dieser Veranda trinken. Oder baden gehen, wann man will. Oder einfach nur auf dem Sofa abhängen und das Tageslicht sehen.«
Sie klang voll episch, als sie alles beschrieb, was man tun konnte. »Und Sivan kann raus und rein laufen.« Sie nickte zu dem plastikverklebten Küchenfenster. »Das schlägt diese Sauna hier doch um einiges, oder? Willst du eine Weile mitkommen?«
Auf der einen Seite: in einer abgeklebten Wohnung in Hagsätra schwitzen. Im Grunde mit allen Kumpels und allem um die Ecke, aber … Auf der anderen Seite: sich in einer Schärengartenhütte befinden und vielleicht von Wellengluckern und frischen Winden durch das offene Schlafzimmerfenster geweckt werden. Oder vielleicht nicht richtig, denn es stand da ja nicht, dass die Hütte am Wasser lag, sondern nur in der Nähe. Aber in der Nähe war schon gut genug. Da im Grunde dann ohne

Kumpel, aber das machte vielleicht nicht so viel aus. Vielleicht fast gar nichts?
»Ich komme auf jeden Fall ein paar Tage am Anfang mit, dann sehen wir weiter«, antwortete er.

Jetzt waren sie hier. Mit Tageslicht und Fenstern, die man öffnen konnte, und einer Veranda, die perfekt für den Morgenkaffee war.
Rasmus packte den Katzenkorb mit der laut protestierenden Sivan (sie hasste Autofahren genauso wie in dem Korb sitzen zu müssen), und ging hinter Mama her, um das Haus zu inspizieren.
Es war hüttig. Roch muffig. Komische Möbel, die nicht wirklich zusammenpassten. Typisch Sommerhütte eben.
Vom Eingang kam man in ein Wohnzimmer, wo das Sofa laut Mamas Beschreibung offenbar ein Schlafsofa war. In einer Ecke stand ein kleiner dicker Fernseher. Das Wohnzimmer ging in eine enge Küche über. Dann gab es noch ein Badezimmer mit Dusche. Und ein längliches Schlafzimmer mit einem Stockbett. Offensichtlich das Kinderzimmer, denn da stand ein Bücherregal mit einer Menge alter Spiele und Spielsachen und so. Vor dem Fenster ein Donald-Duck-Rollo.
»Perfekt, oder?!«, war Mamas Urteil zu allem. Ausgesprochen im immer gleichen übereifrigen Sag-dass-du-es-toll-findest-Ton, den sie draufhatte, seit sie von der Hauptstraße abgebogen und in die Umgebung mit den Sommerhäusern gefahren waren. »Willst du das Schlafzimmer? Ich kann das Sofa nehmen.«
Rasmus nickte. »Klar.«
»Oh, das wird alles so schön werden!« Sie umarmte ihn fest und

knallte ihm einen lauten Kuss auf die Wange. »Und es ist so toll, dass du mitgekommen bist, Jasse! Jetzt werden wir uns einfach nur entspannen und genießen und das Geld nach Strich und Faden ausnutzen. Das haben wir wirklich verdient. Du vor allem. Lass uns mal das Auto auspacken, dann fahren wir und kaufen ein. Du hast doch bestimmt schon Hunger, oder?«
Sie drehte sich wieder dem Grundstück zu, machte eine ausladende Geste zu all dem Grün, dem blauen Himmel, dem Licht, den Düften. »Verstehst du?«
*Sag, dass du es toll findest.*
»Ne, wieso?«, fragte er gespielt verwirrt. »Was meinst du?«

# Julia

08:27 Uhr. Anfang okay. Für gut befundener erster Ausschlafmorgen auf dem Lande.

Sie hörte Papa da draußen rumklappern, also griff sie nach ihrem Pullover und Arvids alten Shorts. Die waren ihr zu groß, aber das war ja gerade schön daran. Echte Sommerklamotten.

»Muskelkater?«, erkundigte sich Papa, als sie rauskam.

»Bisschen.«

»Aber gut geschlafen?«

»Yes.«

Er nickte aufmunternd.

Sie waren so vorsichtig geworden, Mama und er. Vor allem er. Klar wussten sie, dass zwischen Karin und ihr was vorgefallen war, aber die Verhöre, die Julia erwartet hatte, blieben aus. Sie hatte gedacht, dass sie viel mehr fragen, und im schlimmsten Fall in dem Versuch, alles »wie immer« werden zu lassen, Karins gesamte Familie zum Abendessen einladen würden. Bis zu diesem Frühjahr hatten sie sich genauso normalanstrengend und ärgerlich verhalten wie alle anderen Eltern. Aber jetzt zeigten sie sich plötzlich seltsam hellhörig. Zum ersten Mal in fünfzehn Jahren schienen sie nicht nur zu merken, wenn sie über irgendwas nicht reden wollte, sondern es auch zu respektieren. Sehr seltsam, aber auch sehr schön.

Papa goss sich einen Tee auf und hielt ihr dann fragend den Topf hin.

Auf Mallorca war sicher Frühstück draußen angesagt. Smoothie und Obstsalat in einem schicken Café. In den hübschesten neuen Shorts, versteht sich. So kickt man eine coole Mädelstour in Gang!

Julia kannte Papas Antwort schon, wenn sie so etwas hier vorschlagen würde. »Wir haben doch grade erst eingekauft. Was fehlt dir?« Oder: »Ja klar, ich kaufe Joghurt, dann kriegst du morgen einen Smoothie.« Also machte es gar keinen Sinn, was zu sagen. Genau wie es keinen Sinn gemacht hatte, zu fragen, ob sie mit nach Mallorca fahren dürfte. Astrid hatte Julia und Karin vor den Faschingsferien von der Reise erzählt und gesagt, dass sie die Wohnung von irgendwelchen Freunden haben könnten, superschön, große Fenster, Terrasse, am Meer, bla, bla. Sie hatte netterweise vorgeschlagen, dass Julia und Karin und ihre Mütter auch mitkommen könnten. Karin lächelte und machte total verknallt und angefixt oh wow!, und Julia versuchte dranzubleiben. Wie man das in so einer Lage muss. Sie sagte, sie würde klar zu Hause fragen, aber das hatte sie nicht getan. Sie wusste schon, welche bedauernde Miene ihre Mutter auflegen würde. »Nächsten Sommer vielleicht.« Soll heißen: Wenn Papa dann einen Job hat. Aber bis dahin: keine Auslandsreisen. Und eine Menge anderer Sachen auch nicht. Als Julia am nächsten Tag mit Astrid und Karin redete, sagte sie, dass sie nicht könnte, weil ihre Mutter in der Woche arbeiten würde. Was ja stimmte, aber das war natürlich überhaupt nicht der Grund, warum es stattdessen Dalarö wurde. Damals Astrids und Karins enttäuschte Gesichter. »Och, neee, wie schade.«

Die *hatten* doch wirklich enttäuscht ausgesehen, oder? Kein Fake?

Nicht, dass eine vermeintliche Enttäuschung irgendwas an ihren Mallorcaplänen geändert hätte. Julia hatte vielleicht erwartet, oder gehofft?, dass Karin ein bisschen zögern würde, wenn sie nicht mitkommen konnte. Aber nein, keine Rede davon.
Ein paar Tage später, als Julia und Karin allein waren, hatte sie Karin gefragt, ob sie Lust hätte, trotzdem im Sommer mit nach Dalarö zu kommen.
»Klar, aber das können wir ja später noch entscheiden«, antwortete Karin. Aber das Später war dann nie gekommen, obwohl Julia es noch ein paarmal angedeutet hatte.

Julia ließ einen Teebeutel in den Becher fallen und machte sich zwei Käsebrote mit Gurke. Einen Teller Dickmilch. Cornflakes. Ein paar Rosinen. Dasselbe alte, übliche Frühstück wie immer, sie in den alten Shorts ihres Bruders. So kickt man langweilige Hüttenferien in Gang.
Papa schob die Papiere beiseite, die auf dem Küchentisch ausgebreitet waren. Das war der eine seiner Sommerjobs: ein paar Artikel für irgendeine Loserzeitschrift mit knapp fünfzig Abonnenten fertigzuschreiben. Sein zweiter Sommerjob, der richtige, ging in ein paar Wochen los, da würde er in einer Wohngemeinschaft für Entwicklungsgestörte in Nacka arbeiten. Derselbe Ort, wo er schon während des letzten Jahres nebenher gearbeitet hatte. Während er die Ausbildung zum Bibliothekar machte. Es funktionierte einfach nicht mehr, nur freier Journalist zu sein, davon konnte man nicht leben. Die Bibliothek war sein Plan B.
Weder Karins noch Astrids Eltern studierten, hatten Sommerjobs oder arbeiteten noch nebenher. Das sollte man ja auch eigentlich nicht mehr nötig haben, wenn man irgendwie vierzig

ist. Astrids Mutter hatte nicht mal *einen* Job, weil Astrids Vater offenbar so viel verdiente, dass sie, seit die Familie vorigen Sommer aus London nach Hause gezogen war, nur »ein bisschen beratend tätig« sein musste. Das schien hauptsächlich darin zu bestehen, rumzuflanieren und frei zu haben, wann sie wollte, ohne sich auch nur im Geringsten Sorgen machen zu müssen.
Karins Eltern brauchten für ihre beruflichen Karrieren auch nicht gerade verzweifelt einen Plan B. Die mussten nur über Mädelstouren nach Mallorca nachdenken und wohin der große Sommerurlaub gehen sollte. Die Amalfiküste in Italien? Oder ein Inselhopping in Griechenland?
Das Einzige, was in Julias Familie im Sommer organisiert wurde, war die Anzahl Wochen, die sie ihre Sommerhütte vermieten mussten, um sie sich noch leisten zu können. Im Juli dann würde eine Familie mit Kindern aus Göteborg kommen. Vor Mittsommer hatte ein holländisches Rentnerpaar sie für zwei Wochen gemietet gehabt. Ihre Stammgäste. Die Holländer waren irgendwie zum fünften Mal hier. Gestern, als Julia den Arbeitsurlaub damit gestartet hatte, den Rasen zu mähen und die Gartenmöbel einzulassen, hatte ihr Vater gewaschen und nach den Gästen geputzt.
»Wie wäre ein Tag zum Ausruhen?«, fragte er. »Wir können mal runtergehen und die Wassertemperatur checken.«
»Nein, wir machen jetzt den Schuppen fertig. Das ist doch besser, oder? Wir wissen doch, dass das Wasser immer noch saukalt ist.«
Ihre Mutter sagte, sie würde sticken, um sich zu entspannen. Eigentlich war sie nicht wahnsinnig an Wandbehängen mit schlauen Sprüchen oder Paradekissen mit verschnörkelten

Blumensträußen interessiert. Sie machte das, weil man an nichts anderes denken konnte, wenn man gezwungen war, Stiche zu zählen und auf Muster zu achten.

Das Streichen des Schuppens funktionierte ungefähr genauso. Man musste nichts rechnen, aber es war trotzdem unerwartet wirkungsvoll. Mit einem Pinsel in der Hand war es viel leichter, nicht in so Sachen zu versacken, an die man am liebsten nicht denken wollte. Ob Karin da auf Mallorca aufwachte und auch nur eine einzige Sekunde an Julia und Dalarö dachte. Ob sie von Isak gehört hatte und deshalb vor Zorn rauchte. Ziemlich gut möglich. Also, dass sie noch mehr rauchte, als sie es schon getan hatte.

Julia war es gestern gelungen, sich komplett von Insta fernzuhalten. Schon klar, dass da mindestens zehn Bilder von Mallorca waren, und das würde sie nur wahnsinnig machen. Karin und Astrid würden es so herrlich haben. Alles und alle würden *das Allerbeste, Schönste und Wunderbarste* sein. Alle außer Julia, denn die landete vermutlich unter *das Schlimmste und Übelste.* Wie lange konnte man wegen eines Jungen sauer sein? Bis August, wenn die Schule wieder anfing? Das ganze Jahr? Den Rest des Lebens?

Sie wünschte, dass es ihr weniger ausmachen würde. Dass sie aufhören würde, die Tage zu zählen, seit sie das letzte Mal miteinander geredet hatten, und stattdessen an andere Sachen zu denken. Zum Beispiel, mit Isak zusammen zu sein. Sich in ihn verlieben. Glücklich sein. Freude wählen. Sich über ein Zweiwöchiges mit ihm freuen, anstatt jeden Abend, an dem sich Karin nicht meldete, mit einem Kloß im Hals zu denken: »Okay, also noch ein Tag.« Und dann in einem Ewigkeitsloop mit all ihren

Greatest Hits zu landen und wie cool sie es zusammen gehabt hatten.
»Ich will auf jeden Fall mit dem Schuppen weitermachen«, erklärte sie. »Aber geh du ruhig baden.«
»Ne, natürlich nicht«, erwiderte ihr Vater. »Dann machen wir weiter.«

Als sie nach der Mittagspause gerade wieder angefangen hatten, zeigte Julias Vater mit dem Pinsel auf die eine Ecke des Grundstücks.
»Ist das die von Myréns oder ein neuer Star?«
Eine grau-weiße Katze war neben ihrer Hecke angeschlichen gekommen. Sie zog eine Leine hinter sich her. Die von Myréns war schwarz-weiß, und Julia hatte sie noch nie angeleint gesehen.
»Neuer Star«, entschied sie und sah der Katze nach, als sie sehr bedächtig ein paar vorsichtige Schritte vorwärts machte. »Ob das eine Drinnenkatze ist, weil sie eine Leine hat? Wenn sie nun abgehauen ist?«
Sie tauschten einen Blick. *Sollten wir …?*
Nach einer lustigen Zusammenarbeit mit Überfällen aus mehreren Richtungen, Ablenkmanövern und einer schlauen Katze, die sich nicht so leicht reinlegen ließ, gelang es ihnen, die Leine zu packen. Julia hielt sie fest, und die Katze schob sich so weit wie möglich weg von ihr in die Hecke. Als sie versuchte, sie zu locken und sanft herauszuziehen, bewegte sie sich doch keinen einzigen freiwilligen Zentimeter, also machte Julias Vater sich auf, um den Besitzer zu finden. Als er zurückkam, war ein Typ bei ihm, den sie noch nie gesehen hatte. Definitiv kein Myrén, denn die waren schon fast in Rente, und ihre Kinder, die

manchmal zu Besuch kamen, waren bestimmt um die dreißig. Und außerdem Mädchen. Dieser Typ hier war in ihrem Alter. Ein neuer Star.

Im vergangenen Jahr hatte sie vor der Entscheidung, auf welche Schule sie nach der Neunten gehen würde, eine Menge Gymnasiumsbroschüren und -webseiten durchgeschaut. Alle waren voller Fotos von fröhlichen und enthusiastischen Jugendlichen, die paarweise oder in Gruppen saßen und sich unterhielten und lachten. Alle schienen wahnsinnig glücklich darüber zu sein, sich in einem Laborsaal zu befinden, oder auch nur einen Stift halten zu dürfen. Habe hier auf einem Schulkorridor the time of my life!

Karin und sie versuchten immer herauszufinden, ob das auf den Bildern richtige Schüler waren, oder ob das Profibilder mit Fotomodellen von irgendeiner Agentur waren, die sich auf »normale Leute« spezialisiert hatte. Wenn es richtige Schüler waren, dann war doch seltsam, dass niemand mit einem bad-hair-day, hässlichen Klamotten oder jemand, der mehr indie war oder einfach nur müde, zufällig mit auf ein Bild geraten war. Keiner auf den Bildern hatte Pickel, Piercings oder in komischen Nuancen gefärbte Haare. Und natürlich war niemand fett. Alle sahen extrem in der Wolle gewaschen, nett und normal hübsch aus.

Dieser Typ hier könnte ohne Weiteres in eine solche Schulbroschüre passen. Das Einzige, was momentan nicht recht stimmte, waren seine Klamotten, denn er trug eine graue Adidas-Jogginghose. Vororthose oder Entspannen-auf-dem-Land-Hose? Für eine Schulbroschüre in jedem Fall das Falsche. Sein mittelblondes Haar war außerdem zu lang und schon an der Grenze

zu indie. Es sah aus, als hätte er vor einem Monat den Friseurtermin verpasst. Jetzt war die Haartolle dabei, sich über die Augen zu schieben, und im Nacken lockte es sich auf eine etwas zu wilde Art. Aber wenn man das regelte und die Jogginghosen gegen Jeans austauschte, dann würde man ihn gut in einen Laborsaal schieben oder mit der Anweisung zu lachen und sich zu freuen an einen Schrank lehnen können.
»Hat sich die Ausreißerkatze hier versteckt?«, fragte er.
»Folge einfach der Leine.« Julia zeigte auf die Hecke und der Typ kniete sich hin, sodass er zwischen die Büsche schauen konnte. Auf der Oberseite seiner rechten Hand war etwas Gemaltes, das aussah wie eine Karte oder ein Labyrinth. Schwarze Striche, die von einem Mittelpunkt ausgingen. Einer ging ein Stück das Handgelenk hinauf, ein anderer schnörkelte sich um den Zeigefinger. Hier und da wurden sie von kleinen Bildern unterbrochen, sie konnte aber nicht richtig sehen, was die darstellten. War das eine Tätowierung? In dem Fall die ungewöhnlichste, die sie je gesehen hatte.
»Es ist unsere«, stellte er fest, nachdem er nachgeschaut hatte. »Hallo da drinnen, Sivan.«
Das waren offensichtlich die magischen Worte, denn die Katze kam sofort raus.
»Was für ein Abenteuer du da unternommen hast«, sagte der Typ mit sanfterer Kinderstimme. Er kraulte die Katze über Ohren und Rücken, und sie drückte sich ein paarmal gegen seine Hand, um sich dann auf den Rücken zu legen und die »Streicheln!«-Position einzunehmen. Der Typ gehorchte. Kraulte ihr den Hals und den Bauch. Es sah ein wenig grob aus, aber die Katze mochte es offensichtlich, denn sie schloss die Augen und

schnurrte. Der Typ sah auch superzufrieden aus, und Julia musste sich mächtig zusammenreißen, um nicht in ein »oh noooh!« auszubrechen.

»Dann heißt sie also Sivan?«, fragte sie, um etwas anderes zu sagen. »Goldiger Name.«

»Für eine goldige Katze, ja«, sagte er und warf ihr einen auffordernden Blick zu. Dann lächelte er aber schnell und nahm Sivan auf den Arm. »Nett, dass ihr sie eingefangen habt. Vielen Dank.«

»Kein Thema«, antwortete Julias Vater.

Der Typ ging los, drehte sich nach ein paar Schritten aber um. »Sagt mal, ist das hier mit dem Netz völlig hoffnungslos, oder gibt es irgendeinen geheimen Ort mit vier Balken?«

»Der Steg«, antworteten Julia und ihr Vater im Chor. Papa zeigte nach links. »Du weißt schon, der kleine Strand hier unten in der Bucht? Da funktioniert es meistens, seltsamerweise.«

»Aha, okay.« Der Typ nickte. »Danke! Nochmals.«

»Wo wohnt er?«, fragte Julia, als er verschwunden war.

»Bei Fredde und Sanna«, antwortete Papa. »Er und seine Mutter. Und die kam mir irgendwie bekannt vor, aber ich komme nicht drauf, woher. Vielleicht geht sie ins Fitnessstudio?«

»Und die sind jetzt zu Besuch, oder haben sie es gekauft?«

»Nicht, soweit ich weiß. Vielleicht sind es Freunde.«

Julia sah den Weg hinunter. »Hast du gesehen, was er hier hatte?« Sie nahm ihre eigene Hand. »Was das war?«

Ihr Vater schüttelte den Kopf.

# Rasmus

»Sag ruhig, wenn es Stammplätze gibt, denn jetzt hab ich gerade das Gefühl, bei euch geschnorrt zu haben.«
Rasmus saß auf dem Steg, als das Nachbarmädchen ankam, und es war so offensichtlich, dass sie aus demselben Anlass dort war wie er. Einerseits, weil sie ihre Schritte direkt zum Steg lenkte, und andererseits, weil es gegen sieben Uhr abends war und die Luft kühl. Da wollte niemand mehr baden. Nicht einmal übereifrige, kälteunempfindliche Kleinkinder.
»Bisher ist alles in Ordnung«, sagte sie, und der Steg schaukelte ein wenig, als sie ihn betrat. »Aber wenn du plötzlich zehn Freunde einlädst … Exakt hier haben meine Familie und ich seit Hunderten von Jahren unsere Mails gecheckt. Da ist mein Platz, dort der von meinem Bruder. Das wissen *alle*.«
Sie machte ihre Stimme zittrig und alt und auch ordentlich aufgebracht, und Rasmus nickte.
»Meine zehn Freunde und ich versprechen zu gehen, sowie dein Bruder erscheint.«
»Gehen musst du nicht, aber es ist schon gut, wenn du gleich mal die Regeln kapierst. Auf dieser Insel ist es ein bisschen so, wie man früher gespielt hat, man muss sich an dieser Stelle hier drängeln, wenn man modern sein will. Aber er kommt erst im August hierher. Mein Bruder.«
»Okay.«

Sie sah ihn unverwandt an. »Ist das ein richtiges Tattoo?«
Das Mädchen zeigte auf seine Hand, und Rasmus schüttelte den Kopf.
»Nein, das ist nur Gekritzel. Mit Filzstift.«
»Was ist es denn? Ein Labyrinth oder eine Karte?«
»Ooch, irgendwas dazwischen. Ich weiß nicht, habe nicht genauer drüber nachgedacht.«
»Darf ich sehen?«
Er rückte ein bisschen näher, gleichzeitig tat sie das auch, und sie stießen fast zusammen. Landeten jedenfalls unerwartet dicht beieinander. Vielleicht *zu* dicht. Sie oh-entschuldigte sich sofort mit etwas roten Wangen, machte einen Ansatz, wieder ein Stück zurückzurutschen.
»Alles gut«, sagte Rasmus schnell und reflexhaft, wie man es üblicherweise tut, aber sowie die Worte seinen Mund verlassen hatten, wusste er schon, dass *wirklich* alles gut war. Seltsamerweise. Manche Menschen können zehn Meter entfernt stehen und sich unserer persönlichen Atmosphäre aufdrängen, andere sitzen fast *auf* einem und sind kein bisschen anstrengend.
»Die Brille«, erklärte sie und blieb sitzen. »Ich habe sie zu Hause vergessen.«
»Aha.« Er hielt die Hand noch ein bisschen weiter hoch. »So besser?«
*Siehst du jetzt?*
»H«, las sie auf dem Mittelpunkt. »Und das bedeutet ...?«
»Hagsätra. Da wohnen wir.«
Sie saßen so nah beieinander, er im Schneidersitz und sie kniete, und ihre Knie berührten direkt sein Bein. Seinen Oberschenkel. So eine leichte und nicht störende, sanfte Berührung, die man

wahrscheinlich vergessen und nach einer Weile nicht bemerken würde, wenn der Körper sich daran gewöhnt hat, und nicht mehr die ganze Zeit einen Haufen Gefühlssignale rausschickt, um Hallo!, zu signalisieren, pass mal auf, hier passiert was!
Er hatte über dieses Phänomen in Biologie gelesen, aber Rasmus erinnerte sich nicht mehr, wie genau das funktionierte oder wie lange es in der Regel brauchte. Er spürte nur, dass es in diesem Moment voll pulsierte, blitzschnelle Signale in vollem Strom von diesem Punkt auf seinem Oberschenkel. Keine Chance, sie zu vergessen. Ihr Knie, nur eine Lage Stoff entfernt, Hallo, das KNIE von jemand anders!
»Und dann fahrt ihr in die Sonne ans Meer auf D für Dalarö?«
Er nickte und versuchte sich auf das zu konzentrieren, was sie sagte, und nicht auf das Pulsieren.
»Ääh … dass Urlaub Geld kostet?«, riet sie beim Dollarzeichen.
»Doch, schon, aber mehr, dass Mama von jedem Gehalt ein Los kauft. Gestern, als wir einkaufen waren.«
»Ne echt, hat sie gewonnen?« Das Mädchen sah ihn an, und ihr Knie war gleich noch etwas mehr zu spüren, als sie ihre Sitzhaltung änderte.
*Nein, echt. Macht nichts. Bleib ruhig sitzen.*
»Neiiin, niemals.«
Sie hatte eine Menge Sommersprossen auf Nase und Wangen und Oberlippe. Die hatten exakt dieselbe Farbe wie ihre Sonnenbräune und waren deshalb ziemlich unsichtbar, wenn man nicht genau hinsah. Oder so nah kam. Sie gingen weiter über den Hals, und – wie er vermutete – unter den Kragen ihres Fleecepullovers.
»Ein einziges Mal vor Ewigkeiten hat sie tausend Kronen ge-

wonnen, aber ansonsten kriegt sie nur ab und zu mal ein Freilos«, erzählte er. »Gestern nicht mal das.«
»Schade. Aber warte ab, plötzlich passiert es.« Sie lächelte ihn an. Als er sie am Vormittag getroffen hatte, waren ihre Haare mit Klemmen zu einem Dutt locker hochgesteckt gewesen. Vielleicht eine Arbeitsfrisur. Jetzt waren sie frisch gewaschen, immer noch feucht und offen. Wenn sie ein bisschen vorgebeugt saß, fielen sie ihr ums Gesicht. Dunkelbraun und schulterlang. Halblanger Pony, den sie ab und zu hinter die Ohren zu schieben versuchte, der aber zu kurz war, um dort zu bleiben und deshalb sofort wieder nach vorn fiel.
Wie zeichnet man Shampooduftwölkchen? Fluffige Wölkchen, vielleicht? Mit guten Sachen darin. Blumen, Äpfel und Pfirsiche. Sodass man versteht, dass es keine Denkblasen sind.
Hoffentlich roch er nicht nach Schweiß. Nicht, dass er heute irgendwas Anstrengendes getan hätte, aber trotzdem. Die letzte Dusche war heute Morgen gewesen. Das fühlte sich hier neben ihr viel zu lange her an.
»Sivan?«, sagte sie zu der Tierpfote, die er zu zeichnen versucht hatte. Er hatte nur eine vage Ahnung davon gehabt, wie Katzenpfoten aussehen, und Sivan hatte in Sachen Detailstudium nicht mitarbeiten wollen.
»Die *goldige* Katze«, fügte sie hinzu, und Rasmus musste lächeln.
»Gut, dass du die Regeln schon verinnerlicht hast.«
»Das war nun nicht sonderlich schwer.« Sie sah ihn nicht an, als sie das sagte, aber ihr Lächeln war aus ihrer Stimme zu hören. »Warum wird es hier grün?«
Wenn er gewusst hätte, dass sein unstrukturiertes Gekritzel auf

diese Weise inspiziert werden würde, dann hätte er ein paar interessantere Sachen gewählt, und entweder eine Karte *oder* ein Labyrinth gezeichnet. Und zuerst mal alles genau durchdacht. Nun hatte er gestern Abend beim Fernsehen nur auf gut Glück ein paar selbstverständliche und deshalb etwas langweilige Sachen hingeworfen. Kein Plan. Ein Strich zum Beispiel wurde mitten in allem grün, und das war wahrscheinlich, weil seine Mutter in dem Moment Kaffee gemacht hatte, weshalb er eine Pause einlegte. So in der Art.

»Ja, also …«, begann er. »Auf Frage A antworte ich ›weiß nicht‹. Ich sollte *echt* eine bessere Story haben, aber …«

»Die hast du doch.« Sie fing an aufzuzählen. »Hagsätra, die goldige Katze, das Los.«

»Schon, aber eine noch bessere. Ich habe überhaupt nicht darüber nachgedacht, was es werden sollte. Oder in welchen Farben.«

Er drehte den Arm herum, sodass sie den letzten Punkt auf dem unteren Teil des Handgelenks sehen konnte. Das war die einzige Sache, die ein bisschen smart war. Ein Drache. Im Grunde war der auch grün, und zufällig war er dem Bolibompa-Drachen aus dem Kinderprogramm sehr ähnlich geraten. Man könnte also meinen, er habe gestern Kinderfernsehen geschaut, doch das hatte er nicht, und das war auch nicht die Bedeutung des Drachen.

»Here be dragons?«, riet sie.

»Genau!«, rief er beeindruckt und erstaunt. »Dass du das verstanden hast! Ich meine, ich glaube nicht, dass so viele, also, dass die Leute das wissen, oder?«

»Leute? Hallo?« Das Mädchen verdrehte gespielt die Augen, um zu zeigen, dass man auf »Leute« sowieso nicht rechnen konnte, und dann lächelte sie. Sehr zufrieden. »Wie cool.«

»Genau!« Was offensichtlich das Einzige war, was er sagen konnte, aber das hier *war* ja schließlich krass cool. Wie viele kannten schon diesen Ausdruck und die Sache mit den alten Karten? Dass man früher, vor ewigen Zeiten, zur Warnung vor nicht erforschten Gebieten Drachen in die Karten gezeichnet hatte. *Hic sunt dracones.*

»Und damit ist es schließlich eine Karte und kein Labyrinth«, stellte sie fest.

»Stimmt. Aber ich hätte sie wirklich besser machen können. Besser geplant. Und hübscher. Und mit einer Geschichte, die eine Karte haben sollte.«

»Was für eine Geschichte?«

»Es müsste doch so sein, dass man einen Ort finden kann oder einen Schatz. Oder dass man etwas zeichnet, was man entdeckt, wenn man einen unbekannten Ort untersucht. Und dann kommen dahin, wo das Land zu Ende ist, Drachen.« Er besah sich wieder die Oberseite seiner Hand. »Das hier war wirklich nur ein bisschen Gekritzel, ich habe nichts dabei gedacht. Es wurde nur zufällig ein H, das dann … ja, verstehst du?«

Sie nickte und zog sich ein bisschen zurück, sodass sie auf einem etwas normaleren Abstand für zwei Personen landeten, die sich überhaupt nicht kannten, sondern nur auf demselben Steg saßen, um ihre Handys zu checken.

Alert, alert, pulsierte der allein gelassene Berührungspunkt auf Rasmus' Oberschenkel. Jetzt passieren wieder Sachen. Kein Knie, kein Knie!

Stattdessen wurde es an der Stelle kalt. So wie immer. So ein falsches Kalt, bis der Körper sich auch daran gewöhnt hat und wieder zu seinem normalen Zustand übergehen kann.

Seinem normalen, langweiligen Zustand.
Rasmus dachte, das Mädchen würde jetzt ihr Handy nehmen, denn schließlich war sie ja deswegen hierhergekommen. Aber sie sah ihn einfach weiterhin neugierig und interessiert an. So blaue Augen. Und so geradeheraus.
Warme Berührungsknie, fast unsichtbare Sommersprossen, blauer direkter Blick und Shampoowölkchen, listete er in seinem Kopf auf.
»Machst du oft so was, zeichnen und vorher darüber nachdenken?«, fragte sie.

An einem der letzten Schultage vor den Sommerferien waren er und seine Kunstlehrerin Sonja am Nachmittag noch als Letzte im Kunstsaal. Alle anderen waren schon auf dem Weg nach Hause, aber Rasmus blieb noch, während Sonja aufräumte. Ihre übliche Dienstagsroutine. Er liebte diese Nachmittage.
»Eine Sache, mit der du jetzt mal versuchen solltest aufzuhören, ist, immer geheimniskrämerisch rumzumurmeln über das, was du tust«, sagte sie plötzlich aus heiterem Himmel.
»Wie, was ich mache?«
»Deine Kunst.«
Rasmus war als Antwort fast erstickt. »Meine *Kunst*?« Sie hatten schon mehrmals vorher darüber geredet, aber jetzt zeigte Sonja mit einem Pinsel auf ihn.
»Ja, ja, ja, ich weiß, was du denkst, aber genau damit sollst du aufhören. Wenn man etwas schon sein ganzes Leben lang macht, und dann wie ein Blöder schuftet, um auf dem Södra Latin aufgenommen zu werden, und wenn man das geschafft hat, dann

sollte man wirklich damit aufhören zu behaupten, man würde abends »nichts Besonderes« machen.«
»Das sage ich gar nicht.«
»Doch, das tust du. Vanessa sagt dann irgendwie: Und Kelly und ich waren im Hof und verdammte Bitch, Scheiße, du weißt, Mela, bla, bla, bla …«
Sonjas Imitation von Vanessa war perfekt.
»Und Nadir? Computer oder Basket oder was es jetzt grade ist«, fuhr sie fort. »Aber wenn dich jemand fragt? Neee, irgendwie nichts.«
Sie zuckte mit den Schultern und scharrte mit den Füßen.
So dermaßen verschüchtert sah er ja wohl nicht aus. Bestimmt übertrieb sie.
»Und dabei hast du zwei neue Seiten von deinem Comic gezeichnet, richtig?«
»Ja, aber ›Kunst‹«, versuchte er und rahmte das Wort mit großen Anführungsstrichen in die Luft, damit auch keiner verpasste, *wie* angeberisch das klang. »Ich bin doch nicht …«
»Rasmus.«
Sonja unterbrach ihn mit müder Miene, die sie sich normalerweise für gewisse besonders ärgerliche, vorhersehbare Situationen aufsparte. Wenn Schüler zum zehnten Mal in Folge Sachen vergaßen oder in der letzten Maiwoche ankamen, um zu fragen, ob sie eine zusätzliche Aufgabe bekommen könnten, um sich eine Note zu sichern, obwohl sie das ganze Halbjahr einen Scheiß auf alles gegeben hatten.
Bisher war Rasmus sehr erfolgreich darin gewesen, diese Blicke zu vermeiden.
»Aus irgendeinem Grund ist es für Leute, die mit kreativem

Schaffen zu tun haben, immer viel schwerer, von dem zu reden, was sie machen, als es für die ist, die Basketball spielen«, sagte sie. »Glaub mir, ich weiß, wovon ich rede. Ich bin nämlich selbst so. Aber jetzt stelle ich dir die Aufgabe, über den Sommer das zu *trainieren*. Scheißegal, ob du Künstler oder Wirtschaftswissenschaftler oder Gärtnermeister wirst. Du machst nicht *irgendwas* in deiner Freizeit. Du zeichnest. Richtig?«

Der Pinsel wedelte durch die Luft. *Du zeichnest. Richtig?* Sollte heißen: Gib es zu.

Und okay, er zeichnete. Hatte es schon sein ganzes Leben gemacht. Aber irgendwie fühlte es sich trotzdem so an, als wäre Basketball im Vergleich dazu was Richtiges. Zu bestimmten Zeiten jede Woche in eine Sporthalle gehen. An den Wochenenden Matches oder Pokalspiele. Manchmal mit Pötten nach Hause kommen. All das fiel schließlich auf.

Während der Zeit hockte Rasmus nur zu Hause. Auf seinem Bett. Manchmal mit einem Zeichenblock in der Hand, manchmal nicht.

»Warum ist das so wichtig?«, fragte er. »Im Ernst, ich begreife es nicht.«

»Weil man sich selbst ernst nehmen muss, wenn man ein gutes Ergebnis haben will. Wenn du das nicht tust, wird es auch niemand anders tun. Wenn du andauernd sagst, dass du nichts tust, dann wird es bald auch so sein. Man muss sich hier einen Raum schaffen …« Sie beschrieb den ganzen Saal mit der Hand. »Aber vor allem hier.« Klopfte sich selbst an den Kopf, und dann zog sie eine Grimasse für okay, das war vielleicht ein bisschen zu deutlich. »Auf jeden Fall ist es notwendig. Ich glaube, dass es für dich auf dem Södra Latin supergut laufen wird, wenn du nur …«

Sie ließ den Satz unvollendet, sodass er selbst den Rest dazudenken konnte. *Aufhörst, dich zu verstecken. Kleinzumachen. Es wegzureden. Runterzureden. Dich rauszureden.*
»Denk mal über all das nach, was ich sage«, fuhr sie fort. »In etwas gut zu werden, hat nicht nur mit Talent zu tun, sondern mindestens ebenso viel damit, zuzugeben, was man tut, und dass man es tun will.«
Es war leicht, ihr zuzustimmen, während er dasaß. Jedes Mal, wenn er im Kunstsaal war, kam ihm alles so selbstverständlich vor. Aber er war schließlich nur ein paar Stunden in der Woche hier, und die restliche Zeit …
Sonja wusste, dass Rasmus' Vater der Meinung war, zeichnen könne man so viel man wolle in der Freizeit, aber zuallererst sollte man sich mal einen Beruf aneignen, mit dem man sich versorgen konnte. Zum Beispiel im Bereich Bau. So wie es Robin, sein großer Bruder, getan hatte. Von der ersten Gymnasiumsklasse an hatte sein Vater mit Robin angegeben, der sich auf Bauwesen spezialisiert hatte. Wie schlau das war, im Hinblick auf die Wohnungsnot in Stockholm und im ganzen Land. Ein fantastischer Arbeitsmarkt. Die Baubranche schrie nur so nach Leuten. Und es war genauso gekommen, wie er vorhergesehen hatte. Ein Jahr nach dem Abitur hatte Robin schon einen festen Job und eine eigene Wohnung. Tschacka.
Da war es etwas anderes, sich freiwillig in eine Ausbildung zu stürzen, die zu nichts führte und wo alle garantiert arbeitslos wurden, um dann später dem Staat auf der Tasche zu liegen. Oder noch mal von vorne anzufangen und eine andere, teurere Ausbildung zu machen. So meinte jedenfalls sein Vater.
Seine Mutter war glücklicherweise anderer Ansicht. Als Sonja

mit der Idee von Kunst als Schwerpunkt im Gymnasium kam, fand sie, das klänge supergut. Und als Rasmus es geschafft hatte, reinzukommen, war sie total stolz gewesen. Und Sonja auch.
»Ja, klar, ich werde drüber nachdenken«, versprach er, und Sonja nickte.
Er war zweihundertprozentig bereit, die Hagsätraschule, seine Klasse und seine Lehrer hinter sich zu lassen, aber sie und den Kunstsaal würde er vermissen. Zum Beispiel solche Augenblicke. Die Sonne und das Sommerlicht, die durch die Fenster schienen. Die entfernten Geräusche von all den anderen, die auf dem Weg nach Hause im Flur unterwegs waren, und sie zwei hier drinnen. In aller Ruhe. Sonja in ihren farbbekleckssten ehemals schwarzen Holzschuhen, die zwischen den Bänken hin und her klapperten. Im letzten Jahr hatte er besonders viel Zeit hier verbracht, um die Aufnahmeprüfung fürs Gymnasium vorzubereiten, und ihr Holzschuhgeklapper war zum gemütlichsten Geräusch geworden, das er kannte. Sogar jetzt hörte er es ganz deutlich, während er auf einem Steg auf Dalarö hockte und ein Mädchen mit direktem blauem Blick ihm die Frage stellte, ob er zeichnete.
»Schon«, antwortete er.
*Total viel. Oder, okay, oft. Sooft ich kann.*
»Und was zeichnest du? Abgesehen von kleinen, total ungeplanten Karten auf deinem eigenen Körper?«
Es sah auf seine Hand hinunter. »Meist benutze ich gewöhnliches Papier. In neunundneunzig Fällen von hundert.«
»Aber manchmal knallt es, und du wirst so verrückt inspiriert, dass du keines mehr raussuchen kannst?«, riet sie mit einem Grinsen, das aber freundlich aussah.

»Offenbar.«

»Cool«, nickte sie und er mochte sowohl das Nicken, als auch die Art, in der sie ihn ansah. »Was ist dein bestes Motiv?«

# Julia

Rein technisch betrachtet, unterbricht einen der Freund ja wohl nicht, wenn er zur verabredeten Zeit anruft. Aber Julia konnte nicht vorhersehen, dass dieser Nachbarsjunge auch um sieben Uhr auf dem Steg sitzen würde, oder dass er eine spannende Karte auf seiner Hand und eine ganze Theorie über Karten hätte, oder dass er zeichnen würde und dass sie sich gerade in einem Gespräch über all das befinden würden.

»Ein Test, eins, zwei, haben wir Kontakt? Dalarö, hören Sie mich?«, fragte Isak und Julia unterdrückte den starken Impuls zu sagen: »Ich rufe gleich noch mal an, okay?«

»Ich höre dich«, sagte sie stattdessen. So wie richtige, verliebte Freundinnen es tun. Vor allem, wenn sie einen Tag lang nicht mit ihrem Freund gesprochen haben, weil in der Pampa so mieses Netz ist.

»Irgendwie ist es doch auch nett, so eine Routine, oder?«, fragte er. »Dass man eine bestimmte Zeit einhalten muss.«

Neben ihr stand der Typ auf und machte eine Bis-später-mal-Geste. Nahm sie jedenfalls an. Sie machte kein »Nein, warte, das hier geht schnell« zurück. Das konnte sie ja nicht. Schließlich war das Isak, der anrief. Das würde nicht schnell gehen. Julia winkte nur ein bisschen lahm, und der Typ ging seines Weges.

»Was hast du heute gemacht?«, fragte Isak.

»Gestrichen. Noch mehr. Ich werde mir morgen nicht die Haare waschen können, weil meine Arme so lahm sind.«

»Ich auch nicht. Wir haben heute mit dem Schlafzimmer angefangen, und ich musste die Decke streichen. Aber erst habe ich sie abgeschliffen. Ich sag dir, das haut rein.«

Isak war nach Dalarna gefahren, um seinem Vater und seiner Großmutter zu helfen, ein Haus auszuräumen. Der Bruder seiner Großmutter war im Winter überraschend gestorben, und jetzt musste alles, was er besessen hatte, sortiert, verkauft, weggeworfen oder weitergeschenkt werden. Isak, sein Vater und ein großer Anhänger waren die Arbeitstruppe, während seine Großmutter entschied und auf Sachen zeigte. Dann würden sie auch im Haus noch ein bisschen renovieren, sodass es verkauft werden konnte.

Julia legte sich mit dem Arm unter dem Kopf auf den Steg. Bekam zu hören, wie Isak und sein Vater ein krass großes Ecksofa rausgeschleppt hatten, das mit Müh und Not durch die Tür ging. Maximal zwei Millimeter dazwischen. Dann hatten sie noch einen Schrank …

Here be dragons. Woher wusste sie das eigentlich? Bestimmt von ihrem Vater. Das war so ein typisches Ding, das er irgendwann erzählte, und dann dachte man nicht mehr daran, bis man zufällig auf einem Steg saß und es genau im richtigen Moment aus den tiefen, verschlungenen Schichten des Gehirns wieder auftauchte. Bingo!

War ja schon etwas Besonderes mit einem Typen, der zeichnete, oder? Zu Anfang hatte er ein bisschen zögerlich ausgesehen, als sie danach fragte, aber dann wurde er lockerer. Ausgerechnet als Isak anrief.

»Weißt du, was ich meine?«, fragte er.

»Was? Sorry, sag noch mal.«

»Ach was, scheißegal, wenn es dich nicht interessiert«, sagte er in gespielt beleidigtem Ton. »War sowieso nicht wichtig.« Und dann machte er dieses kleine goldige Schnaufgeräusch, von dem sie gelernt hatte, dass es bedeutete, dass er lächelte.

»Ne, ehrlich, war nichts Wichtiges«, fuhr er in seiner normalen Stimme fort. »Sitzt du unten auf dem Steg?«

»Yes. Schaue aufs Meer.«

»Ist es schön?«

»Doooch …« Sie sah noch mal hin, obwohl sie schon tausendmal zuvor auf diesem Steg gesessen hatte. »Aber jetzt im Moment ist es mehr ganz normales Wasser. Kein Postkartenbild. Aber trotzdem. Es ist schön.«

»Vielleicht kann ich mal hinkommen und dich besuchen?«, versuchte er. »Wenn du magst?«

Hierher? Nach Dalarö?

*Wenn du magst?*

Oha.

Über Nacht also. Das musste er gemeint haben. Und das wollte sie ja. Na klar. Aber obwohl, noch nicht wirklich. Aber bald.

»Was macht ihr da draußen denn so?«, redete Isak weiter, und Julia versuchte sich Sachen vorzustellen, die sie beide hier machen könnten.

Aber es war doch Karin, die am Ende des Tages in das obere Bett über ihr klettern sollte. Da liegen und abends in der Dunkelheit quatschen, oder ein bisschen später ihre putzigen kleinen Schlafgeräusche machen. Karin war es, die am Morgen herunterschauen und »Hallo, Julli?« flüstern sollte. Wenn Julia noch halb schlafend »Hmm« grummelte, dann kletterte Karin runter und schlich alleine raus. Traf in der Küche auf Arvid oder Mama. Die Morgenmenschen, die Frühstück machten. Später dann, wenn Julia und ihr Vater richtig wach waren, legten sie zusammen mit dem Tag los. Gingen mit Arvid und manchmal Arvids Freund Rille, der auch ein paarmal mitgekommen war, zum Strand runter. Und wenn kein schönes Wetter war, hingen sie bei der Hütte herum und faulenzten in der Hollywoodschaukel (die leider vorigen Sommer kaputt gegangen und jetzt verschrottet war), oder lagen auf dem Rasen und dösten, redeten oder lasen. Radelten zum Laden. Machten abends Schokoladenkugeln, Rhabarberpie oder Schokokuchen. Spielten Uno, Scrabble oder Elfer raus mit Julias und Arvids alten, abgenutzten Spielen. Oder Kubb. Und dann redeten sie. Jede Menge. Das waren so die Sachen, die sie hier draußen machten. Julia und Karin.

»Nichts Besonderes«, antwortete sie. »Hauptsächlich faul rumhängen. Es gibt hier nicht so wahnsinnig viel, was man machen kann.«

»Klingt gut«, meinte Isak trotzdem, und sie konnte nicht sagen, ob das Witz oder Ernst war.

»Heute sind wir seit zwei Wochen zusammen«, fuhr er in sanfterem Tonfall fort. »Also, wenn man so was zählen will.«

*Ich zähle derzeit alles.*

»Ich weiß«, erwiderte sie. »Hab ich auch schon dran gedacht.«

»Ehrlich?«, sagte er freudig überrascht. »Was hast du gedacht?«

»Ääh, irgendwie ... Isak. Und zwei Wochen. Was in der Art. Ich weiß nicht genau.«

War das die falsche Antwort? Bestimmt. Eine richtige Freundin hätte todsicher was in der Art von *Isak, oh, wenn er nur hier sein könnte, und nicht in Dalarna!* gedacht.

Man musste jemanden nach nur zwei Wochen nicht lieben, oder? Das war so eine kurze Zeit. Es war doch wohl nicht falsch, wenn man da nichts spürte, oder?
»Ging mir genauso, als ich heute Morgen aufgewacht bin«, meinte Isak. »Und, dass … ne, aber es war ungefähr genauso. Irgendwie Julia und zwei Wochen.«
Er machte eine Pause und Julia hielt die Luft an.
»Und dann hatte ich eine Mücke im Ohr. Also, wirklich *drin*.« Er betonte die Ortsangabe besonders nachdrücklich. »Wie kann die da reinkommen? Und warum will sie das überhaupt?«
»So kleine Racker«, sagte sie.
»So kleine verdammte Viecher«, korrigierte Isak.

Als sie fertig telefoniert hatten, lag Julia noch eine Weile auf dem Steg.
Weiter draußen auf dem Wasser drehte ein Motorboot auf. Jemand kreischte vor Erstaunen oder Begeisterung, und dann verschwand das Boot auf dem Weg nach draußen und weg. Das Lachen folgte mit.
Man stelle sich mal vor, abends schlafen gehen, und nicht mit seiner besten Freundin plaudern, sondern mit seinem Freund rumknutschen. Vielleicht mit ihm schlafen.
Sie hatten noch nicht einmal darüber geredet, zusammen zu übernachten, und auch wenn sie durchaus geknutscht hatten, dann war doch nie irgendwie Sex das Thema gewesen. Aber er hatte magische Hände. Sie konnten im Bus sitzen oder bei einem von ihnen zu Hause sein. Geschwister, Eltern oder Kumpel drumherum. Dann waren es irgendwie nur normale, schöne Isakhände. Die ihre Hand hielten oder auf ihrem Bein

ruhten. Ganz zerstreut. Aber dann, wenn sie allein waren. Die Art, wie er seinen Daumen bewegte, oder die Hand auf ihrem Oberschenkel zwei winzige Zentimeterchen verschob. Mit einem Mal konnte sie an nichts anderes mehr denken. Wie als sie sich das letzte Mal gesehen hatten, an Mittsommer, bei einem Freund von Isak. Julia ging in die Küche, um was zu holen, und Isak folgte ihr. Zog sie in die Waschküche, machte die Tür hinter ihnen zu, flüsterte »ich wollte nur ...«, beugte sich herab und küsste sie. Seine magischen Hände glitten unter ihren Pullover. Den Rücken hinauf. Strichen über den BH. Die Küsse schmeckten nach Bier und Isak. So gut. So, so gut. Wenn sie doch nie aufhören würden. Und seine Haut und die Atemzüge an ihrem Hals, als sie sich an ihn drückte und spürte, wie hart er wurde. So, so schön.
Wenn man weitermachen könnte. Nicht unterbrechen müsste, weil auf der anderen Seite der Tür Leute Krach machten und redeten und jederzeit reinkommen könnten.
Das war genau, woran sie sich gewöhnen musste. Sich an eine Tür lehnen und allerschönsten *Knutsch* mit seinem *Freund Isak* zu haben.

Über ihr kreischten ein paar Möwen aggressiv, und sie stand auf und klopfte sich den Sand ab.
Der Kartentyp musste Linkshänder sein. Er hatte auf seine rechte Hand gezeichnet. Außerdem schielte er ein bisschen auf dem einen Auge. Wirklich superwenig, Silberblick, man merkte es nur, wenn er einen direkt ansah.

# Rasmus

»Sag, hast du auch ein bisschen geschlafen?« Seine Mutter legte ihm den Arm um die Schultern, als sie gegen acht Uhr in die Küche kam.
»Klar habe ich das.«
Sie machte sich Kaffee und eine Schale Joghurt und ging damit raus auf die Veranda. Nachdem sie eine Weile dagesessen und wie geplant genossen hatte, kam sie wieder rein und klatschte in die Hände. »Zeit für einen Morgenspaziergang, Jasse!«
»Was? Aber ich bin gerade dabei …«
Sie zeigte aufs Fenster. »Die Sonne scheint. Nun komm schon, jetzt legen wir mal drei Kilometer in flottem Tempo hin.«
»Neeee. Also, ich bin …«
»Kein Stress, das war ein Witz«, unterbrach sie ihn mit einem Lachen und fand sich selbst total komisch. »Du musst nicht.«

Als sie nach einer halben Stunde oder so zurückkam, Rasmus hatte keine Ahnung, wie lange sie weg gewesen war, keuchte sie und hatte eine Kundgebung zu machen.
»Es ist mir wieder eingefallen! Der Nachbar! Wir sind auf demselben Gymnasium gewesen und waren zusammen im Französischkurs.«
Rasmus zwang sich, richtig von seiner Zeichnung aufzusehen, denn sie hatte *den* Ton angeschlagen. Wenn er jetzt nicht

freiwillig zuhörte, würde gleich eine Aufforderung im Stil von »Hallo, ich rede mit dir« kommen.

»In Luleå?«

Mama schaute auf die Küchenuhr. Es war zwanzig nach neun. »Wohnen die da links in dem gelben Haus mit der hohen Hecke? Ich will nur hingehen und nachsehen, ob … Um zehn kann man doch Leute besuchen, ohne jemanden zu wecken, oder?«

Besuchen. Konnte man das? Rasmus auch? Konnten sie nur hingehen und sie *besuchen*, einfach so?

Er sah auf seine Zeichnung hinunter. Die Karte. Die war ziemlich groß geraten. Und wild. Er war gestern Abend vom Steg gekommen und hatte sich sofort hingesetzt. Es hatte wie eine ordentliche und durchdachte und recht normale Karte angefangen. Normalisch. Einfach eine Verdeutlichung und Verbesserung von dem, was er auf die Hand gekritzelt hatte. Aber bei der zweiten Skizze wechselte er zu einem größeren Zeichenblock, und plötzlich schlich sich alles Mögliche ein. In der dritten Skizze wurde es dann zum totalen Abenteuer. Die Grenzen von Zeit und Raum verwischten, und zum Beispiel diese Insel unter der Brücke zwischen Söder und Årsta landete in einer Ecke, obwohl sie viel zu weit entfernt war, um reinzupassen. Aber bei einem Abenteuer war das möglich. Und danach hatte er nicht mehr aufhören können.

Es war so lange her, dass er so etwas gezeichnet hatte, und es war total schön gewesen, einfach draufloszuarbeiten. Nicht, dass er gewusst hätte, wozu er das machte. *Um zu besuchen?* So weit hatte er überhaupt nicht gedacht. Hatte einfach den ganzen Abend weitergezeichnet, noch lange nachdem Mama ins Bett gegangen war. Gegen sechs Uhr morgens war er mitten in einer

Idee aufgewacht, und war sofort aufgestanden, um weiterzumachen. War so leise gewesen wie möglich. Mama schlief ein paar Meter entfernt, also kriegte Sivan sofort was zu fressen, als sie angeschlichen kam. Sie schaffte es kaum, zu maunzen.

»Your lucky day«, flüsterte er und tat ihr ordentlich was aus der Dose auf. »Und jetzt halt das Schnäuzchen, mein Schatz.«

Sivan. Die *goldige* Katze.

Der amüsierte Ton des Mädchens und ihr Lächeln, als sie das gestern auf dem Steg sagte, hatten sich eingebrannt. Das würde er später auch zu zeichnen versuchen. Sie zeichnen.

»Hallo?«, sagte Mama in dem eindringlichen Tonfall, und Rasmus wurde klar, dass er etwas Wichtiges verpasst hatte. »Second breakfast?«

»Ja, gerne.«

»Dann ein Arm.«

Das war ihr Ordnungsbefehl, den es seit seiner Kindheit gab, als er angefangen hatte, den ganzen Tisch mit seinen Zeichensachen zu belagern. Wenn sie essen mussten und er darüber klagte, alles wegräumen zu müssen, dann maß sie die freie Tischfläche, die erforderlich war, mit ihren Arm ab. Eine Armlänge für zwei Personen, für drei anderthalb und so weiter.

»Vielleicht Pelle«, sagte sie, als sie jeder auf einer Seite des Küchentischs saßen und in Gedanken versunken auf ihren Broten mit Leberpastete kauten.

*Sollen wir sie besuchen? So richtig?*

»Oder Olle. Irgend so ein Name. Er hatte einen superhübschen Freund, Henrik Lundberg, in den waren alle verknallt. Man konnte einfach nicht anders, auch wenn man wusste, dass es vollkommen sinnlos war.«

Rasmus nickte. Er kannte solche Typen. Ali und Filip in seiner Schule. Oder sein Bruder Robin. Da konnte keiner anders.

»Es ist doch verrückt, dass man sich an so was erinnert«, sagte seine Mutter. »Zum Beispiel welche Jacke Henrik Lundberg vor zwanzig Jahren anhatte. Mein Gott.«

»Was für eine war es denn?«

»Eine Fjällräven. So ein Klassiker, ich glaube, die gibt es immer noch.« Sie lächelte über sich selbst, und man konnte sich gut vorstellen, wie Henrik Lundberg durch die Korridore geschwebt war, Trauben von bewundernden Mädchen in seinem Kielwasser, weil seine Schönheit so überirdisch war. Denn das muss sie ja gewesen sein, wenn man sich zwanzig Jahre später noch an seine Jacke erinnerte.

»Und was hattest du für eine Jacke?« Rasmus schnitt sich noch eine Scheibe Gurke ab.

»Weiß ich nicht mehr genau. Eine ganz normale rote, glaube ich«, antwortete sie nach etwas Bedenkzeit.

»Vielleicht erinnert sich Henrik Lundberg daran«, schlug er vor, aber seine Mutter schüttelte den Kopf.

»Keine Chance. Wir haben niemals miteinander gesprochen.« Sie lächelte und seufzte. »Warum kann ich mir nicht stattdessen die vier letzten Ziffern in euren Personennummern merken? Das wäre nun wirklich praktisch.« Dann verdrehte sie die Augen über sich selbst und nickte zum Fenster hinaus. »Du, es ist wirklich ziemlich schönes Wetter, falls du mal ein paar Minuten die Nase rausstecken willst.«

Er sah auch raus. »Mal sehen. Vielleicht eine Minute. Aber erst später.«

»Ja, mein Gott, du musst wirklich nicht übertreiben, nur weil

wir uns eine Hütte im Schärengarten geleistet haben und draußen die Sonne scheint. Mach dir keinen Kopf deswegen, Jasse. Bleib einfach hier drinnen und sitz rum.«
»Okay, okay, okay. Ich geh raus.«

Ein paar grüne verwaschene Trainingshosen, die so groß waren, dass sie über die Schuhe runterhingen (von ihrem Vater vielleicht?), und eine dunkelrote Fleecejacke. Nicht genauso verwaschen, aber ganz klar used, und auch die ein bisschen zu groß. Vielleicht war das so eine, die immer und ewig auf einem Haken im Eingang ihrer Hütte hing? So eine Jacke, die man nie mit nach Hause nimmt, die sozusagen zur Hütte gehört, und die alle benutzen dürfen. Sie hatte den Reißverschluss bis zum Kinn hochgezogen. Und dann grüne Sneakers. In der richtigen Größe. Nicht so abgenutzt. Grün: eine Lieblingsfarbe?
Würde er sich in zwanzig Jahren immer noch an genau dieses Outfit erinnern, an den Geruch plus das Lächeln und den Tonfall von »die *goldige* Katze«?

# Julia

Sollte man nervös werden, wenn der eigene Vater möglicherweise mitten in einem echten Filmszenario mit der Mutter vom Kartentypen landet? Sie tauchte am Tag danach bei ihnen auf und war süß und blond und alles Mögliche, und vor allem fragte sie, ob Julias Vater der und der Typ aus Luleå sei. Und das war er. Als beide es kapierten, brach er in ein überschwängliches, enthusiastisches: »Nein, wie witzig! *Was* ich darüber schon nachgegrübelt habe!«
*Was?* Julia sah ihn erstaunt an. Wach gelegen und gegrübelt oder wie?
Dann machte er weiter, indem er ebenso enthusiastisch rief, dass er gerade dabei sei, Kaffee zu machen. Obwohl er im Grunde gerade erst eine Tasse getrunken hatte. Aber scheißegal, jetzt würde mit der Nachbarin Kaffee getrunken werden.
In dieser Situation. Sollte man da nervös werden?
Wenn das hier ein Film wäre, dann würden nämlich alle die Handlung von jetzt an vorhersehen können. Frau mittleren Alters mietet Sommerhütte zusammen mit ihrem Sohn. Am ersten Tag trifft sie auf ihre große Jugendliebe, die sie so knapp zwanzig Jahre nicht gesehen hat. Gefühle entstehen. Oder eher: erwachen wieder. Starke Gefühle. Als sie jung waren, ist irgendwas zwischen sie gekommen, aber jetzt ist die Situation eine andere. Eine This-was-meant-to-be-Situation. Selbst

wenn beide Familien und so haben, schleichen sie trotzdem zu heimlichen, romantischen nächtlichen Treffen raus, wenn sie glauben, dass alle schlafen. In der Hütte liegt die Frau des Mannes und wartet. Wenn er nach ein paar Stunden zurückkommt, tut sie so, als würde sie schlafen. Die Kamera gleitet von ihm zu ihren Augen, die hellwach geöffnet sind, während er das Kissen zurechtrückt und glaubt, dass ihm das heimliche Knutschen gelungen ist. Well, think again, mister. Wissen doch alle, was hier vor sich geht.

Eine halbe Stunde lang haben Julias Vater und die Mutter des Kartentypen Luleå-Erinnerungen ausgetauscht, Personen und Orte hin und her. Camilla Törnvall heißt sie. Man sah deutlich, dass sie und der Kartentyp verwandt waren, auch wenn er ihr nicht wie aus dem Gesicht geschnitten war. Trotzdem viele sehr ähnliche Züge.
Weil die beiden die Gelegenheit nutzten, auch noch ihre ganzen jeweiligen Leben seit dem Gymnasium im Schnelldurchlauf zu erzählen, berichtete Camilla, dass sie bei Indiska am Ringvägen arbeitet. Das merkte man auch. Denn erst einmal war sie schick. Nette Shorts und ein süßes Top. Nicht in Jogginghosen auf dem Land herumschlappen wie ihr Sohn. Und zweitens hatte sie so eine nette, lockere Art zu reden drauf, die trotzdem nie zu anstrengend wird. Bestimmt eine Fähigkeit, die Leute profimäßig zu nehmen, die man als Verkäuferin entwickelt. Und dass Camilla Törnvall ihren Vater richtig nehmen konnte, darüber herrschte kein Zweifel. Er wirkte so lebendig und redselig wie lange nicht.
Normalerweise fand Julia es anstrengend, dass er immer so von

sich selbst redete, als sei er wegen der Arbeit und dem Studium ein Loser. Man könnte doch einfach sagen, dass man was Neues ausprobieren will, oder? Vor allem, wenn man nicht selbst daran schuld ist, dass man es tun muss, sondern die Welt, das Internet oder wer auch immer. Diesmal fand sie es gut, dass er von seiner gescheiterten Journalistenkarriere erzählte. Nicht, dass Mama und er irgendwie ehekriselig wirken würden, aber die ganze Erscheinung der Camilla Törnvall war so …

»Erinnerst du dich, Schatz?«, fragte Papa in seinem lebendigen Ton und sah Julia erwartungsvoll an. Er hatte eben von einem alten Klassenkameraden erzählt, den sie in einem Sommer vor mehreren Jahren auf Slussen getroffen hatten. »Da warst du so acht Jahre ungefähr. Die waren auf Gröna Lund im Vergnügungspark gewesen. Also Henke, seine Frau und ihr Sohn. Ein bisschen älter als du. Er hieß … Jacob oder Johan, glaube ich.«

*Erinnerst du dich?* Ernsthaft? Ein Ereignis, das vor sieben Jahren fünf Minuten gedauert hatte?

»Natürlich«, antwortete sie mit sicherer Stimme, als stünde ihr die ganze Szene so kristallklar vor Augen, als wäre es gestern gewesen und hätte einen unauslöschlichen Eindruck gemacht. Ein Mann, seine Frau, deren Sohn, der vielleicht Jacob hieß. »Selbstverständlich.«

Die Ironie ging an ihm völlig vorbei, aber Camilla Törnvalls Mund verzog sich zu einem kleinen Lächeln. Sie begriff. Na klar. Süß, schick, nett *und* kapiert. Sogar ins Fitnessstudio ging sie, allerdings nicht in Orminge, sondern auf Söder. Und damit nicht genug, sie kamen schnell drauf, dass sie sogar manchmal denselben Sportkurs besuchte wie Julias Mutter. Wow.

»Was soll man sagen?«, fragte Papa fröhlich, und Julia konnte gra-

de noch denken: hundert Kronen auf *die Welt ist klein,* als er schon die Arme in einer weiten Geste ausbreitete. »Die Welt ist klein.« Treffer, versenkt.
In solchen Situationen vermisste sie Arvid besonders. Wenn er auf der anderen Seite des Tisches gesessen hätte, dann hätten sie einander angesehen und gemeinsam die Augen verdreht.

»Das war ja lustig«, sagte Papa, als die Kaffeestunde vorbei, der schicke Gast nach Hause gegangen war und er abdeckte. »Ich vermisse Luleå.«
»Ehrlich? Was genau?«
»Freunde zu haben, die man kennt, seit man klein war, und mit denen man immer noch Kontakt hat, zum Beispiel. Weißt du, solche Freunde, die einen in allen Versionen und Lagen gesehen haben. Meine ältesten Freunde jetzt sind irgendwie von der Uni.«
*Freunde, die man kennt, seit man klein war, und mit denen man immer noch Kontakt hat.* Oh. Tausend Dank für diese Erinnerung slash Ohrfeige.
»Oder jedes Mal, wenn man seine Eltern besucht, in seine Kindheit zurückzukommen. Plötzlich erinnert man sich an etwas, nur weil man an einem Spielplatz vorbeigeht und eine bestimmte Schaukel sieht«, fuhr Papa fort.
Also wirklich, vielen Dank. Versuch mal an einem Haus, einer Mülltonne, einer Bushaltestelle, einem Stein oder irgendeinem anderen verdammten Gegenstand vorbeizugehen, von dem man vor einem Monat niemals gedacht hätte, dass er etwas bedeuten könnte. Bis dahin hat man ihn nicht einmal bemerkt. Aber jetzt tut man es. Versuch mal, nur aufzuwachen und von Erinnerungen aus allen Richtungen überfallen zu werden. Dagegen konnte man sich

nicht wehren, egal wie sehr man es versuchte. Soziale Medien freiwillig meiden, nach Dalarö fahren, wie hammerkrank den Schuppen streichen, wie eine Furie den Rasen mähen, kämpfen. Und dann sagt jemand das Wort »Freundin«, und alles ist dahin.

***

Julia hatte Isak zum ersten Mal nach Weihnachten gesehen, als Karin ihr Handy rausholte und ihr sein Profilbild zeigte. Erzählte, dass er in die erste Gymnasiumsklasse in Nacka ging. Astrids großen Bruder Petter kannte. Karin war am Samstagabend, als Julia ihren Babysitterjob hatte, bei Astrid zu Hause gewesen, und da hatte Petter ein paar Freunde zu Besuch gehabt. Unter anderem Isak.

Wenn Julia mit jemandem zusammen sein würde, dann Typen wie Albin oder Hampus aus ihrer Klasse. Nicht, weil sie an ausgerechnet denen interessiert wäre, aber einfach Typen in dem Stil. Halb zaghaft, halb hübsch, supernett. Aber jetzt würde sowieso kein Zusammensein passieren. Das würde viel später kommen. Erst würde sie die tantige Freundin von Karin sein. Die in Filmen die Aufgabe hat, allen hübschen Typen, mit denen Karin zusammen ist, zu sagen: »Wenn du gemein zu ihr bist, dann bringe ich dich um«. Karin hatte nämlich losgelegt. Im Herbst eine kurze Sache mit einem Typen aus ihrer Schule. Mit dem war jetzt Schluss, also war vielleicht dieser Isak an der Reihe. Das würde niemand komisch finden. Karin war blond, schlank und nett, genau die richtige Größe, supergoldig, superwitzig. Kam immer auf die perfekten Sachen und konnte sie in dem Moment aussprechen, wenn sie angesagt waren, nicht erst drei Stunden später, wie Julia.

Julia war im Moment des Geschehens immer öde, aber fantastisch darin, sich später am Abend, wenn sie einschlafen sollte, schlagfertige Dialoge auszudenken.
Außerdem war sie lang und groß. Das passiert ja leicht, wenn man lange und große Eltern hat. Fantastische Gene, wenn man den höchsten Küchenschrank erreichen will, ohne auf Stühle zu klettern, oder wenn man in seiner gesamten Freizeit Handball spielen wollte, so wie Arvid. Weniger fantastisch, wenn einem Handball egal war. Oder wenn die beste Freundin die perfekte Größe hat, um auf dem Schoß von Jungs zu sitzen oder unter einen gemütlichen Arm zu passen.
»Rate mal, was er anhatte«, sagte Karin.
Isak war auf die sportliche und offensichtliche Weise hübsch. Nix Persönliches, schiefe Nase oder Narbe oder so einen Mist. Inzwischen wusste Julia, dass seine Mutter aus Indonesien kam, aber das erste Mal hatte sie nur die schönen braunen Augen, die Haut, die Haare gesehen. Durch und durch hübsch, rundum.
»Ja, ich sag dir. Ein dunkelblaues«, fuhr Karin fort.
Sie hatte eine Vorliebe für Jungs in Poloshirts. Jedes Mal, wenn sie einen Jungen in so einem sah, musste sie es bemerken und kommentieren. Das war wie ein zwanghafter Reflex. Sie fand, alle wurden in einem Polo hübscher, und wenn man dann sowieso schon hübsch war? Oh boy.
»Bingo«, sagte Julia, und Karin nickte. »Und das Dunkelblau ist ja perfekt, dann könnt ihr im Partnerlook gehen.«
Karin hatte sich gerade einen dunkelblauen Lambswoolpullover mit V-Ausschnitt gekauft, und jetzt schlug sie sich die Hand auf die Brust, als würde ihr die Idee jetzt erst kommen.
»Du kleines Genie!« Ein kicherndes Lächeln. »Aber, also es ist

ja noch nichts passiert. Ich wollte nur erzählen, dass dieser Typ, also dass er ein hübsches Poloshirt hat. Nur, dass ihr wisst.«
Julia nickte. Okay, dann wussten sie das jetzt.
Und wenn ein paar Wochen später keine Toilettentür zugefallen wäre, dann wäre sicherlich auch nicht mehr passiert. Zumindest nicht für Julia. Aber eines Abends, als Julia und Karin bei Astrid zu Hause waren, gab es einen Riesenaufstand. Isak war auf der kleinen Toilette im Keller eingeschlossen, die noch nicht renoviert war, die neben dem Filmraum. (Ja, Astrids Eltern hatten einen Filmraum mit zwei großen Sofas und einem Projektor. Das war eines ihrer *drei* Wohnzimmer.) Als Julia, Karin und Astrid runterkamen, diskutierten Petter und seine Freunde sehr eifrig, wie man am besten die Tür einschlagen könnte. Treten, oder Anlauf nehmen und sich mit dem ganzen Körper darauf stürzen? Aus dem Innern waren Isaks Einwände zu hören, dass der Raum total klein sei und die Tür somit höchstwahrscheinlich gegen *ihn* getreten würde.
»Stell dich auf die Kloschüssel«, instruierte ihn ein Junge namens Jonathan. »Hock dich hin, mit dem Rücken zur Tür, dann kann nix passieren.«
Er war derjenige, der auf den Sprung mit dem ganzen Körper setzte, und schien bereit, jeden Moment loszustürmen.
»Habt ihr schon versucht, das Schloss aufzuschrauben?«, fragte Julia, und alle drehten sich zu ihr um.
»Kann man das? Wie denn?, fragte Petter.
Mit einem Schraubenzieher natürlich. Einmal, als auf Dalarö die Klotür zugefallen war, hatte Arvid ein Messer genommen, aber Schraubenzieher waren definitiv vorzuziehen.
Man stelle sich vor.

Ein beeindrucktes Raunen ging durch die Zuschauerschar, als die Tür aufglitt. Sogar Jonathan sah widerwillig beeindruckt aus, und Isak wirkte extrem erleichtert darüber, nicht mehr mit Bruch- und Splitterverletzungen rechnen zu müssen.
»Du bist ja ein MacGyver! Was für ein Glück!«
Julia versuchte, ihren Einsatz runterzuspielen, aber darauf ließ er sich nicht ein.
»Alter, wenn ich da noch weiter hätte drinhocken müssen. Schaut euch mal an, wie eng das ist!« Er schüttelte den Kopf. »Stabile Arbeit.«
»Allerdings«, stimmten Petter und Astrid ein, und Isak streckte ihr die rechte Hand hin.
»Du heißt doch Julia, oder? Ich lad dich zum Dank mal auf einen Kaffee ein. Ich heiße Isak.«
Karins Blick, als Julia die Hand nahm. *Was?!*, schrie der. *Hallo? Wirst du das tun!?*
Ein gemeinsamer Kaffee war nämlich genau das, was Karin sich ersehnte. Oder ein Kinobesuch, oder was auch immer, wenn es nur mit Isak war. Er hatte ganz nach Plan mit ihr Witze gemacht und geredet, aber dann war nichts weiter passiert. Mehrere Wochen waren vergangen, ohne dass Karin von irgendwelchen größeren Neuigkeiten berichten konnte, wie zum Beispiel geplante Treffen *woanders*, als sich nur zu Hause bei Astrid und Petter zufällig zu begegnen.
Und dann schraubte Julia ein Schloss auf.
»MacGyver, oder was?«, sagte Karin, als sie wieder in Astrids Zimmer saßen, mit einem speziellen Lächeln und einem speziellen Ton, den Julia überhaupt nicht leiden konnte. »Was hast du denn sonst noch für geheime Fähigkeiten?«

»Keine, weißt du doch. Und so was sagt man doch nur so«, entgegnete Julia. »Wir werden niemals zusammen Kaffee trinken.«
Karins skeptische Miene.
Jetzt hör schon auf, dachte Julia. Du weißt doch, dass ich das nicht tun würde. Ich habe keine geheimen Fähigkeiten, ich bin kein MacGyver, und wir werden niemals Kaffee trinken.

Wie wenig man doch weiß. Wie sicher man sich doch ist, dass man sich so oder so verhalten wird, was man tun und was man lassen wird. Einem Jungen eine SMS schreiben, wo man doch weiß, dass die beste Freundin dann supersauer wird? Niemals. Aber dann macht man es doch. Und genießt es. Und schickt noch eine. Und dann …

***

Papa schielte in die Keksschachtel. »Noch ein letzter ist da. Willst du darum kämpfen?«
Julia schüttelte den Kopf. »Die Nachbarin, wird die jetzt deine neue alte Freundin?«
»Ich weiß nicht. Aber es hat Spaß gemacht, ein bisschen über Luleå zu quatschen.« Dann riss er den Mund weit auf und schob sich mit einer geübten, ausladenden Geste den ganzen Keks auf einmal in den Mund. Julia seufzte und vermisste wieder Arvid.

Ein paar Stunden später tauchte die Ausbüxerkatze wieder auf. Papa entdeckte sie, aber Julia sprang schnell aus dem Liegestuhl. »Ich kümmere mich darum!«

# Rasmus

Das Mädchen sah ein bisschen beleidigt aus, als sie erfuhr, dass Sivan eine ganz normale Draußenkatze war.
»Die Leine ist nur, weil wir vorher noch nie mit ihr weggefahren sind und Mama meinte, dass sie sich hier eingewöhnen sollte, damit sie nicht verloren geht«, erklärte Rasmus, und das Mädchen legte dieselbe skeptische Miene auf wie er, als er von der Idee gehört hatte. »Ich weiß, ich weiß. Katzen gehen nicht verloren. Aber wir hatten noch nie eine. Wir haben keine Ahnung. Es ist ein Wunder, dass sie überhaupt bis heute überlebt hat.«
»Ach so. Ja, vorhin war sie zumindest bei uns. Sehr lebendig.«
»Goldig, oder? Ich hoffe, sie war auch goldig.«
Das Mädchen antwortete »tierisch«, und Rasmus atmete erleichtert aus.
»Zum Glück. Man will ja nicht, dass sie nachlässt, nur weil Ferien sind.«
»Das Mädchen«, im Übrigen. Als Mama von ihrem Besuch zurückkam, hatte sie erzählt, dass der Nachbar Olle heiße und die Tochter Julia. Rasmus war nicht mitgegangen. Mama hatte es nicht einmal vorgeschlagen, was bedeutete, dass es definitiv komisch gewesen wäre, wenn er sich drangehängt hätte. Leider. Er musste sich einen anderen Grund ausdenken, wenn er sie besuchen wollte, doch bevor er damit irgendwie weitergekommen war, tauchte sie schon auf. Julia.

»Was hast du … Warst du schon schwimmen?«, fragte er nur, um sie noch ein bisschen aufzuhalten, wo sie nun schon mal auf seiner Schwelle stand. Am liebsten hätte er »Hallo! Das ist ja super! Komm rein!« gejubelt, aber er versuchte, den Ball flachzuhalten und ein normales Gespräch zu führen. »Es ist schließlich warm.«

Heute hatte sie die Brille auf. So eine mit dunkelbraunem Gestell, die immer aufgesetzt wird, wenn ein Fotomodell nerdig, wissenschaftlich oder einfach cool schlau aussehen soll. Der erste Eindruck von Julia war jetzt nicht strohdoof gewesen, aber heute brachte sie es mit dieser Brille auf rattenscharf. Und cool. Und hübsch. Und dieses Lächeln, von dem er geglaubt hatte, er könne es zeichnen? Na, viel Glück. Voll die Hybris, das zu glauben.

»Aber das Wasser ist nicht so warm. Warst du schon?«, checkte sie.

»Wir haben es gestern versucht, aber ich bin nur mit den Füßen rein.«

»Das wird auch noch ein paar Wochen so bleiben.« Als sie sich in der Küche umschaute, entdeckte sie seine Zeichensachen, die auf dem Küchentisch lagen. »Oh, ist das da …?«

Eine direkte Frage. Wieder. Er zögerte eine Mikrosekunde, dann schlug er den Zeichenblock auf. Blätterte vor zu der jüngsten Kartenskizze. »Es ist ein bisschen größer und ein bisschen mehr geworden als gestern, aber …«

Sie trat an den Tisch und schaute gründlich, und noch gründlicher, und dann sah sie ihn an. »Hast du das gemacht?«

»Ja.«

»Seit gestern? Ganz alleine? Von diesem kleinen da zu … Shit. Du kannst das ja echt!«

*Shit. Du kannst das ja echt.*
Wann gewöhnt man sich daran, von unbekannten Menschen gelobt zu werden? Gibt es da eine magische Grenze bei, sagen wir, fünfundzwanzig Jahren, oder wenn es eine gewisse Anzahl Male passiert ist und das Gehirn sich so daran gewöhnt hat, dass es nicht in komplette Panik gerät, sondern dem Körper einen Kick als Signal geben kann, damit man einfach vernünftig »Danke« sagt?
Und wann gewöhnt man sich daran, von unbekannten, hübschen und coolen Menschen gelobt zu werden?
Da war Rasmus definitiv noch nicht angekommen.
»Da ist der Steg, das erkennt man«, sagte Julia.
Sie zog einen Stuhl heraus und ließ sich am Tisch nieder.
*Yes!*
»Wo ist der Rest?«, fragte sie und ihr Blick wanderte über die Karte. »Ich glaube, ich erkenne gewisse Sachen, aber …«
Also zeigte er ihr alles und erzählte.
Seine Freunde hätten gesagt: »Nett, ist das da die Årsta-Brücke?«, und dann wären sie zufrieden gewesen. Julia fragte und diskutierte. Die Einzige, die sich sonst für seine Sachen zu interessieren schien, war Sonja, und die war nun mal Lehrerin. Das war ihr Job.
Als er zu der Ecke mit der Årsta-Brücke und der darunterliegenden Insel kam, wo er jetzt sogar noch ein Kanu ans Ufer gezeichnet hatte, rief Julia: »Ne, echt? Hör auf. Das komische Ding, von dem man nicht wusste, was es ist? Das haben mein Bruder und ich uns, als wir noch klein waren, jedes Mal, wenn wir über die Brücke gefahren sind, ganz genau angeschaut! Jedes Mal! Was, glaubst du, haben die in dem Kanu? Zelt und Essen für mindestens eine Nacht?«

»Ja. Oder man hat nicht einmal ein Kanu, sondern schwimmt mit einem Bündel in einer Plastiktüte rüber. Zumindest im Sommer. Das wäre doch cool. Einfach ins Wasser schleichen und rübergleiten.«

»Ja, total cool«, pflichtete sie bei. »Ich begreife nicht, warum die Leute das nicht schon machen. Ich hab da nämlich noch nie auch nur eine Menschenseele gesehen.«

»Nein, ich auch nicht. Aber du kennst doch die Leute. Was soll man da sagen?«

Ihr plötzliches blubberndes Lachen fühlte sich wie eine warme, schöne Welle an, die einen überspülte. Man wollte hineinsinken, nie wieder hochkommen müssen.

»Ich weiß«, sagte sie. »Aber es *kann* doch nicht sein, dass wir die Einzigen sind, die sich das ausgedacht haben, oder? Vielleicht ist da irgendwas, sodass man nicht an Land gehen kann. Irgendwas, das man nicht sehen kann.«

»Ein Elektrozaun im Wasser oder so?«

»Zum Beispiel.«

Sie spekulierten eine Weile und landeten doch immer nur bei einer Frage: Was hatte es mit dieser Insel auf sich? Julia machte eine Ooch-wir-müssen-aufgeben-Miene und klopfte mit dem Finger auf die Karte.

»Hast du *Herr der Ringe* gelesen?«

»Nur die Filme gesehen.«

»Die hab ich auch gesehen, und die sind wahnsinnig öde.«

Ein schneller Blick, um zu kontrollieren, ob er protestieren wollte. Als sie begriff, dass er ihrer Meinung war, kam vielleicht ein minimales Hochziehen ihrer einen Augenbraue, wie ein Anerkennen.

»Aber auf den Innenseiten dieser Fantasybücher, da sind ja manchmal Karten«, fuhr sie fort. »Und diese hier ist vom Stil her fast so eine. Aber sie ist ja auch wirklich. Das ist wie eine Kombi.«

»Danke! Genau so war es gemeint. Ich muss für diesen Teil nur noch mehr wirkliche Sachen finden.« Die Ecke mit Dalarö war immer noch ziemlich leer und weiß. »Sowie ich an ein paar mehr Orten als nur dieser Hütte und dem Steg war.«

»Hast du vor, Menschen reinzumalen?«

»Weiß nicht. Vielleicht sollte ich das.«

»Und wären die in dem Fall superfantasy?«

»Was ist das?«

»Hab ich mir ausgedacht. Ein Begriff. Alle in Fantasy-Geschichten sind so ärgerlich superhübsch, dass es völlig unwahrscheinlich ist. Die Jungs haben kantige Unterkiefer und Muskeln und Blicke wie Blitze. Jedes Mädchen ist auch superhübsch, weiß es aber selbst nicht. Sie hat die perfekten Kurven und wildes rotes Haar und grüne Augen, und trotzdem versteht sie nicht, warum alle Jungs sofort von der Rolle sind, sowie sie aus der Tür tritt. Das ist so krank langweilig. Wie vielen Menschen mit grünen Augen bist du zum Beispiel schon in Wirklichkeit begegnet?«

»Einem oder zweien?«, riet er, denn ihm war schon klar, dass dies die einzig richtige Antwort war, auch wenn er womöglich schon ein paar Hundert getroffen hätte.

»Exakt«, sagte sie mit einem Nicken. »Die meisten haben einfach nur normale, langweilige blaue oder braune Augen. Nicht jedoch in der Fantasy-Welt. Stell dir vor, wenn da einer mal völlig normal sein würde. So dünne Haare, die einfach nur glatt runterhängen. Oder, noch unwahrscheinlicher, stell dir einen vor, der ein bisschen pummelig ist, aber ohne so rattenscharfe Kurven. So in der Art, weißt du?«

Ein rasche Röte zog über ihre Wangen, als sie ihn ansah, und er dachte: Oder wenn jemand einen Silberblick hat?

»Ich meine, wenn die mal ganz allgemein ein bisschen normaler wären. Nicht in allem so perfekt«, fuhr sie eilig fort. »Es gibt keine Fantasy-Figur, die eine magische Fähigkeit besitzt und supergut darin ist, aber trotzdem sagt, nö, heute nicht schon wieder ein paar Welten retten. Es regnet, ich bin hungrig. Und müde. Ich dachte, ich bestell mir eine Pizza und schaue einen Film.« Sie sah ihn an. »Einfach mal zur Abwechslung, weißt du?«

»Die Person könnte Hans heißen.«

»Hans?«

»Statt Lord ... Craven ... Dark ... Aslan-irgendwas. Wie die auch immer heißen. Scheißegal, der hier heißt Hans.«

Julia gluckste vor Vergnügen. »Und das Buch könnte heißen *Hans hat null Bock*«. Sie kontrollierte, ob Rasmus zustimmte, und als er lachte, glitzerte es wieder in ihren Augen. »Alle Fantasynerds sollen Qualen erleiden! Das klingt wie ein Kinderbuch.«

»Lass sie nur«, sagte er. »Hans hat null Bock. Und jedes Mal, wenn er sich bewegt? Slooow motion.«

»Und wenn er fechten soll:« Julia sackte mit einem Stöhnen in sich zusammen. »Och nee, Mannoooo. Verdammter Mist, den man hier andauernd machen muss ...« Sie wedelte ein paarmal ziellos mit der einen Hand. »Mir reicht's.«

»Meine Knie tun weh.«

»Au, au, au!« Sie brachte ein perfektes Gejammer zustande.

»Wo ist meine Pizza?«

»Wo ist mein Lazyboy?«, erwiderte sie.

»Lazyboy?«
»Weißt schon, so ein Sessel, bei dem man die Lehne zurückklappen kann …«
»Ah, ich weiß. Perfekt! Natürlich hat Hans einen Lazyboy.«
Sie dichteten weiterhin um den erfundenen Hans und sein Leben herum. Wie er wohnte (langweilige Bude in langweiligem Vorort, verblichene Tapeten, abgenutzte, schief hängende Jalousien, und auf dem Fensterbrett eine tote Zimmerpflanze, die ihm seine Mutter mal geschenkt hatte, in dem verzweifelten Versuch, Gemütlichkeit und Atmosphäre zu schaffen, obwohl Gemütlichkeit nicht Hans' Ding war, er *vernichtete* Gemütlichkeit), was er tagsüber arbeitete (natürlich so wenig wie möglich, er bezog Sozialleistungen oder war bei irgendeinem Support sinnlos zeitangestellt und kriegte immer schlechte Kundenbewertungen), was für Freunde er hatte (eine Gang lächerlicher, fauler, widerwilliger Losers), was sein Nick und sein Avatar im Netz waren (irgendwas Großartiges, das wie ein richtig muskulöser, superschicker Fantasyheld mit langem, wallendem Haar aussah, während Hans selbst in Wirklichkeit eine Wampe hatte, dünne Spaghettihaare und beginnende Glatze). Alles Mögliche über diesen Hans. Und die Insel zwischen Årsta und Söder machten sie entweder zu seinem geheimen Basislager oder zum Ort für einen entscheidenden Kampf.
Julia lächelte, kicherte, lachte oder nickte begeistert.
»Ich liebe Hans!«, rief sie, und obwohl Rasmus so tat, als würde er »Nee, oder? Dann müssen wir ja komplett umdenken!« meinen, war er doch hundertprozentig derselben Ansicht.
Von ein bisschen Smalltalk über Sivan und die Wassertemperatur wild losgejazzt über den erfundenen Hans. Das war, als

würde man mit Nadir reden, wenn er einen guten Tag hatte, und gleichzeitig doch überhaupt nicht so. Weit entfernt. Meilenweit. Und definitiv nicht so, als würde man mit Kelly und Vanessa reden. Seine anderen Freunde. Da kamen sie nie in so einen Flow, und das, obwohl sie sich doch schon seit Jahren kannten. Seit der Ersten in derselben Klasse. Tausende von Stunden schon geredet und gemeinsame Erinnerungen aufgehäuft. Julia kannte er jetzt ungefähr drei Minuten. Sie wussten überhaupt nichts voneinander, aber trotzdem gelang ihr der eine Volltreffer nach dem anderen.

Wer bist du?, hätte er gern gefragt. Woher kommst du, was machst du, wie kannst du *dermaßen gut* sein?

Aber auch egal, er hatte nicht vor, ihren Flow zu unterbrechen und anzufangen, darin herumzustochern. Nicht, solange sie noch redete, ihm gegenüber saß, mit einem der Stifte herumspielte, ihre schlaue Brille zurechtrückte und ihn mit diesen blauen Augen ansah. Den sogenannten gewöhnlichen, langweiligen blauen Augen? Vergiss es. Da war nicht der kleinste Funke gewöhnlich und langweilig drin.

Im Frühjahr, als Prince gestorben war, hatte seine Mutter eine Trauerphase durchlitten. Hatte alle ihre alten CDs aus den Umzugskisten unten im Keller rausgeholt, sie in Endlosschleife gehört und sich mit Youtube-Clips von Konzerten betäubt. Eine Sache, bei der sie grundsätzlich heulen musste, wenn sie auf dem Computer die gefühlt achtzehnte Live-Version von *Let's Go Crazy* ansah, waren die Augen von Prince. »Guck dir mal an, wie er Kontakt zum Publikum hat. Jetzt! Da! Hast du gesehen? Der ist ein Meister in Blicken.«

Möglich. Aber hier saß die Meisterin.
»Gosh, wäre das anstrengend, wenn du jetzt gestehen würdest, dass du *Herr der Ringe* in Wirklichkeit liebst und dir einmal wöchentlich die extended Version reinziehst, aber vorher aus Gründen der Höflichkeit nichts dazu sagen wolltest«, meinte Julia. »Uups.«
»Oder wenn ich erzählen würde, dass alle meine Freunde grüne Augen und rote Haare haben und waaaahnsinnig hübsch sind? Uup, uups«, gab er zurück. »Nein, nein, ich bin ziemlich Team Hans.«
»Team Hans.« Ihre Augen funkelten wieder. »Ich auch.«
Ihr einer Arm lag auf dem Tisch ausgestreckt, und es war so nah dran, dass er ihre Hand genommen hätte, um ... *Hallo. Bleib einfach noch ein paar Stunden. Geh niemals wieder nach Haus. Denn wir haben hier doch echt Spaß, oder?*
»Superfantasy«, sagte er stattdessen und legte seine eigene Hand sicherheitshalber aufs Knie. »Das könnte ein neues Genre werden.«
»Ja, mal sehen.« Julia lächelte. »Aber sag mal, dieser Dalarö-Teil. Willst du ein paar lokale Tipps? Du kannst zum ...« Sie unterbrach sich. »Obwohl, vielleicht wäre es leichter, wenn wir zusammen eine Runde drehen. Hast du Lust?«
»Hast du Zeit?«
»Zeit? Hast du ein Fahrrad? Ich könnte gleich los.«
»Ich glaube, im Schuppen steht eins.«
Sie gingen hinaus, um nachzusehen, und so war es. Im Schuppen war ein Fahrrad, und das würde man auch benutzen können, wenn man erst mal eine Luftpumpe suchte, dann Kettenöl, dazu noch dies und das, und dann ein paar Stunden investierte,

um es zu reparieren und sich drum zu kümmern. Also – wenn man wusste, wie man ein Fahrrad reparierte.

»Ääh, aber wenn …«, begann er enttäuscht, als er dasaß und sinnlos an der Kette herumfingerte. Sollte der Nachmittag nun wegen eines kaputten Fahrrads zu Ende sein?

»Lass es«, entschied Julia. »Papa hat unsere gestern repariert, wir nehmen die. Ich heiße übrigens Julia.«

»Rasmus.«

Er erhob sich und streckte zögerlich seine etwas fahrradölige Hand hin. Doch sie zögerte nicht.

»Super. Dann mal auf!«, sagte sie mit einem Lächeln, und er begriff durchaus, dass sie die Fahrradtour und die Dalarö-Führung und all das meinte, aber trotzdem. Trotzdem!

*Dann mal auf.*

*Ja, jetzt mal auf.*

# Julia

»Hier ist der richtige große Strand.« Sie zeigte auf den Kiosk. »Man kann Eis kaufen. Also, am Wochenende vielleicht. Ich weiß nicht, wann die für die Saison aufmachen.«
»Seid ihr immer hier?«
»Nicht mehr so oft. Es ist viel leichter, auf den Steg runterzugehen, wenn man jetzt nicht vorhat, einen ganzen Tag herumzuhängen oder zu baden.«
Er nickte.
Während sie von Rasmus zu ihr gegangen waren, um die Fahrräder zu holen, hatte Julia herauszufinden versucht, welche Stellen er gern sehen würde – geheimnisvolle, touristische, waldige, superfantasy-artige (als ob Dalarö überhaupt all diese Hunderte von Varianten bieten würde, aber man konnte ja so tun als ob). Er sagte, sie solle einfach aussuchen, was ihr beliebe. Er interessiere sich für alles, was nicht bei drei auf dem Baum sei.
»Okay, dann kriegst du alles, selbst schuld«, sagte sie scherzhaft, und er hatte geantwortet: »Leg nur los.«
Jetzt sah sie ihn an, um sich zu vergewissern, ob er das hier für einen interessanten Ort hielt, ob er an irgendeinem besonderen Detail am Strand hängen blieb. Ein ganz gewöhnlicher schwedischer Badestrand. Aber von den Stellen auf der Karte waren ja auch einige in Wirklichkeit ganz gewöhnlich. Er hatte sie nur sehr speziell gezeichnet. Ein paar Familien saßen auf Hand-

tüchern und Decken. Ihre kleinen Kinder hüpften ins Wasser und wieder heraus, aber alle anderen blieben an Land. Es war einfach noch nicht so warm.

»Achtest du auf Nuancen oder so?«, fragte sie.

»Was für Nuancen?«

»Na, die im Wasser. Woher soll ich das wissen, du bist schließlich derjenige, der zeichnet. Achtet man da nicht immer auf Nuancen?«

Rasmus sah wieder aufs Wasser hinaus, genau wie Julia auch, und sie stellten gemeinsam fest, dass es ein braunblaues und tatsächlich ziemlich hässliches und nichtssagendes Meer war.

»Ja, klar. Superschöne Nuancen da«, erwiderte er höflich, und beide kicherten.

»Hallo? Entschuldigung, was weiß ich denn«, entgegnete Julia. »Ich versuche nur rauszukriegen, ob das hier dir bei deiner Karte hilft. Ich will sie ja schließlich nicht verderben.«

»Verderben?«

Er hielt inne, woraufhin sie ihn ansah.

»Das tust du nicht«, sagte er. »Keine Gefahr.«

Er hatte die ganze Zeit fröhlich und gut geklungen, aber jetzt war da ein neuer Ton in seiner Stimme, der sie überrumpelte. Etwas noch Besseres. Aufrichtigkeit vielleicht. Was es auch war, dieser Ton und die Art, wie er sie jetzt sanfter und irgendwie etwas schüchterner ansah, ließ alles noch schneller gehen.

*Das tust du nicht. Keine Gefahr.*

*Und? Was tue ich dann?*

*Was tue ich?*

Plötzlich wurde es ihr so bewusst. Dass sie rübergegangen war, um von Sivan zu berichten, und dass sie dann zufällig einen ganzen Nachmittag miteinander verbracht hatten. Inklusive einer langen Fahrradtour. Alles hatte sich einfach nur so ergeben. War so unglaublich leicht gewesen. Und superlustig. Ewig her, dass sie mit jemandem so einen Spaß gehabt hatte. Mit einem *Jungen*. Sie hatte überhaupt nicht an Karin oder Isak gedacht, sondern nur an Rasmus. Und jetzt standen sie höchstens einen halben Meter voneinander entfernt, und Rasmus sagte plötzlich Sachen, die den ganzen Körper in eine Achterbahn verwandelten, weil: Augen und sonnengebräunte Hände und welliges Haar und all die anderen tausend Sachen, die er hatte. Die sie schon bemerkt hatte, aber jetzt war es, als würde sie mit einem Augenaufschlag alles neu entdecken. Und dass sie so nah standen, dass sie ihn fast berührte. Jetzt musste sie nur einen kleinen, winzig kleinen Schritt zur Seite machen, und dann könnte sie … ihn küssen.

*Um Himmels Willen, ich werde ihn doch nicht küssen! Ich werde niemanden außer Isak küssen!*

»Sollen wir weiter? Wir fahren jetzt weiter, oder?«, fragte sie und bewegte sich schnell in die andere Richtung, weg von ihm, zu den Fahrrädern hin. »Jetzt hast du ja wohl ein wenig Dalarö-Inspiration gewonnen, oder?«

»Ja, in der Tat. Das war supergut.«

Er war jetzt hinter ihr. Zum Glück. Sie brauchte die kurze Pause, um sich zu sammeln. Den Atem und ihre eigenen Augen und Gedanken und ihren eigenen Körper in den Griff kriegen. *Ich bin mit Isak zusammen. Und der ist* amazing. *Das ist alles, was ich hier mache. Ich laufe jetzt nicht rum und bin* scharf *auf einen Nachbarsjungen.*

***

Dass es überhaupt zu einem ersten Kaffee mit Isak gekommen war, lag nur an der Shoppingreise von Karin und Astrid über den 1. Maifeiertag. Von der Karin weniger als zwei Wochen, bevor die Reise anstand, erzählte, was ihr offensichtlich schwerfiel.
»London?«, rief Julia erstaunt aus. »Ihr fahrt nach London? Wann habt ihr das denn beschlossen?«
»Vor einer Weile«, gestand Karin widerstrebend.
»Und was ist mit Mallorca?«
»Schon, aber das ist ja im Sommer.« Der Grund dafür, dass sie Julia bis jetzt nichts davon erzählt oder gefragt hatten, ob sie auch mit nach London kommen wolle, war, dass … Karin sah noch zerknirschter aus.
»Du kannst schließlich nicht mit nach Mallorca kommen, und das hier ist ja wahrscheinlich dasselbe. Also, so ist es doch einfach, Julli, oder?«
Sie sind arm. *Du* bist arm, Julli. Das meinte Karin. Wir wissen, dass du zu arm bist, deshalb haben wir uns nicht die Mühe gemacht, zu fragen.
Julia verstand sofort. Noch niemals zuvor hatten sie über Geld geredet, aber jetzt hatte Karin sogar mit Astrid darüber gesprochen. *Astrid.*
Die sie so ungefähr seit einer Minute kannten.
Wahrscheinlich hatte Karin die Situation mit Julias halb arbeitslosem, studierenden Loservater geschildert, und dass ihre ganze Familie niemals etwas unternahm, weil sie sich das nicht leisten konnten. Deshalb hatte sie gesagt, dass sie nicht mit nach Mallorca kommen könnte. Also London? Keine Chance. Das wird nur anstrengend für alle, also sagt man lieber nichts.

Ihr Vater wurde jedes Mal ärgerlich, wenn sie über Geld diskutierten oder wenn Julia oder Arvid fanden, sie hätten zu wenig davon oder wären arm.

»Es gehört nicht zu den menschlichen Grundrechten, jedes Jahr nach Thailand zu fahren«, erklärte er. Einer seiner Top-Ten-Lieblingssprüche übrigens. »Und nur weil man das nicht tut, ist man nicht arm. So was zu sagen, ist eine Verunglimpfung aller Menschen, die wirklich wenig Geld haben. Wir haben Arbeit und ein Auto und sogar *zwei* Wohnungen! Und wenn der Kühlschrank mal kaputtgeht, muss keiner hier einen Monat lang Haferschleim essen, damit wir uns einen neuen leisten können.«

Einen Monat lang Haferschleim. Mit was für einem verdammten Niveau verglich man sich denn da?

Julias ganzes Leben war eine riesige Verunglimpfung, als sie da mit Karin stand und von London hörte. Kann ich bitte einfach tot umfallen?, dachte sie. Einfach all das nicht ertragen müssen. Ich hab keinen Bock. Ich will nicht.

Ja, sie wohnte in einer Wohnung und war so oft wie möglich Babysitter bei zwei Familien, und ja, ihre Eltern hatten ihre zusätzlichen Jobs und vermieteten das Sommerhaus und verkauften immer alle Schlittschuhe und das Zeug, aus dem sie rausgewachsen waren, auf Kleinanzeigen, und bla, bla, bla. Sie machten eine Menge solcher Sachen, aber trotzdem konnten sie es sich nie leisten, wirklich was zu unternehmen. Und alles das war für den Rest der Welt scheinbar total offensichtlich. Es war schließlich ein großer Unterschied zwischen nicht wahnsinnig viel Geld haben und arm sein. Julia hatte immer gedacht, dass sie sich ganz gut an der Grenze zu »nicht wahnsinnig viel Geld« hielt. Durch ihr Babysitten konnte sie alles mitmachen, was

Karin und Astrid unternahmen. An den Wochenenden fuhren sie in die Stadt, nach Sickla oder ins Nacka Forum. Astrid wollte immer in Lokalen wie *Systrarna Voltaire* oder so zu Mittag essen. Da saß Julia dann nicht stoisch nur mit einem armseligen Glas Wasser dabei. Versuchte nie, sie zu überreden, doch zum *Donken* zu gehen, und schlug auch nicht vor, dass sie doch zu Hause essen sollten, weil das absolut am billigsten war. Trotzdem. Alle hatten offensichtlich begriffen, wie die Dinge lagen, obwohl Julia auch die teuren Hähnchensalate kaufte. Und auch wenn Karin sagte, Julias neue Jeans wären schick, waren es doch immer noch nur die aus dem billigen Schlussverkauf von Monki. Solche trug Astrid natürlich nicht. Die musste nie zu etwas Nein sagen. Bei der hingen keine Essenspläne mit Blutpudding und Kichererbsen-Eintopf am Kühlschrank. Bei der hingen schicke Take-Away-Menüs. So was bestellten die, wenn sie keine Lust hatten, selbst zu kochen. Und Karins Familie war über Weihnachten in Vietnam gewesen. Im Jahr davor in Mexico. Jetzt würde sie bald nach Mallorca reisen. Aber erst noch diesen kleinen Abstecher nach London, »um Klamotten für den Schulabschluss zu kaufen«.

Eine Verunglimpfung aller, die wirklich kein Geld haben?

Kapiert ihr nicht, dass wir zu ihnen gehören?, hätte Julia am liebsten gebrüllt, als sie endlich von diesem schrecklichen Gespräch nach Hause gekommen war. Gebrüllt, und am liebsten eine Tür eingetreten in ihrer hässlichen, engen *Armeleutewohnung* mit null Komma null Seeblick und null Komma null Take-Away-Menüs am Kühlschrank und mit Reisepässen, die in irgendeiner Schublade vor sich hin staubten, weil sie nie benutzt wurden. Es war mehrere Jahre her, dass sie einen richtigen

Urlaub gemacht hatten. Ein Wochenende in Oslo letzten Winter, um Arvid zu besuchen, zählte *nicht* als richtiger Urlaub.

Sie konnte sich gut ausrechnen, wie es im Herbst werden würde. Ihr Gymnasium lag neben dem Nacka Forum und mit dem Bus von Slussen kam man schnell hin. Plötzlich ergaben sich unendliche Möglichkeiten für Lunch, Cafés, Shoppen und mit Geld um sich zu werfen. Und in den Ferien dann jetzt ohne die Eltern zu verreisen. Das machte man im Gymnasium schließlich so. Wie weit würde sie mit dem staatlichen Ausbildungszuschuss und ein bisschen Babysitting da kommen? Karin und Astrid würden zu Anfang vielleicht noch fragen, ob sie mitkommen wollte, aber wenn sie ein, zwei, drei Mal abgelehnt hatte …

Diese nagende Sorge, weil es im letzten Jahr immer öfter Julia und Karin *und* Astrid geheißen hatte. Nur noch ganz selten nur Julia und Karin. Astrid war schon seit der Ersten in derselben Schule wie sie, war aber doch nie in dieselbe Klasse gegangen wie Julia und Karin. Sie hatten sie nicht gekannt, nur gewusst, wer sie war. Dann ist ihre Familie für ein paar Jahre nach London gezogen, weil der Vater dort einen guten Job gefunden hatte. Gerade zu Anfang der Neunten kamen sie zurück, und da landete Astrid wieder in einer Parallelklasse, aber im selben Spanischkurs wie Karin. Da war es dann offenbar Liebe auf den ersten Blick, denn als Karin da rauskam, redete sie nur von »du weißt doch, Astrid Wahlström, die in London gewohnt hat? Total witzig!« Und so war es dann weitergegangen.

Julia hatte versucht, das Ganze erwachsen zu sehen. Man musste nicht total übergriffig werden, nur weil die beste Freundin sich ab und zu mit jemand anders abgab. Es wäre lächerlich und kindisch, sich so zu verhalten. Und Julia mochte Astrid ja auch. Dass sie und Karin denselben Gymnasiumszug wählten, nämlich Gesellschaftswissenschaften, und das noch auf derselben Schule, nämlich Nacka, und dass sie garantiert in derselben Klasse landen würden, das war doch nur … für Julia hatte immer schon festgestanden, dass sie den naturwissenschaftlichen Zug nehmen würde, genauso wie sie die ganze Zeit immer gewusst hatte, dass Karin das nicht tun würde. Aber sie würden auf dieselbe Schule gehen, das hatten sie schon lange beschlossen. Aber jetzt war es eben auch dieselbe Schule, auf die Astrid ging. Die so superlustig war. Und alles tun konnte, was sie wollte. Karin und sie hatten ja womöglich bereits eine Menge Sachen unternehmen können, ohne dass Julia es gemerkt hatte. Nichts davon verlauten lassen, um nett zu ihr zu sein. *Entschuldigung, aber es ist so wahnsinnig anstrengend, wenn eine Person niemals Geld hat. Du weißt schon. Jetzt fahren wir in die Stadt und shoppen. Übers Wochenende nach London. An Mittsommer nach Paris. In den Herbstferien nach New York. Dir eine gute Zeit hier zu Hause. Bis später, Umarmung.*

Es dauerte eine Weile, bis Julias Eltern an dem Abend nach Hause kamen. Papa war bei seinem demütigenden Zusatzjob in der betreuten Wohnung, und ihre Mutter bei ihrem nicht ganz so demütigenden Zusatzjob im Fitness-Studio. Da konnte man ja wenigstens noch so tun, als würde sie das machen, weil es Spaß machte und sie gern trainierte. Papas Job konnte man nicht schönreden. Da hieß es nur: »Brauche verzweifelt Geld, deshalb mache ich alles, aber hallo, meine Kinder müssen nie einen Monat lang Haferschleim essen, also bin ich trotzdem reich!« Auf der ungefähr siebten verdammten Runde zwischen Wohn-

zimmer und Küche fiel Julia schließlich Isak ein, die Klotür und das Kaffee-Angebot. Und Karins eifersüchtige Miene. Sehr eifersüchtig.
Ganz schnell hatte sie seine Nummer auf dem Display, und noch schneller hatte sie eine SMS zusammengeschrieben, und dann stand sie da und war einen Moment lang unsicher. Durfte sie das hier bringen? Nein! Aber er würde bestimmt keine Zeit haben oder nicht wollen.
Seine »Hallo, MacGyver! Ja, wir trinken zusammen einen Kaffee!«-Antwort kam so schnell, dass Julia grade erst das Telefon aus der Hand gelegt hatte.
»Wann kannst du?«, schrieb er. »Ich habe das ganze Wochenende frei.«
*Wann kannst du?* Karin würde so geschockt sein. Und sauer. So was kann man nicht bringen. Das wissen alle. Man geht nicht hin und trinkt Kaffee mit einem Typen, für den sich die beste Freundin interessiert. Nie im Leben.
Aber.
»Morgen um 2?«, schrieb Julia zurück, und sie verabredeten sich im Nacka Forum.

# Rasmus

Er wachte zu früh auf. Wieder. Wusste es, sowie er die Augen aufmachte, obwohl er sich ausgeschlafen fühlte. Es war erst Viertel vor sieben, und niemand sonst war wach. Also, weder seine Mutter noch Sivan. Julia schlief garantiert auch noch. Seit der Fahrradtour gestern hatte Rasmus nur eine einzige Sache im Kopf gehabt: Wann und wie konnten sie sich wiedersehen?

Wenn er sechs Jahre alt wäre, würde er einfach hingehen und sie besuchen. Da müsste er sicher nicht mal irgendwas erklären. Alle würde kapieren, warum er kam.

Aber jetzt? Er brauchte ein richtiges Anliegen. Wollte nicht einfach ohne Plan hingehen und Gefahr laufen, sich lächerlich zu machen. »Hallo« sagen und dann nicht weiterwissen, sodass Julia ihn mit einem fragenden Blick aus der Serie: »Was willst du?« ansehen würde. Drei Minuten später würde er wieder zu Hause sein, weil er darauf keine Antwort hätte. Oder, er hätte schon eine, aber man kann schließlich nicht sagen »nichts Besonderes, will einfach nur mit dir zusammen sein«.

Als sie sich tags zuvor trennten, hatte er versucht, so locker und entspannt wie möglich zu fragen, ob sie später auf den Steg kommen würde. Sie hatte: »Vielleicht« geantwortet, war dann aber nicht aufgetaucht. Zumindest nicht, solange Rasmus da war.

Ein Anliegen musste her. Oder er musste sie zufällig irgendwo treffen. Das würde auch funktionieren.
Sowie es so spät war, dass auch normale Menschen wahrscheinlich wach sein würden, machte er einen Abstecher zum Steg. Es war schönes Wetter, also nutzte Rasmus die Gelegenheit, ein bisschen mit Nadir zu texten, nur um ein bisschen länger da unten zu bleiben. Er hatte überhaupt nichts Neues zu berichten seit gestern, aber so hatte er wenigstens etwas zu tun, während er wartete.
Sie tauchte nicht auf.
Dann begleitete er seine Mutter auf einem ihrer geliebten schnellen Spaziergänge. Sie freute sich, aber sie trafen Julia nicht. Je mehr Zeit verging, ohne dass sie einander begegnet wären, desto schwerer wurde es, an etwas anderes zu denken. Wo ist sie, was macht sie, wann geht sie wohl zum Steg, in den Laden, auf eine Fahrradtour?
Vielleicht könnte er Sivan wegschicken, sodass sie wieder »verschwand«? In Julias Hecke? Sich weigerte, rauszukommen? Am besten wäre es, wenn sie da drinnen hocken und alleingelassen und verirrt maunzen würde. Dann wäre das Einzige, was helfen könnte: Rasmus, der kam und sie herauslockte.
Katzen waren ja auch allgemein dafür bekannt, dass sie sich gern dressieren ließen.
Die Karte hätte ein Anlass sein können, denn der Teil mit Dalarö war jetzt auch fertig, dazu noch eine Miniversion von Hans. Er hatte auch eine Variante von Hans' Wohnung gezeichnet. Aber das fühlte sich zu kindisch an. Er hörte schon Kellys höhnisches Stöhnen, wenn er auch nur daran dachte. *Hör auf. Du kannst doch nicht da hingehen, um eine Zeichnung zu zeigen. Sie ist doch nicht Sonja, oder?*

Nein, genau. Auch wenn Julia sich interessierter zeigte als seine Freunde, war sie doch nicht Sonja. Das war ihm schon klar. Er konnte nicht rumlaufen und den Leuten seine Erzeugnisse ins Gesicht drücken. Also versuchte er, sich zusammenzureißen. Mehrere Stunden lang. Plauderte mit seiner Mutter. Zeichnete noch ein bisschen. Saß auf der Veranda und genoss das Wetter. So in der Art. Redete sich ein, dass Julia nur fünfzig Meter weg wohnte, klar würden sie sich wiedersehen. Früher oder später. Kein Stress. Chill mal.

Als es drei Uhr war und dieses »früher oder später« nicht eingetroffen war, gewann er langsam die Überzeugung, dass doch Stress angesagt war. Wenn nun was passiert war und sie weggefahren waren? Deshalb waren Olle und sie heute nicht zu sehen gewesen. Oder wenn sie in diesem Moment *dabei waren* wegzufahren? Rumgingen und alle Stecker rauszogen, den Kühlschrank checkten, damit da nichts rumstand und schimmelte? Und derweil hockte Rasmus hier und zwang sich, den Coolen zu geben. Und spät am Abend dann würde er zum zehnten Mal vorbeigehen, durch die Hecke spähen und ein verrammeltes Haus entdecken. Den Rest der Woche darauf verwenden, sich selbst zu verfluchen, dass er die Chance nicht ergriffen hatte. Wie feige. Wie idiotisch …
Er stand auf. Immer noch kein gutes Anliegen, aber drei Minuten waren schließlich besser als gar nichts.

# Julia

»Ja, hallo! Gutes Timing!«

Julia drehte sich um, um zu sehen, wen ihr Vater da reinwinkte.

Rasmus.

Oder *oje, Rasmus.*

Sie waren gestern vom Strand nach Hause geradelt, und Julia hatte ein paar schnelle: »Viel Glück mit der Karte« und »Tschüss dann« gesagt. Heute hatte sie sehr bewusst einen ganz gewöhnlichen Dalarö-Tag verbracht. Alleine und ein bisschen zäh und langweilig. Ein Buch aus dem Bibliotheksstapel genommen. Ein bisschen rumgelegen und gelesen. Nicht, weil das so unglaublich toll war, das war es nicht, aber wenn sie hier draußen waren, las sie immer wie eine Verrückte. Also fing sie mal damit an.

Als ihr Vater etwas später sagte, er würde einkaufen gehen, ging sie mit. Nicht, weil das ein tolles Happening war, aber weil es wenigstens ein Happening war. Eines, das dann nicht zufällig zu einem fantastischen Mammutnachmittag geriet, auf dem man plötzlich weniger als einen halben Meter von einem Typen entfernt stand und eine Menge Sachen über ihn *entdeckte,* und darüber nachdachte, wie es wohl wäre, diesen Mund zu küssen.

»Wollt ihr grade essen?«, fragte Rasmus zögernd. »Ich wollte nichts Beson…«

»Nein, nein, wir trinken nur einen Tee. Möchtest du auch?«, unterbrach ihr Vater ihn. »Trinkst du Tee?«
Er ging rein, um einen dritten Becher zu holen, ohne eine Antwort von irgendjemand abzuwarten. Zum Beispiel von Julia. Rasmus sah sie unsicher an.
»Okay?«
Sie machte eine Klar-setz-dich-Geste, denn was sollte sie auch sonst tun?
»Bist du mit der Karte fertig?«, fragte sie.
»Ja, ziemlich. Ich habe eine neue Skizze gemacht, denn gestern sind ja noch eine Menge Sachen dazugekommen, also ist sie ziemlich fertig.«
»So!« Ihr Vater war mit einem Becher zurück. »Greif zu, Tee ist in der Teekanne und so weiter.«
»Ist das auch eine Früher-Sache?«, fragte Rasmus.
»Was?«, fragte ihr Vater, während Julia gleichzeitig antwortete »Nein.«
»Das ist eine Ferien-Sache«, erklärte sie. »Man hat viel Zeit, man macht Tee in der Teekanne. Man sitzt und süffelt stundenlang.«
»So, wie sich Frühstück draußen im Garten zu gönnen?«
»Exakt«, erwiderte Olle. »Aber was ist denn eine Früher-Sache?«
»Das Netz«, meinte Julia. »Dass man es hier suchen muss. Das ist, als würde man in einer Welt von früher leben.«
»Ach so.« Ihr Vater zuckte nur mit den Schultern. Scheinbar nicht sonderlich interessiert, das hier zum dreitausendsten Mal mit ihr zu diskutieren, und ehrlich gesagt hatte Julia auch keine Lust dazu. Nicht ausgerechnet jetzt.
»Komm, bedien dich«, sagte ihr Vater zu Rasmus. »Du isst doch Käse und Butter und so? Ich meine, du bist nicht vegan?«

»Ich esse alles.«
Isaks Anlaufstrecke war so kurz. Wo man auch hinsah, war er hübsch. Dann machte er den Mund auf und lachte und war fröhlich und nett und alles Mögliche. Er war vom ersten Eindruck an gleich ein Star. Alles an ihm war genau wie erwartet, soll heißen, fantastisch.
Mit Rasmus war es anders. Erst war er mehr so ein ganz gewöhnlicher Junge, aber dann fing er an zu reden, sagte eine Menge interessanter Dinge, und jetzt entdeckte Julia jedes Mal, wenn sie sich sahen, Neues an ihm. Oder entdeckte es wieder. Seine Augen zum Beispiel. Beim ersten Mal waren sie blau. Sie bemerkte fast ein ganz winziges Schielen. Gestern, als sie am Strand gestanden hatten, war ihr klar geworden, wie hübsch gerade so ein Schielen, ein Silberblick, war. Hatte nicht begriffen, wie sie dieses rattenscharfe Detail ihr ganzes bisheriges Leben hatte übersehen können. Heute war es das Einzige, woran sie denken konnte.
Jedenfalls fast.
Aber was sollte sie denn schon tun? Rattenscharfes Schielen bei hübschen Jungs, die schlaue Sachen sagen, verbieten? Oder die schönen Hände von diesem Jungen verbieten? Die jetzt schräg gegenüber von ihren auf dem Tisch lagen und ... ja, schön waren. Zum Anfassen schön.
Wenn man eine seit fünfzehn Jahren ausgezeichnet funktionierende Impulskontrolle besaß, dann flog die ja wohl nicht aus dem Fenster, nur weil man einen Freund hatte. Sie musste sich nicht in ihrem Zimmer verkriechen und wie ein menschenscheuer, überreagierender Freak verbarrikadieren, weil Rasmus hier saß und Augen und Hände besaß. Sie konnte sich wie eine ganze normale Nachbarin verhalten. So eine, die Hallo sagte, wenn

man sich am Strand begegnete, oder die plauderte, wenn es eine Einladung zum Tee gab. No biggie. Vor allem nicht, wenn der eigene Vater dabei war.

Sie wusste nicht, ob Rasmus eine Freundin hatte. Über so was hatten sie bisher noch nicht geredet. Im Grunde hatten sie fast gar nicht über Freunde oder das Leben außerhalb von Dalarö gesprochen, sondern sich hauptsächlich auf Karten und Inseln und Rundtouren und so konzentriert. Einerseits unglaublich schön.

Der einzige Mensch, demgegenüber Julia bisher das Wort »mein Freund« geäußert hatte, war Arvid, und das war schon seltsam genug gewesen. Wie sagt man das zu anderen, unbekannten Menschen, ohne so zu klingen, als wolle man angeben oder eine übertriebene Warnung aussprechen? *Ich habe einen Freund, also verliebe dich besser nicht in mich. Ich wiederhole: Verliebe dich besser nicht in mich.* Das klang ja wohl mehr nach einem Wunschtraum. Bis zu dem großen Ausnahmefall Isak hatte es keine lange Schlange von Jungs gegeben, die mit ihr zusammen sein wollten. Um ehrlich zu sein, war da kein Einziger.

*Hallo Rasmus, hab ich dir schon von Isak erzählt?*

So was konnte man nicht einfach mittenrein knallen lassen, das würde komplett bescheuert klingen.

# Rasmus

»Jasse?« Mama schaute ins Zimmer und er klappte reflexmäßig den Zeichenblock zu.
»Was malst du Schönes?«, fragte sie trotzdem. Eine von ihren Standardfragen, wenn er zeichnete.
»Hmjaaoo.« Und hier seine ausweichende Standardantwort.
Jedes Mal, wenn er Julia traf, bekam er neue Ideen. Die Abende vergingen so schnell, und er vergaß alles, wie zum Beispiel schlechtes Netz, weil er wie ein Besessener zeichnete. Sonja würde es wunderbar finden, wie er sich hier konzentrierte.
»Ich gehe schlafen«, sagte seine Mutter. »Sivan ist übrigens im Haus.«
»Okay. Schlaf gut.«
»Du auch. Bis morgen.«

Als seine Mutter im Bad fertiggeklappert und das Bettsofa ausgezogen hatte, schlug er eine neue Seite im Block auf. Um manche Sachen zu zeichnen, musste man einfach ungestört sein. Gewöhnliches braunes Haar zum Beispiel. So viel schwerer als eine ungewöhnlich riesige und wilde Fantasy-Mähne. Ganz zu schweigen von gewöhnlichen Händen auf einem Tisch. Die eine coole Brille hielten. Oder einfach genau gegenüber von der Hand eines anderen lagen. Ziemlich nah an der Hand der anderen Person. Sodass die Fingerspitzen einander fast berührten.

Hände waren immer schwer zu zeichnen, und wie zu erwarten war, wurden alle Skizzen unglaublich hässlich. Er hielt seine rechte Hand hoch, betrachtete sie eingehend, verglich, versuchte es wieder. Stellte sich vor, wie die da auf dem Tisch gegenüber von ihrer aussehen würde. Wie sich das anfühlen würde. Skizzierte sich durch missratene Wurstfinger, Skelettfinger, Klumphände und tote Leichenhände, um dieses Gefühl hervorzubringen.

Eine von Sonjas Lieblingsaufgaben waren Dinge in Bewegung. Ein Auto, das fährt. Ein Ball, der aufprallt. Ein Mensch, der geht. Ein Fahrrad, das einen Hügel hinunterrollt.
»Das soll kein *schönes* Fahrrad sein«, erklärte sie immer wieder. »Ich will nur kapieren, dass es ein Fahrrad *ist*, und dann will ich ein Gefühl dafür kriegen, wie schnell es rollt. Das ist das Wichtigste. Konzentriert euch darauf und lasst es egal sein, wie rund die Räder sind oder wie hübsch es wird. Es muss nicht immer alles hübsch sein.«
Pulsieren war definitiv eine Art Bewegung, auch wenn sie unsichtbar war. Vielleicht war es ihm gelungen, ein kleines bisschen davon in der Skizze mit den Wurstfingern unterzubringen. In allen anderen überhaupt nicht. Wenn man nicht aufgab und große Blitze malte, die aus den Fingerspitzen schlugen. Aber das war ja geschummelt.
Sivan kam angeschlichen und sprang aufs Bett. Sie drängelte sich auf Rasmus' Schoß, sodass er unmöglich weitermachen konnte.
Morgen würde er vielleicht früher als erst am Nachmittag zu Julia rübergehen können. Vielleicht sogar gleich morgens. Schon um zehn? Die offizielle Zeit, wann man Leute besuchen kann.
Er sah auf das Handy. Nur noch zehneinhalb Stunden bis dann.

# Julia

»Was? Echt?«

Dabei hatte alles so gut angefangen. Es war Freitag. Sie war mit richtig guter Laune aufgewacht. Die Sonne schien, und der Tag würde auch noch ein richtiges Happening bieten. Ein lustiges. Ihr Vater würde in die Stadt fahren und mit einem ehemaligen Kollegen zu Mittag essen, der auf der Durchreise in Stockholm war. Seit Langem abgemacht. Julia würde mit reinfahren. Seit gestern abgemacht. Sie würde ein paar Stunden für sich auf Söder haben, die sie mit einem Mittagessen irgendwo und dann einem Besuch in der Bib von Punkt Media füllen würde, um dann einfach rumzuschlendern. Um drei Uhr trafen sie sich am Skanstull wieder. Außerdem war es Mamas letzter Arbeitstag, sie würde also auch mit nach Dalarö kommen. Alles war perfekt. Aber dann verschwand ihr Vater zu seiner Morgenrunde, und als er zurückkam, erzählte er, dass er Rasmus getroffen hatte und dass Rasmus auch mit in die Stadt fahren wollte.

»Was will er da?«, fragte Julia.

Ihr Vater goss sich ein Glas Wasser ein. »Weiß nicht.«

Julia sah ihn an, um eine längere Antwort zu bekommen, aber er machte nur ein Keine-Ahnung-Gesicht. Ein beunruhigendes Keine-Ahnung-Gesicht.

»Hat er zufällig gesagt, dass er in die Stadt fahren muss, als

du gerade vorbeigelaufen bist?«, hakte sie nach. »Ich versteh's einfach nicht.«
Olle leerte das Glas und wischte sich den Mund ab. »Nein, ich habe gefragt. Ihr scheint doch ganz gut miteinander auszukommen, da habe ich gedacht … Ach was, das ist doch wohl okay, oder?«
»What?«
Dann wurde es immer schlimmer. Ihr Vater hatte aus ganz eigener Initiative Rasmus gefragt, ob er heute mitkommen wollte. Weil sie im Laufe der Woche doch so viel Spaß miteinander gehabt zu haben schienen. Weshalb er dachte, dass es doch nett wäre, wenn. Und so weiter. Alles, was er sagte, machte Julia nur wütend, wahnsinnig wütend. Ihr Vater selbst begriff gar nichts. Nicht, worüber sie sich so aufregte. Nicht, warum es falsch gewesen war, Rasmus zu fragen.
»Warum kannst du das nicht begreifen? Was sollen wir denn irgendwie *drei Stunden* in der Stadt machen?«
»Na, dasselbe wie hier. Ihr hattet doch …«
»Neeiiin, das geht nicht! Kapierst du nicht? Das *geht* nicht!«
»Weil …?«
Weil Isak! Und Augen und Hände und all das. Gestern war es so gut gewesen, als Rasmus vorbeikam. Eine Stunde ganz normales Teetrinken und dazu noch die ganze Zeit mit Papa dabei. Keine Wow-Entdeckungen oder anstrengenden Kuss-Impulse die ganze Zeit. Oder, okay, jedenfalls keine, die irgendwelche Karussells anwarfen. Gestern war einfach nur eine perfekte nachbarschaftliche Aktivität gewesen.
Aber drei Stunden in der Stadt rumlaufen? Ohne jemanden dabei?? Das Gegenteil von perfekt.

»Ihr müsst doch nicht die ganze Zeit zusammen sein«, versuchte ihr Vater. »Ich habe gesagt, wir fahren in die Stadt rein und müssen ein paar Dinge erledigen, und er darf gerne mitfahren, wenn er will. Geht das nicht?«
»Woher zum Teufel soll ich das wissen? Ich war schließlich nicht dabei, als ihr das ausgemacht habt!«
»Mein Gott, musst du so wütend werden? Das kann doch nicht so schlimm sein.«
Julia stöhnte.
»Soll ich dann jetzt zurückgehen und sagen, dass wir unsere Pläne geändert haben?«, fragte er.
»Ich weiß es nicht!«, wiederholte sie. »Warum, Papa? Also, mal im Ernst, *warum* musst du ihn die ganze Zeit mit reinziehen?«
Seine Miene verwandelte sich von frustrierter Verteidigungshaltung zu Schätzchen-nett. »In den letzten Tagen hast du viel fröhlicher gewirkt, und ich wollte einfach nur, dass du ...«
*Nein.*
Nein, nein, nein, nein, nein.
*Nein.*
Sie rannte in ihr Zimmer. Knallte die Tür hinter sich zu.
»Julia, komm.« Olle kam hinterher. Klopfte an. »Er kommt doch nur mit, das heißt doch nicht, dass ihr unbedingt ... Jetzt reg dich mal nicht so auf. Du?«
Als sie nicht antwortete, hörte sie, wie er da auf der anderen Seite verärgert seufzte, und sie wusste genau, was er dachte. *Mein Gott, wie unnötig anstrengend alles mit einem Mal ist. Das kann doch nicht so schlimm sein. Übertreib doch nicht so.*
Sie hasste es, wenn sie vor Wut weinen musste. Alle dachten dann, man sei traurig, aber das war man nicht. Oder zumindest

nicht nur. Wenn sie ohne zu weinen hätte reden können, dann wären Sachen rausgekommen wie: Natürlich bin ich glücklich. Misch dich nicht ein. Du kapierst doch nichts. Ich bin glücklich. Ich habe Isak. Ich habe *wenigstens* Isak. Mach das nicht kaputt. Aber so was konnte sie jetzt gerade nicht sagen. Konnte nur mit geballten Fäusten dastehen und sich darauf konzentrieren, zu atmen. Nicht weinen, nicht weinen, nicht weinen. Nur atmen.

***

Am Morgen nach Karins Londongeständnis war die Idee eines Rachekaffees mit Isak schon nicht mehr so selbstverständlich. Eigentlich eher das Gegenteil. Karin würde ja kapieren, warum Julia das gemacht hatte. Arm, traurig, empört, neidisch. Unter anderem. Ein Kaffee mit Isak würde alles nur noch betonen.
Das ganze Frühstück über saß Julia da und versuchte eine Entschuldigungs-SMS zu formulieren, die es ihr möglich machte, sich auf eine elegante und glaubwürdige Weise da rauszuziehen. Irgendwie auf die japanische Art. Keiner darf das Gesicht verlieren, das ist die Hauptsache. Sie wollte die Kaffee-Verabredung von »heute« auf ein unbestimmtes »später« verschieben, und das auf eine Weise tun, die Isak die Sache würde vergessen lassen. Am besten niemandem erzählen. Vor allem nicht seinem Kumpel Petter, der das ganz sicher seiner Schwester Astrid berichten würde, die diese Information definitiv sofort ihrer neuen besten Freundin Karin übermitteln würde.
Als Isak dann mitten in all den Vorformulierungen tatsächlich schrieb, er müsse wegen eines Trainings das Treffen verschieben, fühlte sich das wie ein Gott-erhört-mein-Gebet-Moment

an. Julia antwortete, kein Problem. Sie ging davon aus, dass er dem japanischen Drehbuch folgen und »cool, dann telefonieren wir uns deshalb noch mal zusammen, okay?« schreiben würde, weil es ja schon sehr seltsam war, dass sie sich überhaupt bei ihm gemeldet hatte. Doch das tat er leider nicht. Er schlug eine neue Zeit am selben Tag vor und schloss mit: »Sorry für Chaos« ab.

Oh Mann, selber sorry, dachte sie. Sorry, dass ich zu viele Realitysoaps und Hollywoodfilme gesehen habe, die mir irgendwelche Ideen eingegeben haben. Sorry, dass es London gibt. Und Geld. Und was weiß ich. Nichts von all dem ist deine Schuld.

Es gab eine nervöse und linkische Hallo-Umarmung und ein paar noch linkischere »wie cool«, die sie gleichzeitig sagten, als sie sich später am Nachmittag vor dem Nacka Forum trafen.

»Was hast du trainiert? Du spielst Fußball, oder?«, fragte sie, obwohl sie es wusste. Der Plan war, schnell auf seine Mannschaft und Sportart zu sprechen zu kommen. Dann würde sich hoffentlich ein Gespräch ergeben, das sich am besten *nicht* darum drehte, warum sie ihm nach mehreren Monaten out of the blue eine SMS geschickt hatte.

Was, wenn es ihr zum ersten Mal in ihrem Leben gelingen würde, sich cool und entspannt zu verhalten? Wie eine Person, die andauernd neue Freunde hatte. Und dreihundert Telefonnummern in ihrem Handy. So was hier, mit einem nahezu unbekannten Typen an einem Samstagnachmittag Kaffee zu trinken, das war doch einfach nur eine witzige Sache. Hallo, warum nicht? Das Leben ist zu kurz, um Nein zu sagen!

Normalerweise nervten solche »herrlichen« Menschen sie immer enorm, aber heute waren sie ihr Vorbild.

Sie manövrierten sich ohne längere anstrengende Schweigemomente zum Café rauf. Sie plauderten über Isaks Fußball, oder mehr über sein Reha-Training, denn er war an der Hüfte verletzt, und über Julias eher sporadische Fitness-Studio-Besuche. Zum Glück war er eine unkomplizierte Person. Lachte an den richtigen Stellen, fragte Sachen zurück, hatte gute Laune. *Er* könnte so einer sein, der die ganze Zeit neue Freunde fand. Als sie eine Weile dagesessen hatten, bekam er eine SMS und fischte sein Handy aus der Tasche.

»Meine Schwester. Ich soll Gemüsebrühe kaufen«, las er. »Das vergesse ich bestimmt. Kannst du mich daran erinnern? Willys, Gemüsebrühe. Das müssten wir doch hinkriegen.«

»Mit vereinten Kräften.«

»Exakt. Sie soll *unbedingt* ihre Linsensoße machen können. Wir *werden* das hinkriegen.«

»Linsensoße?«

»Ja, wieso? Isak lächelte über ihren Tonfall. »Die ist wirklich gut. Wie Spaghetti und Hackfleischsoße, aber kein Hackfleisch, sondern Linsen. Komm schon, jetzt mach doch nicht so ein Gesicht, das ist wirklich lecker!«

Er erzählte von seiner kleinen Schwester Emmy, die in die achte Klasse ging und bei einem Umweltprojekt an der Schule mitmachte, weshalb sie beschlossen hatte, dass die ganze Familie einen Monat lang vegetarisch essen sollte. Es stellte sich auch heraus, dass Isak und seine beiden Schwestern ziemlich oft Essen kochen mussten. Das war schon so, seit sie ungefähr zwölf Jahre alt waren.

»Im Ernst?«, fragte Julia. »Kein Witz?«
»Nein, wieso?«
»Ja, aber du bist doch irgendwie …« Sie war nahe dran mit der Hand über ihn zu streichen, hielt sich aber zurück. *Du bist ein hübscher Fußballtyp. Du darfst doch kein Essen kochen können. So was sollst du nicht können. Du sollst an einen Türrahmen gelehnt stehen und charmant entschuldigend oder bedürftig aussehen. Alle anderen zum Schmelzen bringen, sodass sie dir helfen wollen. Mit allem. Weil du ein hübscher Fußballtyp bist.*
»Was bin ich irgendwie?«, fragte er amüsiert.
»Mein Bruder hat früher Handball gespielt, und der hätte niemals einen Monat lang die Hackfleischsoße für irgendein Linsendings sausen lassen«, rettete sie sich.
»Du musst doch auch schon mal von der Klimakrise gehört haben, und dass wir auf ein paar Sachen verzichten sollten? Fleisch. Milch.« Isak hielt die Finger hoch, als er aufzählte. »Fliegen. Autofahren. Eine Menge unnötiger Dinge kaufen.« Dann lächelte er über sich selbst. »Wenn Emmy mich jetzt hören könnte … Also, jedenfalls muss man ja nicht jeden Tag Fleisch essen.«
»Nein, ich weiß. Aber ich dachte trotzdem, dass gerade du einer bist, der auf dem Sofa liegt und nach Hamburgern brüllt.«
»Gerade ich.« Er lächelte wieder. »Und was würdest du sagen, wenn ich der krasseste Greenpeace-Aktivist wäre?«
»Bist du das?«
»Nee. Aber ich bin ja auch nicht wie Petter und Jonte.« Er zuckte mit den Schultern. »Sorry.«
*Sorry?* Mein Gott, das machte doch nichts, dass er nicht wie Astrids Bruder und dessen Freunde war. Das war doch nur ein sehr

großer Vorteil. Und dieser Blick, den er zusammen mit seinem Sorry rüberschob.

Oha.

Da musste sie sich wirklich am Riemen reißen. Das sollte eigentlich ein anderes Kaffeetrinken werden. Es gibt einen Plan, und der sieht kein Schwindeligwerden wegen Entschuldigungen und Spezialblicken vor. Also nickte sie ein hoffentlich cooles »Kein Problem« zur Antwort. Versuchte, normal auszusehen. Schob das unnötige, aber schwindelerregende Sorry ganz nach hinten ins Archiv.

***

Um fünf vor elf klopfte ihr Vater an die Tür.

»Julli? Rasmus ist jetzt hier.«

Sein Ärger war verflogen, und jetzt klang er mehr wie immer.

»Du?« Nach einem weiteren Klopfen öffnete er die Tür und sah hinein. »Ich habe mit Rasmus das Terrain sondiert, und er hat davon geredet, er wolle nach Hause nach Hagsätra fahren und ein paar Sachen holen. Was meinst du?«

Es war offenkundig, was ihr Vater damit sagen wollte: *Siehst du, Schätzchen, so schlimm ist es gar nicht. Wir können das doch ganz vernünftig lösen, oder?*

Julia hätte am liebsten geheult. Schon wieder. Nicht nur, weil sie sauer auf ihn war, sondern wegen allem. Karin, Isak, der ganze Frühling, das ganze Leben, alles, was so schiefging. Dass die Lage so verzweifelt war, dass ihr Vater meinte, eingreifen und Freunde für sie rekrutieren zu müssen. Ihr *Vater*. Da sah es echt mies aus.

»Und mir ist schon klar, dass du sauer bist, aber du wirst mich ja den ganzen Nachmittag nicht sehen«, fuhr er fort, »und du kannst immer noch alles unternehmen, was du vorhattest.«
Sie schloss die Augen, denn sonst hätte sie das Weinen nicht vermeiden können. Oder hätte laut rausbrüllen müssen.
»Aber du fährst doch trotzdem mit, oder?«, fragte er. »Ob du nun hier auf mich sauer bist, oder auf Söder – da ist es doch netter auf Söder. Oder? Schätzchen, bitte.«

# Rasmus

Ein paar Wochen vor den Sommerferien hatte Sonja ihn zu einem »Studienbesuch« ins Södra Latin mitgenommen. Nur Rasmus, keinen sonst. An einem Nachmittag nach der Schule wanderten sie gemeinsam zu U-Bahn.
»Ich kapiere ja immer noch nicht, was wir da sollen«, sagte er ungefähr zum vierten Mal.
Sonja gab jedes Mal dieselbe Antwort. »Ich glaube, es wird dir gefallen.«

Auch wenn Rasmus schon Hunderte von Malen auf Söder gewesen war, hatte er doch das Gymnasium Södra Latin noch nie gesehen. Hatte nicht gewusst, dass es dort versteckt lag, nur eine Straßenecke vom Buckel der belebten Götgatan entfernt.
Die Schulen, die er zuvor in seinem Leben besucht hatte, waren flache und langweilige Schuhkartons gewesen. Hatten nach nichts Besonderem ausgesehen. Im Gegensatz zu Södra Latin. Schön, groß, protzig. Erbaut 1891. Er googelte das, als er nach Hause kam.
Sonjas ehemaliger Kollege Anders wartete am Eingang auf sie. Vielleicht waren hier auch schon die meisten Unterrichtsstunden vorbei, denn es waren nicht mehr viele Schüler da. Doch soweit Rasmus erkennen konnte, als er Anders und Sonja durch die Flure folgte, brüllten sie nicht herum und hatten auch nicht in

den Schulbänken ihre Handys auf voller Lautstärke laufen. Alles und alle hier waren ruhiger, stiller und schöner.
Und als sie in den Kunstsaal kamen?
Seufz.

Auf Anders' Aufforderung hin zeigten zwei Mädchen und ein Junge, womit sie gerade beschäftigt waren.
Rasmus war schon klar, dass gerade diese drei nicht mehr da sein würden, wenn er auf dem Gymnasium anfing. Trotzdem. Das waren die Menschen, die er kennenlernen wollte. Bisher war ihm das nicht klar gewesen, aber jetzt wusste er es. Sofort. Er wollte wieder hierherkommen. Sich mit solchen Aufgaben beschäftigen. Solche Freunde haben. Obwohl alle im Saal aussahen, als hätten sie fancy Namen wie Greta, Franka und Alvar, und als würden ihre Eltern sicher nicht Essen ausliefern oder Klamotten verkaufen.
Er wusste genau, was Kelly und Vanessa über diese Kunstleute sagen würden. Wie falsch die waren. In vielerlei Hinsicht. Aber Rasmus war ja auch falsch. In mindestens ebenso großer Hinsicht. Mit Kelly und Vanessa, und vielleicht auch mit Greta, Franka und Alvar.
Trotzdem. Er wollte wieder hierherkommen. Und zwar sehr, sehr gerne.

»Wie fandest du es?«, fragte Sonja, als sie wieder Richtung Slussen gingen.
Rasmus wusste nicht recht, was er antworten sollten. Gut? Fantastisch? Absolut wunderbar?
»Jetzt sag mal«, beharrte Sonja.

»Werden die alle dann Künstler oder so?«
Ein paar der Schüler hatten an Ölgemälden gesessen. Groß. Mit viel Farbe. Rasmus malte nie in Öl. Er malte auch keine Aquarelle. Überhaupt kaum mit Farbe. Meist mit Bleistift oder schwarzem Filzstift.
»Oder Grafikdesigner oder Werbeleute oder Webdesigner. Oder was auch immer. Man muss kein reiner Künstler werden, nur weil man die Kunstlinie besucht.« Sonja boxte ihn leicht in die Seite. »Hat es dir nicht gefallen? Eigentlich sahst du nicht so aus.«
Natürlich hatte es ihm gefallen.
»Ich glaube, das könnte was für dich sein«, fuhr sie fort.
»Kunstlinie?«
Er hatte noch keinen Gedanken ans Gymnasium verschwendet, denn er hatte ja kaum mit der Oberstufe angefangen, aber Kunst? Daran hatte er überhaupt noch nicht gedacht. Obwohl er immer gezeichnet hatte und immer dafür gelobt worden war, und seine Oma ihn manchmal »den Künstler« nannte. Aber nichts von all dem war ja Ernst. Vielmehr so enorm weit von Ernst entfernt. Das war ihm immer bewusst gewesen. Man kann nicht einfach Künstler werden. Das wusste jedes Kind.
»Genau«, antwortete Sonja mit ernstem Blick. Kein Witz. *Kunstlinie. Etwas für dich.*
»Echt?«
»Ja! Man kann da auch hingehen, wenn man noch nicht durchgeplant hat, ein Künstler mit Staffelei und Baskenmütze zu werden«, erklärte sie. »Es ist eine ganz gewöhnliche geisteswissenschaftliche Ausbildung. Die zufällig eine Menge Kunst enthält.«
»Aber es ist doch sicher superschwer, da reinzukommen.«

»Und deshalb sind wir jetzt hier. Wenn du an Södra Latin denkst, dann ist klar, das ist eine der besten Schulen in Stockholm, und da wird ein kleiner Endspurt Ende der neunten Klasse nicht ausreichen. Da musst du dich früh entscheiden und langfristig arbeiten. Sowohl in Kunst, als auch in den anderen Fächern.«

*Wenn du an Södra Latin denkst. Dich früh entscheiden. Langfristig arbeiten.*

»Wie in einem Filmmedley«, fügte sie hinzu.

Wenn Leute in Filmen um etwas kämpfen sollen, wie zum Beispiel Skateboardfahren lernen, um ein Mädchen zu beeindrucken, oder auf eine krass schwere und enorme Prüfung lernen, und man aus verschiedenen Situationen einen Dreißigsekunden-Clip bekommt. Wie sie auf dem Schreibtisch mit Kaffeetassen und dicken Büchern um sich herum schlafen, oder in einer vollbesetzten U-Bahn in ihrem schicken Anzug auf dem Weg zur Arbeit stehen und trotzdem Skateboardmoves üben. Weil sie von ihrem Ziel so besessen sind.

»Wenn du ab diesem Herbst anfängst zu arbeiten, dann hast du gute Chancen«, sagte Sonja.

*Gute Chancen.*

»Aber ich male doch nie in Öl. So was mache ich doch nicht.«

*Das bin doch nicht ich. Oder?*

»Das kriegen wir leicht hin. Du kannst morgen anfangen.« Zum ersten Mal während ihres Gesprächs tauchte ein Sonjalächeln auf. »Ich glaube wirklich, dass es dir auf der Kunstlinie gefallen würde.«

Er hat den anderen in seiner Klasse nie erzählt, dass sie auf Studienbesuch am Södra Latin waren, und dass er seinen Zweijahresplan à la Filmmedley schon auf dem Nachhauseweg in der U-Bahn zu planen angefangen hatte. Als alle anderen an die Sommerferien dachten, ging er hin und redete mit paar Lehrern. Seine Freunde würden glauben, dass er Witze machte, wenn er das erzählte. Rasmus hatte doch schon ein Ausreichend in allen Fächern, also why? Ja, weil Ausreichend nun eben nicht mehr ausreichte.

Nicht im Traum würde er ihnen verraten, dass er seit dem Tag Sehnsucht nach einer bestimmten Schule im Allgemeinen und einem bestimmten Unterrichtssaal im Besonderen hatte. Niemand, absolut niemand würde das verstehen. Nicht einmal Nadir, und dabei kümmerte der sich ja zumindest darum, in welche Schwerpunktlinie er reinkommen könnte. Wenn man normal war, hatte man keine Sehnsucht nach irgendwelchen Schulen. Man sehnte sich vielmehr danach, wegzukommen.

Und man redete auch nicht davon, wie man sich nach seinen potenziellen neuen Klassenkameraden Greta, Alvar und Franka sehnte, denn dann würden die aktuellen Freunde, die man hatte, sauer werden und einen für den größten Betrüger aller Zeiten halten. Aber zu dem Zeitpunkt war Rasmus das wohl. Ein Betrüger, der es so leid war, Kellys Sprüche über alles und alle, woran sie sich störte, zu hören. Er sehnte sich danach, die ganze Sprücheklopferei gegen irgendein anderes Gesprächsthema auszutauschen. Es musste gar nicht unbedingt *Kunst* sein, so arrogant war er nicht, aber einfach irgendwas anderes. Was Neues.

»Glaubt ihr nicht, dass es auch ein bisschen spannend sein wird?«, fragte Rasmus bei einem Mittagessen im Frühjahr, als Vanessa angefangen hatte, von der bevorstehenden Wahl des Gymnasiums zu sprechen. »Zehn Prozent vielleicht? Fünf?«

Kelly und sie sahen ihn an, als hätte er den Verstand verloren.
»Ja, oder null«, korrigierte Kelly. »Ich hasse alles Neue.«
»Und neue Leute«, sagte Vanessa. »Alle, die da rumsoften.« Tiefer Seufzer. »Don't get me started.«
Ne, ne.

***

Als Julia aus der Hütte kam, hatte sie schwarze, etwas abgewetzte Jeans an und ein sehr weites, schwarzes Shirt. Dazu ein dunkelblaues Sweatshirt in der Hand. Eine gelbe, etwas zerknitterte Stofftasche hing über der Schulter. Dieselben grünen Sneaker wie sonst. Die smarte Brille. Die Haare waren gekämmt und festgesteckt. Der Pony auf der einen Seite mit einer Haarklemme. Hübsch. Ihre ganze Person war hübsch, und genau wie damals, als er zum ersten Mal den Kunstsaal betreten hatte, überkam ihn so ein: »Oh, aber das wusste ich ja schon«-Gefühl, obwohl er sie bisher nur in zu großen Shorts und T-Shirts oder alten Fleecepullovern gesehen hatte. Klar sah sie so aus, wenn sie in die Stadt fuhr und ihre eigenen, richtigen Kleider anzog. Warum überraschte ihn das überhaupt?
»Ich hab jetzt keinen Schlüssel, also nur dass du weißt«, sagte sie zu Olle und wühlte in ihrer Stofftasche.
»Brauchst du auch nicht«, erwiderte der Vater. Olle. »Alles klar?«
Julia antwortete nicht, sondern wandte sich Rasmus zu. »Hallo.« Kurze Begrüßung und ein noch kürzerer Blick, der mehr nach Goodbye denn nach Hallo aussah. Ihr ganze Person strahlte Frag-bloß-nicht aus, als sie an ihm vorbeirauschte und sich wortlos auf dem Beifahrersitz niederließ. Olle sah ihr auf so eine

besondere Weise nach, und man musste kein Genie sein, um zu merken, dass sie sich gestritten hatten. Worüber wohl?
»Na gut, dann fahren wir mal«, sagte Olle in übertrieben fröhlichem Ton und schloss das Haus ab. »Alle bereit?«
»Wonach sieht's denn aus?«, antwortete Julia supersauer.
Wenn Olles Tonfall übertrieben fröhlich war, dann vermittelte ihrer: »Hör mit dem Bullshit auf und fahr«. Nachdem sie ihren Satz abgeliefert hatte, schaltete sie außerdem das Radio an und suchte einen Musikkanal. Klare Botschaft: *Nicht reden.*
Rasmus wurde klar, dass sein Traum heute wohl nicht in Erfüllung gehen würde. Sie würden vermutlich nicht den ganzen Nachmittag in Gartencafés, an Springbrunnen oder in Parks zusammen unterwegs sein und lachen. Nicht runtergehen und sich die Insel unter der Årstabron ansehen. Mögliche Stromzäune im Wasser erörtern. Heute nicht. Heute saß Julia schweigend, den Blick stur durchs Fenster gerichtet da, und ihm war klar, dass es keine gute Idee wäre, zu fragen, was das Problem war, oder überhaupt etwas zu sagen.
Er konnte ja wohl nicht die Ursache für die miese Laune sein, oder? Als er am Nachmittag zuvor ging, war alles Friede, Freude, Eierkuchen gewesen. Wenn sie dann hinterher geseufzt und zu ihrem Vater gesagt hätte »meine Güte ich hoffe wirklich, dass der jetzt nicht die ganze Zeit hier herumhängen wird, denn, gosh, er ist wirklich anstrengend«, dann hätte Olle ihn doch nie gefragt, was für Pläne er heute hatte. Oder? Wenn Rasmus nun aber doch irgendwas gesagt oder getan hatte, ohne es zu merken, und sie deshalb sauer war! Während er alles noch mal durchging, was seit dem Nachmittag passiert war, um herauszukriegen, was es gewesen sein könnte, ließen sie Dalarö hinter

sich. Olle fuhr sein Fenster ein wenig herunter, als sie auf die große Straße kamen.

»Zieht dir das, Rasmus?«

»Nein, nein, alles gut.«

Das stimmte, aber selbst wenn er das Gefühl gehabt hätte, in einem Orkan zu sitzen, hätte er doch gelogen, um nicht noch anstrengender zu wirken.

»Sonst sag Bescheid.«

Was war wohl die klügste Strategie bei Julia, wenn sie schlechte Laune hatte? Fragen, was los war? Warten, bis sie selbst es ansprach? Oder ihr Eingeschnapptsein einfach ignorieren und über was ganz anderes reden? Bei Nadir war es eine Kombination aus Nummer eins und Nummer drei. Der musste sich erst mal auskotzen, aber wenn das passiert war, dann konnte er ganz leicht alles loslassen, wenn man mit was anderem kam.

Aber bei Julia war es wohl das Klügste, nichts zu tun, denn sie kannten einander ja nicht so gut. Besser, sich so still und unsichtbar wie möglich zu verhalten. Wie lange brauchte man in die Stadt, eine halbe Stunde, vierzig Minuten? Dann ein paar Stunden dort. Und dann so eine Dreiviertelstunde nach Hause. Bis dahin würde sie vielleicht nicht mehr sauer sein. *Dann* würden sie vielleicht wieder normal reden können. *Wenn* er sich bis dahin klug und unanstrengend verhielt.

# Julia

Sie war erst ganz kurz in der Bib, als Rasmus reinkam. Oder: *Rasmus!!!*, denn so fühlte es sich an. Ganzkörpererstarrung wegen leichter Panik. Die belastendste Autofahrt des Jahres hatte damit geendet, dass sie: »Du wolltest nach Hagsätra, oder?« murmelte. Er hatte genickt. Dann hatten er und Papa Telefonnummern ausgetauscht, um die Rückfahrt zu planen, während Julia schon losging. Alles andere wäre nach der idiotischen Einladung von Papa ja auch unmöglich gewesen.
Und dann tauchte er plötzlich hier auf.
*Rasmus!!!*
Julia saß auf dem Treppensitzplatz beim Fenster, und er sah sie nicht, als er vorbeiging. Was sollte sie tun? Irgendwas sagen? Und was? Oder es einfach egal sein lassen und sich wieder rausschleichen, ehe er sie bemerkte?
Er ging zu einem Comic-Regal. Blätterte ein wenig in einem Buch, stellte es zurück, nahm ein anderes heraus, in dem er länger hängen blieb. Hatte sie immer noch nicht bemerkt. Sehr vorsichtig zog Julia ihre Stofftasche an sich. Rasmus war immer noch auf sein Buch konzentriert. Da wagte sie, aufzustehen, einen Schritt runter zu machen, und …
Es sah auf und fuhr zusammen, als er sie sah. Schien dieselbe Art superbelastende und errötende »Oje, was?, Hilfe, *sie* ist hier«-Phase zu durchlaufen, die Julia gerade auch schon gehabt

hatte. Und die sie nun noch einmal durchlebte, weil sie hier fast erstarrt stand. So dermaßen auf frischer Tat ertappt, wie es überhaupt möglich war. Sie war nur ein in die Luft gestrecktes Bein von einer Comic-Parodie für »Rausschleichen« entfernt.

Rasmus öffnete den Mund, um was zu sagen, doch dann überlegte er es sich anders. Was kann man in so einer Situation schon sagen? *Oh, du bist hier? Wolltest nicht bemerkt werden? Uuups, und nun ist es aber trotzdem passiert?* Und dann könnte sie schwächlich antworten: *Neeiiiin, es ist überhaupt nicht so, wie du denkst, es ist …*

Es war ja genauso, wie er dachte.

Während die Wellen der Scham sie überspülten, standen sie beide schweigend da.

»Ich wollte …«, begann sie linkisch. Einer musste ja was sagen. Sie wedelte ein wenig hilflos mit der Stofftasche. »Bücher ausleihen.«

Keine Chance, dass er nicht begriff, was sie soeben versucht hatte, und sie hasste es, wie maximal enttäuscht er aussah.

»Ahso«, erwiderte er, und sie hasste es auch, wie seine Stimme klang. So falsch und abgehackt. Ihretwegen. Oder wegen ihres Vaters. »Okay.«

Mit einem Schulterzucken wandte sich Rasmus wieder dem Bücherregal zu, so in der Art: *dann geh. Ich kapiere es schon, aber du kannst jetzt gehen.*

# Rasmus

*Geh einfach,* mahnte er schweigend und intensiv. *Bitte, geh jetzt einfach.*
Kapierte sie nicht, dass sie sich nun zuerst bewegen musste? Er hatte ihr eine Vorlage gegeben, und die musste sie jetzt verwandeln. Das tun, was sie gerade dabei war zu tun, als er sie entdeckte, nämlich abhauen. Aber sie blieb noch sitzen, nachdem sie sich heruntergebeugt und ihre Schuhe gebunden hatte. Tat nicht mal so, als würde sie lesen oder so. Saß einfach da.
*Jetzt komm schon,* variierte er sein schweigendes Gebetsmantra. *Hau ab. Geh.*
Wie lange würde er noch warten müssen? Wie sahen die Regeln in solchen Situationen aus? Wenn eine Person nicht gehen will, wann darf es dann die andere tun? Nach einer halben Minute? Drei? Sie konnten schließlich nicht zusammen gehen. Dann würde die ganze peinliche Prozedur ein weiteres Mal wiederholt werden, und das packte er nicht. Wann würde er also aufhören können, so zu tun, als würde er sich Bücher anschauen? Er sah gar nichts an, das war total unmöglich, er wartete nur darauf, wieder atmen zu können.
Am schlimmsten wäre es, wenn sie glaubte, er sei ihr gefolgt, und das war ja leider sehr gut möglich. Aus der Serie: Wie man ein anstrengender Mensch wird und genau das Gegenteil von dem tut, was er eigentlich gewollt hatte. Wenn er nur eine Sekunde

nachgedacht hätte, dann hätte er sich ausrechnen können, dass die Bibliothek für Julia der selbstverständlichste Ort auf ganz Söder war. Natürlich würde sie hierherkommen.

Sollte er darauf scheißen, mit denen zurückzufahren? Erfinden, dass er noch irgendwas machen müsse, und Olle eine SMS schicken? Rasmus hatte noch nicht herausgefunden, wie man ohne Auto nach Dalarö kam, aber da ging doch wahrscheinlich ein Bus, oder?

»Du, Rasmus?«

# Julia

Er sah so verstört aus, dass alles in ihr schrie, dass sie »Ach, nichts, vergiss es« sagen und abhauen sollte. Nicht noch mehr kaputt machen. Aber wenn sie jetzt so taten, als wäre nichts, dann würde es nächstes Mal so anstrengend werden, im Auto auf dem Nachhauseweg oder draußen auf Dalarö.

»Ich wollte nur ein paar Bücher ausleihen«, fing sie noch mal neu an und bekam einen »Ahso«-Blick als Antwort. »Und dann wollte ich mir eigentlich ein Softeis kaufen. Kommst du mit?«

»Ich? Warum?«

»Weil …«

Weil das hier so entsetzlich peinlich war? Weil der ganze Tag so ruiniert war? Gestern war es so superschön und deshalb ist es so schade, dass heute alles nur schiefzugehen scheint.

»Ja, weil das lecker ist. Und vielleicht Spaß macht?«

Mehr Argumente, die man laut aussprechen konnte, fielen ihr nicht ein, deshalb zuckte sie nur mit den Schultern. *Wenn du einen Idioten kennenlernen willst, leg deine Hand in meine.*

»Aber wir können uns auch später um drei treffen«, sagte er. »Es ist okay, wenn du keine Gesellschaft willst. Ehrlich. Und ich bin dir auch nicht hierher gefolgt, dass du es nur weißt. Ich wusste nicht, dass du hier sein würdest.«

Er wurde rot.

»Nein, nein, natürlich nicht«, beeilte sie sich zu sagen. »Und,

klar können wir uns auch um drei treffen. Vielleicht bist du ja jetzt auf dem Weg nach Hagsätra, ich weiß ja nicht. Aber ich such mir jetzt ein paar Bücher raus, und dann gehe ich und kaufe Eis. Komm mit, wenn du willst. Das wäre lustig, Rasmus. Ehrlich.«
Er sah immer noch nicht überzeugt aus. Fuhr sich mit den Fingern durchs Haar. Strahlte mit jeder Faser großes Zögern aus.
»Hagsätra war mehr so ein loser Plan, aber … Ich muss kein Eis essen.«
»Nein, ich weiß. Keiner muss das. Es ist nur ein Vorschlag. Man darf Nein sagen. Oder Ja. Beides geht.«
Er sah auf den Platz vor der Bibliothek hinaus, dann zu ihr, dann wieder weg, und dann …
»Okay. Ja. Dann sage ich Ja.«
Julias Erleichterung? Vielleicht so groß, dass sie am liebsten gebrüllt hätte, aber sie riss sich zusammen und lächelte bloß. Ein Lächeln war normal. »Gut! Ich erledige nur das hier …« Sie wedelte wieder mit der Stofftasche und er nickte.
»Ich auch.«

»Was geht mit den Comics?«, fragte sie kurz darauf, als sie ihre Ausleihe klarhatten und mit einem Eis draußen auf dem Platz saßen. »Ist es das, was du so liest?«
Er hatte einen ganzen Stapel in seinen Rucksack gepackt.
»Auch normale Bücher, aber meine Kunstlehrerin liebt Comics, deshalb bin ich wahrscheinlich ihretwegen in so eine Phase geraten.« Er pickte ein paar Streusel auf, die ihm auf die Hand gekullert waren. »Ein ziemlich lange Phase.«
»Superhelden und so was?«

»Mehr autobiografische Sachen. Wie Rocky. Der Typ, der jeden Tag einen Comic in DN zeichnet, und das schon jede Menge Jahre macht, und der auch nicht aufhören wird, bevor …«
»Doch, klar weiß ich, wer Rocky ist. Ich lese ihn manchmal.«
»Echt? Na ja, jedenfalls so in der Art.« Er warf mit noch ein paar Namen um sich, die Julia nicht kannte. »Was ist mit deinen Büchern? Was geht mit Fantasy?«
»Nichts. Ich leihe nur Sachen aus, die hundert Prozent wirklich sind.«
»Gottseidank«, sagte er. »Ich hoffe, in denen ist auch mal jemand ein bisschen erschöpft.«
»Und blauäugig. Ich drücke die Daumen für einen ganz normalen blauäugigen und etwas erschöpften Menschen.«
Beide lächelten.
»Bist du oft hier?«, fragte Rasmus.
»In dieser Bibliothek? Doch, manchmal. Und manchmal in der draußen in Sickla. Oder Nacka Forum. Oder einfach die bei uns in der Nähe. Ich bin ein wenig besessen davon, in Bibliotheken herumzuhängen. Eigentlich ziemlich besessen. Das ist *meine* lange Phase. Irgendwie das ganze Leben.«
Er sah sie an. »Dann sind wir ja wahrscheinlich schon mal gleichzeitig hier gewesen!«

# Rasmus

»Glaubst du?«, fragte sie.

»Ja, oder?«, antwortete er. »Ich bin schließlich auch ab und zu hier, da stehen die Chancen doch ganz gut.«

»Aber wenn man es genau überlegt, können wir uns im Grunde ja überall begegnet sein. Du bist ja wohl auch manchmal auf Slussen. Oder … was weiß ich, irgendwo hier auf Söder. Wir können schon zwanzigmal aneinander vorbeigelaufen sein.«

»Stimmt. Ich dachte nur hier, weil du eben auch herkommst.« Schnell durchsuchte er sein Gedächtnis. »Um Ostern herum. Was habt ihr da gemacht? Wart ihr weg?«

»Wir sind nie weg.«

Sie sah ihn von oben bis unten an, und er dachte, dass sie sich ihn jetzt in einer mehr nach Frühjahr aussehenden Jacke vorstellte. Das versuchte er nämlich grade mit ihr. Vielleicht dieselbe gelbe Stofftasche, aber andere Jacke. Irgendein Erinnerungsbild, das er rausholen konnte? Andere Jahreszeit, anderer Tag, selbes Mädchen.

»Ich kann mich nicht erinnern, was ich gemacht habe«, sagte sie. »Aber möglich ist es. Stell dir vor, wir hätten hochgeschaut oder wären irgendwie drei Schritte nach links gegangen oder so. Das ist doch krass, wenn man sich das überlegt, oder?«

»Findest du?« Sie klang sehr skeptisch. »Ich finde mehr, das klingt krass anstrengend. Alles könnte doch anders werden, wenn man nur wüsste, dass der Mensch, der da hinten sitzt, jemand ist, den man in fünf Jahren treffen wird, und dann wird er superwichtig werden, oder dass der da bei der Würstchenbude … whatever werden wird. Das würde ja die ganze Zeit Millionen von *Falls* bedeuten. Millionen parallele Welten. Man hätte wahnsinnig glücklich werden können, *falls* man nur eine Sekunde früher aufgesehen hätte oder nach rechts anstelle von links abgebogen wäre. Will man das wirklich wissen?«

»Nein, vielleicht nicht«, stimmte er zu. »Das wäre ein bisschen anstrengend. Auch noch.«

»Ich meine es wirklich nicht persönlich«, erklärte sie. »Es ist nur, dass dann alles so furchtbar … Es wird einem ja ganz schwindelig von den vielen Möglichkeiten. Das verstehst du doch, oder? Bitte sag, dass du mich verstehst.«

»Ich verstehe es«, sagte er gehorsam, aber er meinte es auch. Selbst wenn er nicht dieselbe Angst dabei bekam, die sie offenbar packte, doch ja, schwindelig von all den Möglichkeiten. »Du bist also mehr ein Schicksalsmensch?«

»Ich weiß nicht, was ich bin. Darüber habe ich noch nicht nachgedacht. Aber wenn wir an Ostern nun gleichzeitig hier gewesen wären, was hätte denn dann passieren sollen? Ich rede niemals einfach so mit Menschen, die ich nicht kenne. Du?«

»Lass dich nicht von fremden Leuten ansprechen.« Er lächelte und zuckte mit den Schultern. »Ne, wahrscheinlich nicht.«

Oder ganz sicher, nein, auf keinen Fall. Er tat das auch nicht. Aber wenn es nun so war, dass man manchmal einfach spürte, dass *dies* die Gelegenheit war. Auch wenn man sonst nicht der spontane Typ war, der jeden anquatschte, gab es doch etwas, was einen aufsehen und Hallo sagen ließ, wenn manche *besonderen*

Fremden auftauchen. Solche mit gelben Stofftaschen und coolen Brillen. Nur weil man spürt, dass es mit denen anders sein wird. An solchen Menschen kann man nicht zwanzigmal auf der Straße vorbeigehen, ohne auf sie zu reagieren. Nie im Leben.
Aber eine solche Theorie konnte man natürlich nicht laut aussprechen.
»Es ist nur …«, begann Julia, aber dann kam keine Fortsetzung.
»Was?«
»Dieser ganze Frühling war so verdammt …« Sie unterbrach sich wieder. »Ja, ziemlich speziell. Aber scheißegal. Und tut mir leid, dass ich der steifste und langweiligste Mensch der Welt bin und jetzt die Stimmung ruiniere.«
»Neiiin«, versicherte er. »Ich kapiere schon, wie du das meinst.«
*Und du bist nicht steif und langweilig. Und du hast auch keine gewöhnlichen blauen Augen.*
Aber das konnte man ja auch nicht sagen.

# Julia

Sich auch nur im Entferntesten vorzustellen, wie anders alles hätte werden können, wenn sie schon in den Osterferien einen Typen in grauer Kapuzenjacke bemerkt hätte. Zufällig mit ihm ins Gespräch gekommen wäre. Und wenn sie denselben Flow gehabt hätten wie jetzt. Auch wenn das ziemlich weit hergeholt war und dafür monsterhafte Was-wäre-Wenns nötig waren, genügte es doch, sich ein Weilchen in Qualen der Reue zu winden. Sie war schließlich an Ostern hier gewesen. Wusste nicht mehr genau, an welchem Tag, aber sie war an einem Ferientag in die Stadt gefahren, um mit ihrer Mutter zu Mittag zu essen. Sie erinnerte sich daran, weil sie nämlich als Stilberatung mitging, als ihre Mutter sich eine neue Brille aussuchte, und beim Optiker hatten sie ein riesiges Osterei mit schicker Schokolade darin gehabt, aus dem die Kunden sich etwas nehmen durften. Julia hatte zufällig eine Praline mit Rumfüllung erwischt. Eklig. Nach der Brillen-Anprobe ging ihre Mutter zur Arbeit zurück, und Julia spazierte zur Bibliothek.

»Ich verstehe das sehr gut«, versicherte Rasmus ihr. »Es wird einem wirklich schwindelig. Und dafür muss man nicht steif oder langweilig sein.«

Als sie ihn ansah, nickte er, um das noch einmal zu bestätigen. *Doch, klar, ich verstehe das, ich schwöre.*

Man stelle sich vor, sie hätten das schon seit Ostern machen können. Sich manchmal treffen, in der Bib, ein bisschen reden, herumhängen. In den Bus zum Medborgarplatsen hüpfen. Ihn da auf der Treppe finden. So ein schönes Hallo-Lächeln bekommen. Ehe was anderes passiert war. Ehe Isak passiert war.

Sie sah verstohlen zu Rasmus. So viel, woran sie nicht denken durfte. Zum Beispiel, ihre Hand unter seine Kapuzenjacke zu schieben. Da unten am Rücken. Spüren, wie warm und schön er war. Oder sich in seinen Nacken schnuffeln. Spüren, wie weich er war, wie gut er roch. Mit ihren Fingern durch seine Haare fahren.

Ich kann einfach nicht darüber nachdenken, entschied sie. An nichts davon. Sonst werde ich verrückt. Wir sind uns niemals begegnet, wir haben nie zufällig aufgesehen, wir haben uns nie begrüßt. Und jetzt habe ich Isak. Der auch fantastisch ist. So ist es einfach. Punkt, Schluss und The End.

»Hallo? Sieh dir das an!« Rasmus musste sich beeilen, um noch mehr Streusel aufzulecken. »Die sind zu schwer. Wie kann man nur zu schwere Streusel herstellen? Testen sie die nicht? Das darf ja wohl nicht sein, wenn man teures Geld für ein Eis gezahlt hat.«

»Bist du jetzt richtig wütend?«

»Ja! Verdammt, das bin ich!« Er sah sie an und lächelte unter seinem Pony, und das war ein so süßer und freundlicher Blick, dass ihr ganz warm ums Herz wurde. »Streuselchaos. Streuselpanik. Drama. Junge kaufte Softeis mit Streusel. Du ahnst nicht, was dann passierte.«

»Ich glaube, Junge geriet ein bisschen in Stress?«, riet Julia, und da musste er kichern, wenn auch immer noch mit seinem süßen Lächeln.

»Gelinde gesagt!«
»Abgang alle?«
»Abgang fucking Welt«, setzte er noch eins drauf.
Der amüsierte Tonfall. Und wie schön es war, einfach so das Gesprächsthema zu wechseln, weil sie Man-stelle-sich-vor-Panik kriegte und steif und langweilig und negativ war.
»Und weißt du, was ich danach machen will?«, fragte er. »Runter gehen und nach der Insel sehen. Kommst du mit?«
Ja!
Aber das Beste wäre, Nein zu sagen. Das Eis aufzuessen. Eine Aktivität ohne ihn erfinden. Von dieser Bank aufstehen, wo ihre Beine so nahe waren und sein welliger Pony ihm auf die Stirn fiel, und er den einen Ärmel seiner Kapuzenjacke hochzog, um sich am Handgelenk zu kratzen, und seine Unterarme sonnengebräunt und sehnig waren. Ungefähr die dreiunddreißigste hübsche Sache, die Julia an ihm bemerkte. Völlig unnötigerweise. Was sollte sie schon mit der Liste? Ah, hübsche Unterarme hat er auch. Sieh mal einer an. So ein Glückspilz.
Also nein. Lieber nicht mitgehen und eine Insel ansehen.
Es wäre gar nicht seltsam, wenn sie ablehnen würde. Sie war nach dem Katastrophenstart höflich und freundlich gewesen und hatte alles gerichtet. Das war gut, und es genügte. Jetzt würde es nicht anstrengend sein, wenn sie in ein paar Stunden nach Hause fuhren.
»Klar«, sagte sie. »Ich komme mit.«

# Rasmus

»Årsta holmar. Drei Inseln, zu denen man nur per Boot kommen kann, die haben … Die haben schon viele verschiedene Namen gehabt.« Rasmus las aus dem Internet vor und hielt die Karte hoch, die er dort gefunden hatte. »Möchtest du sehen?«

Als Julia das Telefon nahm, berührten sich ihre Fingerspitzen.

»Ich verstehe nicht, warum ich das hier nicht schon längst mal gegoogelt habe«, sagte er.

Er versuchte, so locker rumzustehen, wie es nur ging. Sich nicht so zu verhalten, als ob es eine große Sache wäre, dass ihr Ellenbogen an seine Taille stieß, als sie das Telefon herumdrehte, um die Karte mit den Inseln vor ihnen übereins zu bringen.

»Jetzt fahre ich schon seit ungefähr drei Jahren andauernd nach Rönninge, weil mein Vater da jetzt wohnt, aber hier unten war ich noch nie. Oder, klar waren wir vor ein paar Jahren mit der Schule hier, aber das war …«

Was plapperte er da bloß? Extrem unentspannt.

Julia vergrößerte das Bild. »Alholmen ist die da ganz hinten, oder? Die sieht man da oben aus dem Zug.«

»Ja? Ja, das muss Alholmen sein«, sagte er und wünschte, es gäbe fünfzehn Inseln, auf die sie da zeigen könnten, in aller Ruhe, eine nach der anderen. Langsam und bedächtig.

»Cool.« Julia gab ihm das Telefon zurück. Leider ohne Fingerspitzenberührung. »Ich bin auch seit Ewigkeiten nicht mehr hier unten gewesen. Aber Årsta holmar, da haben wir doch schon einen Namen.«
Rasmus scrollte weiter in der Trefferliste. »Und das gelbe Haus da ist ein Konferenzhotel. Das kann man buchen.«
»Ehrlich?«
»Ja, als Gruppe.« Er las weiter. »Mittagessen und Kaffee, selbst gebackene Kuchen. Bis zu achtzehn Personen können da übernachten. Und zu Abend essen. Man kauft ein komplettes Konferenzpaket.«
Sie machte ein enttäuschtes Gesicht. »Und steht da auch, wie man hinkommt?«
Rasmus blätterte weiter. »Nein. Per Boot, aber vielleicht muss man das selbst organisieren. Es gehen keine Linienschiffe.«
»Oder das Ganze mit Konferenz und Gruppe ist einem egal, und man paddelt abends mit einem geheimen Kanu und Zelt rüber. Der ursprüngliche Plan.«
»Das klingt immer noch am stärksten.«
»Definitiv. Und ich glaube, dass die Leute das wirklich tun. Meinst du nicht?«
Er nickte. »Doch, kommt bestimmt vor.«
Vielleicht war doch nicht er das Problem, warum sie sauer war. Oder es war ihm gelungen, die Sache wieder zu richten, den seit dem Eis war alles wie immer. Zum Glück hatte er sich getraut, sie zu fragen, ob sie mitkommen wollte, um die Inseln anzusehen. Sie hatte zwar ein wenig zögerlich gewirkt, aber dann waren sie zum Eriksdalsbadet gelaufen und von dort aus runter zur Bucht. Sie hatten nach den Inseln Ausschau gehalten.

Die erste Überraschung war, dass sie größer waren, als Rasmus gedacht hatte. Die zweite, dass es drei Stück waren. Die dritte, dass auf einer von ihnen ein gelbes Holzhaus stand, das sich als Konferenzhotel entpuppte.
»Oh nein, was ist das denn? Sind die bewohnt?«, hatte Julia enttäuscht geseufzt, als sie das Haus sahen. »Das müssen wir googeln.«
Rasmus hatte schnell sein Handy herausgezogen. Seit sie sich mit dem Eis auf die Bank gesetzt hatten, hatte er vermieden, darauf herumzuknipsen, um nicht Julia daran zu erinnern, dass es Handys gab und Zeit und andere Menschen, die vielleicht eine SMS schickten wegen Sachen, die sie machen sollte, da sie nun schon mal in der Stadt war. Wie zum Beispiel sich mit ihnen zu treffen, anstatt mit ihm herumzuhängen.
»Womöglich ist das hier ein Ort für geheime Feste«, überlegte sie. »Es kommt eine Einladung. Man erfährt nichts, außer dass man zu einer bestimmten Zeit an einen bestimmten Ort kommen soll. Und zwar hierhin, denn man muss mit dem Boot rüberfahren. Und wer abends spät hier vorbeigeht, sieht, dass im Haus Licht brennt, und hört Musik, und alle werden superneugierig und wahnsinnig neidisch.«
Sie schaute wieder zur Insel hinaus. »Ich würde total gern da draußen ein Fest organisieren.«
*Darf ich dann auch kommen?*
Es lag ganz vorn auf der Zungenspitze, doch er wagte nicht zu fragen. Stattdessen schaute er auch zur Insel hinaus. »Mach das.«
»Hm. Wie spät ist es?« Julia wühlte in der Stofftasche nach ihrem Handy, und Rasmus verspürte den Impuls, sie daran zu hindern. War immer noch ein wenig Zeit. Sie könnten sich in

das Wohnwagencafé mit Liegestühlen davor setzen, an dem sie vorbeigegangen waren. Oder auf eine andere Bank. Oder einfach weiter am Wasser entlanglaufen. Ganz egal, wenn sie nur nicht wegging.

Drei Typen in gleichen neongrünen Trainingsjacken joggten vorbei, während Julia auf ihrem Handy las. Zu lange und zu konzentriert.

Verdammt?

Sie schrieb etwas. »So. Das war mein Bruder. Was machst du jetzt?«

»Äh … weiß nicht so genau …« Er zögerte die Antwort hinaus, was war denn am besten? So tun, als hätte man was zu erledigen, oder zugeben, dass man keine Pläne hatte? »Auf die Brücke gehen und auch von oben noch mal gucken? Wo wir jetzt schon mal hier sind, meine ich. Das schaffen wir doch noch.«

Julia sah zur Brücke und dann wieder auf ihr Handy. »Verdammt gründliche Recherche, Rasmus. Aber okay, wir sehen es uns auch noch mal von oben an.«

# Julia

Am Mittwoch nach ihrem ersten gemeinsamen Kaffee schickte Isak eine SMS. Vormittags, aber Julia wartete den ganzen langen Tag, bis sie aus der Schule zurück war, ehe sie wagte, die zu lesen.

»Hallo! Nur falls du dich das gefragt hast: Die Linsensoße war supergut. 100pro EHRLICH. Wollen wir vielleicht am Wochenende wieder was zusammen machen? Walpurgis? Das war nett am Samstag!«

Seit Freitag hatte zwischen ihr und Karin eine superanstrengende Stimmung geherrscht. Karin und Astrid waren auf eine einfach *zu* nette Art rücksichtsvoll und nett gewesen. So, wie man es Menschen gegenüber ist, die nicht wirklich zählen. Von denen man weiß, dass sie ihr Bestes geben, aber doch einfach falsch liegen. Die Armen. Arme Julia.

*Wollen wir am Wochenende vielleicht wieder etwas zusammen machen?*

Scheinbar hatte von dem Kaffeetrinken am Samstag niemand was erfahren, und das war ja gut. Großes Glück. Gigantisch. Aber wenn sie noch einmal Kaffee tranken oder »etwas zusammen« machten? Das würde rauskommen. War nur eine Frage der Zeit. Julia konnte sich vorstellen, wie Astrid bei Karin anrief, und wie Karin reagieren würde. »Warte mal. Was. Hast. Du. Gesagt?« Da wäre anstrengende Stimmung nur der Anfang.

»Kann nicht, wir fahren übers Wochenende ins Sommerhaus«, antwortete Julia.
100pro GELOGEN. Papa hatte einen Zusatzjob bekommen, und sie würde zu Hause sein. Über das ganze lange Wochenende. Und Karin würde in London sein, Astrid und sie hatten sogar den Freitag noch freigenommen. Aber sie konnten sowieso nicht Kaffeetrinken. Auch wenn Isak es nett fand, und auch wenn sie sich total geschmeichelt fühlte deswegen, weil: *Isak*. Trotzdem. Nein, nein und noch mal nein.
»Schade«, schrieb er. »Ein andermal.«
Nein, keinmal, niemals jemals.
An dieser Einstellung hielt sie den ganzen Donnerstagabend fest, bis Karins und Astrids Londonflieger abhob und Karins Londonbericht startete. Anprobefotos mit neuen Tops und weißen Kleidern zum Schulabschluss mit »Ja oder Nein?«-Fragen, sodass alle »Jaa! Supersüß! Kaufen!« in den Kommentaren schreiben konnten.
Und eine Menge Turteln und Kichern mit Astrid. Jedes Mal, wenn Julia das Handy zur Hand nahm, hatte Karin ein neues Bild gepostet. Als müsste sie jedes kleine Ding, was in London passierte, dokumentieren. Oder als ob sie sich selbst und Astrid dokumentieren müsste? Der Gedanke kam Julia, als sie am Samstagmorgen durch den Bilderfluss scrollte. Was, wenn der Sinn von allem vielleicht war, dass sie selbst hier etwas kapierte? Nämlich: Karin und Astrid. Wie fröhlich und glücklich sie waren. Wie gut sie zusammenpassten. Und wie gut sie überall hineinpassten. Im Unterschied zu …
Zu Weihnachten hatte sie von ihrem Vater ein Buch bekommen, *Das kleine Angstbuch* von Linda Skugge. Das ging darum, wie

es war, Teenager zu sein. Da stand unter anderem, dass es zum Schlimmsten gehörte, was man seiner Freundin antun konnte, dass man ihr jemanden stahl, in den sie verliebt war.
Schon. Na klar.
Aber was, wenn die Freundin dabei war, sich ein neues Leben anzuschaffen? Eines, in das man nie hineinpassen würde. Und wenn zu dem Leben auch eine neue beste Freundin gehörte. Eine, die lustiger und süßer war, und mit der man alles Mögliche machen konnte. Wo auf der Am-schlimmsten-Skala landete das?
Als Astrid Mallorca vorschlug, und dann London, wie lange hatte Karin da überlegt? Wie leicht war es für sie gewesen, Ja zu sagen?
Wenn man den Schwall von Londonbildern betrachtete, war die Antwort klar: superleicht. Nur los.
*Hallo, Julia, kapierst du's?*

Bei manchen Sachen, die man so macht, werden einem die Konsequenzen erst viel später klar. Bei anderen weiß man sie sofort. Julia scrollte Isaks SMS hoch. Schrieb: »Hallo, was machst du?« Hielt dann inne und zweifelte. Horchte auf die Stille in ihrer Wohnung. Hörte, wie einsam das klang. Am Montag würden Karin und Astrid von London-Berichten überquellen. Was sollte Julia denn dann sagen? »War einfach zu Hause. Bin mit Mama zum Training gegangen. Und hab dann entspannt abgehangen. Das war schön. Ne, zu irgendeinem Walpurgisfeuer hatten wir keine Lust. Das ist doch mehr was für Kinder.« Allen würde klar sein, dass sie log. Und wie langweilig und einsam es bei ihr war. Und im Sommer genauso wie im Herbst und im Winter. Wie oft würde sie noch sitzen müssen und auf Karin warten?

»Ist doch nichts aus der Hütte geworden, deshalb bin ich zu Hause«, fügte sie der SMS hinzu.
Es war, als würde sie einen Countdown einschalten, als sie auf »Senden« drückte. Wo genau der hinführen würde, wusste sie nicht, aber ihr war klar, dass jetzt irgendwas passierten würde. 100pro SICHER.
Die Antwort kam innerhalb von fünf Minuten. »Super! Herkommen und Film gucken? Hab schon mit einem Kumpel was gegen 19 Uhr ausgemacht. Mitmachen?«
Wenn Karin sauer sein würde, wenn sie von dem ersten Kaffee hörte, dann würde sie wirklich krass sauer sein, wenn sie von dem hier erfuhr. Vor allem vom WO. Denn jetzt ging es schon ziemlich ums WO. Zu Hause bei Isak Film gucken. Mit noch irgendeinem Kumpel. Der vielleicht auch Petter kannte? Was der große Bruder von Astrid war. Die Karins neue beste Freundin war.
Wenn es nur nicht Petter war! Aber das hätte Isak ja wohl erwähnt, oder?

Isak: Übrigens: wir gucken natürlich nur gute Filme.
Julia: Kein Walpurgisfeuer?
Isak: Dachte, ich lass das dieses Jahr mal aus. Ok?
Julia: Total ok. Komme gern.
Isak: ☺

***

Sich zufällig in der Bib treffen, ein Eis essen und eine Insel checken. Das war anders. Nichts war geplant. Nichts passierte bewusst, weil Julia sich das im Vorhinein schon ausgedacht hatte. Das hier waren nur Sachen, für die es einen Zufall brauchte. Sachen, die ihnen im Moment einfielen, um die Zeit bis drei Uhr rumzukriegen, Weil *Papa* Rasmus eingeladen hatte, mitzukommen. Da gab es doch wohl nichts zu meckern, oder? Jedenfalls nicht viel, solange sie sich innerhalb gewisser Grenzen hielt.

»Reicht das hier, oder müssen wir auch noch nach Årsta rübergehen und gucken, wie es von der Seite aussieht?«, fragte sie, nachdem sie eine Weile lang die Inseln von oben angesehen hatten.

»Ob es reicht?«, echote Rasmus. »Du meinst, für deinen Geschmack würde es zu nerdig und fixiert wirken, auch noch rüberzugehen?«

»Ein bisschen nerdig ist es schon. Aber auch spaßig. Und unerwartet. Nicht ganz so, wie ich mir den Tag vorgestellt hatte.«

»Wie hattest du dir den Tag vorgestellt?«

»So, irgendwie rumlaufen. Eigentlich nichts Besonderes.« Julia zuckte mit den Schultern. »Aber das hier war cool, und es wird auch Spaß machen, dann das Ergebnis anzusehen. Denn du machst jetzt doch eine neue Version der Karte, oder?«

»Vielleicht. Mal sehen.«

»Komm schon. Ich bin doch auch ein Nerd«, sagte sie. »Erinnerst du dich, dass wir in der Bib angefangen haben? Ich habe mit so was hier wirklich kein Problem.«

»Nee«, brummte er, und Julia konnte nicht anders, als ihn nachzumachen. Da lächelte er, so wie immer. *Nett* wie immer, und sie musste schnell wieder zu der Insel schauen, sicherheitshalber.

»Ich fand es heute auch cool«, sagte er. »Volle Punktzahl für Losnerden und eine Insel checken. Aus allen Himmelsrichtungen.«

Als er das Letzte sagte, glitt seine Stimme wieder in diesen sanften Ton, der lockte und pochte. Der flüsterte: »Huch, sieh nur, wie nahe wir einander gekommen sind. Schon wieder.«

Wie wäre das: seinen Arm um die Taille zu haben. Und den anderen um den Hals. Wie schön das wäre. Und der Geruch. Und der Mund. Mein Gott, stell dir diesen Mund vor. Volle Punktzahl dafür. Für alles.

*Hör auf. Nicht weitermachen.*

»Wie spät ist es?«, fragte sie. »Vielleicht sollten wir zurückgehen.«

Isak hat das alles auch, erinnerte sie sich selbst. Jedes einzelne Detail. Halsgrube, Geruch, Lächeln, Arme, unter die man kriechen kann. Magische Hände. Mund. Küsse. Unglaubliche Küsse.

Rasmus checkte sein Handy. »Noch kein Stress, aber wir können gehen.«

# Rasmus

Und dann eine halbe, vielleicht Dreiviertelstunde zurück. Vorne unterhielten sich Julias Eltern. Verglichen mit Mittwoch, als sie mit dem Fahrrad auf Dalarö herumgefahren waren und alles eine lange, gerade Strecke gewesen war, hatte dieser Nachmittag viel von einer Übung im Gas geben und Bremsen. Spüren, wenn ein Halteschild kommt. Warten, bis Julia signalisierte, dass man weiterfahren konnte. Dann ein paar Schritte vor.

Er konnte nicht erkennen, was die Ursache für all die Halteschilder heute gewesen war, aber es schien zumindest so, dass er kapiert hatte, wenn sie kamen. Und auch wenn sie jetzt die meiste Zeit auf dem Rücksitz schweigend dagesessen hatten, war es doch ein viel besseres Schweigen als vorher bei der Fahrt in die Stadt hinein. Dieses Schweigen war ruhig und schön und ohne Groll. Ein Schweigen, in dem man sich manchmal ohne erkennbaren Grund ansehen und zulächeln kann, und ohne dass jemand fragen muss, was denn nun so witzig ist. Beide wissen es.

»Mal im Ernst, ich darf dann doch die neue Karte ansehen, oder?«, fragte Julia noch einmal.

»Wenn du möchtest.«

»Gut.« Sie lächelte. »Das möchte ich nämlich.«

Und damit war es entschieden. Er würde definitiv so schnell wie möglich eine neue Version der Karte zeichnen, und sie würde sie ansehen dürfen. Und natürlich würde er versuchen, alles andere einzuzeichnen, was heute geschehen war. Aber das würde Julia aus offenkundigen Gründen nicht zu sehen kriegen. Vorne sagte Olle etwas, woraufhin Julias Mutter Pernilla ihn ansah und nickte. Das Radio lief leise. Olles Fenster war einen winzigen Spalt offen, sodass eine leichte und schöne Zugluft hereinkam. Julias Lächeln, als sie »gut« sagte, war von der geraden Sorte. Zwei Schritte vor.

# Julia

Ihre Mutter war es, die unbedingt bei einem Abendspaziergang um »die Ländereien« Gesellschaft haben wollte. Weil es ihr allererster Urlaubstag war. Und weil so schönes Wetter war. Was konnte Julia da schon machen? Spaziergänge verweigern? Schönes Wetter und Urlaub verbieten?

Ob Rasmus wohl am Steg war, wenn sie auf dem Rückweg vorbeikamen?

Ja.

Das war er.

Was konnte sie da schon machen? Stege verbieten? Ihn verbieten?

# Rasmus

»Also noch länger?«, fragte Kelly, als er ihr erzählte, dass er noch nicht richtig von Dalarö zurück nach Hause kommen würde. »Was machst du da denn den ganzen Tag, was so cool ist?«

*Julia. Sie ist so cool.*

»Gestern waren wir schwimmen. Heute gehen wir sicher noch mehr schwimmen. Und heute Abend grillen wir mit den Nachbarn.«

»Mit Ludwig und Lovisa?«

»Neeiin.«

*Mit Julia.*

Als er Kelly und Vanessa im Frühjahr von der Hütte erzählt hatte, fingen sie sofort an, sich alles Mögliche über Dalarö auszudenken. Krass schlossige Häuser mit großem Rasen und Terrassen. Luxuriöse Grills. Überall Segelboote. Ungefähr so wie die Kardashians in den Hamptons. Rasmus würde sich mit irgendeiner Lovisa oder einem Ludwig aus Bromma oder Solsidan anfreunden. Die würden ihn mit zum Golf nehmen, oder auf eine Tour mit dem Boot von ihrem Papa. Natürlich würden sie superwählerisch und angeberisch sein.

»Solche Leute gibt es hier nicht«, sagte er, »und die Hütten sind auch ganz normal.«

Kelly gab ein gekichertes »Really?« von sich, und Rasmus wurde

klar, dass dieses Gespräch nicht so werden würde, wie er gehofft hatte. Er würde nichts von Julia erzählen, obwohl er Kelly eigentlich nur deswegen angerufen hatte. Sie riefen einander nicht so oft an, meist redeten sie, wenn sie sich in der Schule sahen. Aber nun war seit Freitag so viel passiert, und er wollte/musste! mal ausprobieren, alles laut zu jemand anderem zu sagen.
Er hatte vorgehabt, von der Sache in der Bibliothek zu erzählen. Wie alles zur totalen Katastrophe hätte geraten können, dann aber genau das Gegenteil wurde. Und dass es dann einfach weitergelaufen war. Eine Nichtkatastrophe nach der anderen. Das ganze Wochenende lang. So viele und so gute Nichtkatastrophen, dass er sich nicht länger darüber ausschweigen konnte. Aber Kellys skeptisches »Really?« ließ die ganze Erzähllaune verfliegen. Sie würde das mit Julia nicht kapieren, beziehungsweise, dass Julia absolut keine Lovisa war, aber auch definitiv keine Kelly. Das würde er niemals erklären können, denn alles, was sie bisher gemacht hatten, war: Eis zu essen, auf einer Brücke zu stehen, ein bisschen mit dem Fahrrad herumzufahren, auf einem Steg zu sitzen, über eine Karte diskutieren und eine Menge zu reden, und es waren doch trotzdem Dinge passiert. Oder?
Er wartete die ganze Zeit darauf, dass Julia auf die Bremse steigen, sich zurückziehen würde, ihm zeigen, dass sie sich jetzt oft genug getroffen hatten. Aber das hatte sie noch nicht getan. Im Gegenteil. Sie fragte weiter, wann er mit der neuen Karte fertig sein würde, und das war doch schon mal was, oder? Er fand das, aber als Kelly »really?« kicherte, verwandelte sich alles, was sich so vielversprechend angefühlt hatte, in ein paar armselige, kindische Dinge aus dem Tagebuch eines Zehnjährigen.

Kelly hatte seit einem Jahr ein On/off mit Abdi. Eins von den Offs lag daran, dass sie mit einem anderen Typen rumgemacht hatte. Also mit ihm geschlafen hatte. Wenn in Kellys Welt Sachen *passierten*, dann musste mindestens Knutschen dabei sein, damit es überhaupt zählte. Mit jemandem nur Eis essen? Rasmus wusste genau, wie skeptisch und distanziert Kellys »okay, aha …?« klingen würde, wenn er das erzählte.
Das größte Problem war, dass er auch nicht wusste, wie groß das alles für Julia war. Natürlich hatte er sich auch früher schon mal für Mädchen interessiert, aber bei keiner hatte es sich so angefühlt. Das war ihm ganz klar und deutlich. Aber wie kriegte man nun raus, ob jemand einen mochte? Oder dabei war, einen zu mögen?
Als sie am Freitagnachmittag nach Dalarö zurückgekehrt waren, hatte er nichts vorschlagen wollen, weil sie ja bereits den ganzen Nachmittag zusammen gewesen waren. Aber am Abend war er dann doch zum Steg runtergegangen. Es dauerte nicht lange, da kamen auch Julia und ihre Mutter.
Tags darauf hatten sie sich am Vormittag am Strand getroffen. Nach dem Mittagessen hatten sie eine Fahrradtour zum Laden unternommen, um Eis und Süßigkeiten zu kaufen. Vor dem Laden hatten sie sich auf eine vollgekritzelte Parkbank mit etwas eingetrocknetem Vogelschiss gesetzt. Plötzlich einer der besten Plätze der Welt. Ein Stunde dort hatte sich wie eine Minute angefühlt. Mehrmals waren ihre Beine zufällig zu nah aneinander geraten. Jede einzelne von Rasmus' Gefühlszellen war in Alarm versetzt worden und hatte wie blöd pulsiert, bevor er sich zwang, sein Bein wegzuziehen, damit er sich nicht wie ein aufdringlicher Creep benahm.

Spürte Julia das Pulsieren? Dachte sie daran?
Er dachte daran, die ganze Zeit, aber vor allem am Abend, als er allein im Etagenbett lag. Da ging er noch einmal hemmungslos jeden einzelnen Moment durch. Alles, was passiert war, und alles, was vielleicht passieren würde. Von dem Moment, als sich ihre Beine in Wirklichkeit an seine lehnten, bis zu dem in der Fantasie, als er den Knoten von ihrem rotblauen Bikinioberteil aufmachte. Die Hände erst über den Rücken und dann zum Bauch gleiten ließ. So viel er wollte, ihre sonnenwarme und weiche Haut fühlen durfte. Auf und nieder streicheln. Dann innehalten und die Hände um ihre Brüste legen. Den Daumen über die Brustwarzen gleiten lassen. Mehrere Male. Kreisen. Dann mit der Zunge. Merken, wie sehr sie das mochte, nicht wollte, dass er damit aufhörte.
In der Dunkelheit, am Abend, wenn niemand merken konnte, wie scharf ihn das machte, musste er sich diese Szene nur vorstellen. Da musste er nur die Fantasie weitermachen lassen, sich vorstellen, dass sie ihn ganz genauso viel anfassen wollte. Wieder und wieder. Sie schmeckte fantastisch, roch fantastisch und war so unglaublich schön. Überall. Diese Nacht war er mitten aus einem solchen Traum aufgewacht, irgendwie waren ihre Haare ihm durchs Gesicht gewischt, als sie sich über ihn beugte, an ihm herunterglitt. Alles fühlte sich tausendmal schöner und tausendmal heftiger an als gewöhnlich. Sowie er die Hand um seinen Schwanz legte, kam er schon keuchend und mit harten Stößen. Konnte sich nicht eine Sekunde beherrschen.
Als er ein paar Stunden später erneut aufwachte, strahlte schon die Sonne, und obwohl es noch zu früh war, hatte er nur kurz was gegessen und geduscht und war dann zum Strand gegan-

gen. Wirklich *zu früh*. Normale Menschen genossen es in ihren Sommerferien, ausschlafen zu können, aber nicht Rasmus. Zumindest nicht in dieser Woche. Er hatte noch spät gesessen und gezeichnet und war doch jeden Morgen vor seiner Mutter wach gewesen.

Dass er jeden Abend zeichnete, klang allerdings wirklich wie aus dem Tagebuch eines Zehnjährigen. Zeichnen, was mit Julia machen, oder darüber fantasieren, was mit Julia zu machen. Das war das Einzige, was er tun wollte. In einer Hütte zusammen mit seiner Mutter. Und das nun bald schon die zweite Woche.

»Was macht ihr heute?«, fragte er Kelly, um das Gespräch von sich selbst abzulenken. »Man schwitzt ja schon.«

»Keine Ahnung. Nessa muss mit ihrer Schwester zu Hause bleiben, mal sehen.« Kelly gähnte. Sie war so ein normaler Mensch, der das Ausschlafen genoss, weshalb er sie mit seinem Anruf versehentlich geweckt hatte. »Ich werde mich wohl noch mit Abdi treffen, aber … ach, ich weiß noch nicht.«

Ein Vater kam mit seinen zwei Kindern den Strand entlangspaziert, hob die Hand und grüßte. Rasmus hatte ihn noch nie zuvor gesehen, aber das machte man hier wohl. Grüßte alle. Er grüßte zurück.

»Mir ist heiß!«, rief das eine der Kinder und fing an, sich im Laufen die Kleider herunterzureißen. »Es ist doch total heiß, oder Papa? Wir baden doch sofort!«

»Bist du schon am Strand?«, fragte Kelly.

»Weil der so nah ist, und das Netz im Haus total beschissen, wenn man …«

»Und wenn man im Schärengarten ist, dann ist man eben im Schärengarten«, sagte Kelly. »Schon klar, dass du dich anstren-

gen musst. Und *ist* es denn auch total heiß, oder Jasse?«
Sie machte das arrogante Hochschwedisch des Kindes nach, und übertrieb es dabei noch mehr. Bräsig. Das klang wie ein Witz, aber Rasmus war sich nicht sicher, ob es wirklich witzig gemeint war. Vielleicht war es nur ein spitzer Hinweis darauf, dass es hier draußen offenbar tatsächlich eine Gang Ludwigs und Lovisas gab, auch wenn er das leugnete. So wie Kelly ihm ja zwar gratuliert hatte, als er ins Södra Latin reingekommen war, er aber in ihrem Glückwunsch ein deutliches »Aber« vernahm. *Aber why? Kapierst du nicht, mit welchen arroganten Arschlöchern du in einer Klasse sein wirst? Aber kapierst du nicht, was für ein Verräter du bist? Mal ganz im Ernst, was machst du da eigentlich?*
»Doch, echt«, antwortete Rasmus. *Es ist total heiß. Doch.*

Geht so eine Sache zu Ende? Wenn man mit einer Freundin redet und feststellt, dass man eine lange Liste mit Sachen hat, von denen man nichts mehr erzählen möchte, weil es keinen Sinn macht? Man kapiert es jetzt und hat es doch schon eine ganze Weile lang gewusst. Obwohl die meisten ihrer Gespräche inzwischen langweilig waren, redeten sie trotzdem weiter. Aus alter Gewohnheit. Meist genügte es, wenn Rasmus hier und da ein paar »mhm« einfließen ließ, um den Eindruck zu erwecken, als würde es ihn interessieren, dass Abdi sich nach einem anderen Mädchen umgeschaut hatte, oder worüber Kelly auch immer reden musste.
Es war ganz leicht zu erzählen, wie es angefangen hatte. Kelly war ins Nachbarhaus eingezogen. Sie und ihr großer Bruder hatten den einen Tag, als Rasmus, sein Vater und Robin nach

Hause gekommen waren, draußen auf dem Hof rumgehangen. Da hatte Kelly noch nichts gesagt, sie aber eingehend beobachtet. Als sie und Rasmus in der darauffolgenden Woche in der Sechsten in derselben Klasse gelandet waren, und ihre Lehrerin feststellte, dass Kelly ja ganz neu in Hagsätra war, da hatte Kelly auf Rasmus gezeigt. »Aber Rasmus, den kenne ich.«
Alle hatten sich zu ihm umgedreht. Rasmus war sowohl freudig überrascht als auch überrascht überrascht gewesen. *Kennen? Was? Woher weißt du überhaupt, wie ich heiße?*
In der Pause wartete Kelly an der Tür auf ihn. »Wir können heute zusammen sein.«
Diese Art war so typisch für sie. Und es funktionierte auch. Irgendwas war an Kelly, dass man ihr gehorchte. Nicht nur er, sondern die meisten taten das. Rasmus hatte damals »okay« gesagt, und dann war es so weitergegangen. Kelly gewann schnell noch weitere Freunde, aber in regelmäßigen Abständen passte sie Rasmus irgendwo ab. »Wir können heute zusammen sein.« Manchmal in der Pause, oder wenn sie in der Schule zu zweit Sachen machen mussten, und manchmal auch am Wochenende. Anfangs hatten die anderen Kinder sie manchmal aufgezogen. »Seid ihr verliebt oder was?« Er fand das peinlich, aber Kelly schaute die anderen immer nur mit müdem Blick an. *Reißt euch zusammen. Als ob wir zwei jemals …*
Nein. Das war wirklich niemals passiert. Kelly gehörte nicht zu den Mädchen, in die er heimlich verliebt war, und er war voll und ganz überzeugt, dass sie niemals je so über ihn gedacht hatte. *Sie* hätte auf jeden Fall was gesagt. Hätte dafür gesorgt, dass sie zusammenkamen.
Sie waren einfach Freunde. Niemals beste Freunde, aber immer

doch ganz in Ordnung, manchmal richtig gute. Damit war es auf und ab gegangen. Aber bis zur Neunten waren sie immer wieder in derselben Klasse gelandet, und sie waren immer noch Nachbarn.

»Okay, dann bis später«, sagten beide, als sie das Gespräch beendeten. Genau wie immer, wie sie es immer getan hatten und tun würden bis … wie lange noch? Bis jemand Stopp sagte oder auf den anderen zeigte »nein, ich kenne dich nicht mehr.«

# Julia

Am Sonntagnachmittag verkündete Isak, dass sie in Dalarna fertig waren und am nächsten Tag nach Hause fahren würden.
»Du kommst doch nächstes Wochenende, oder?«, fragte er. »Ich hab von Oma für die Schufterei hier Geld bekommen, dann können wir uns ein richtiges Date gönnen. So, ausgehen und essen. Und keine Pizza, sondern ein guter Laden. Wir können einen Tisch reservieren. Ich lade dich ein.«
Julia war ein Stück wegspaziert, um in Ruhe mit ihm reden zu können, und jetzt stand sie am Straßenrand. Schaute auf ein paar Birken und einen grauen Plastikbriefkasten, der schief an einem Pfahl hing. Wie schnell doch eine Woche vergehen konnte! Es fühlte sich an, als seien sie vorgestern erst angekommen, und jetzt sprach Isak von »morgen nach Hause fahren« und »nächstes Wochenende« und »richtiges Date«. Nicht ganz überraschend: Ihnen war klar gewesen, dass sie zu Anfang des Sommers in unterschiedliche Himmelsrichtungen wegfahren würden, aber wenn sie dann nach Hause kämen, dann! Dann würde alles richtig anfangen. Freie Zeit, jede Menge Gelegenheiten, sich zu sehen, zusammen zu sein. Und zwar richtig.
»Oder dieses Luxuskino in der Stadt, weißt du?«, sagte er. »Petter ist da gewesen. Man kann sich Essen in den Saal bestellen, und die haben riesige Sessel.«

Doch, von dem hatte sie gehört. Petter und Astrid waren da gewesen. Natürlich. Als Astrid erzählte, was ein normales Ticket kostete, schon ohne Essen, fand Julia, dass das doch eine unglaubliche Verschwendung war, nur um einen Film anzusehen.
»Du kannst ja mal drüber nachdenken«, forderte Isak sie auf. »Wir müssen es ja nicht jetzt entscheiden, aber denk mal drüber nach.«
Jajajaschonklar. Sie fing sofort damit an.
Erster Gedanke: Wie viel mehr verliebt müsste sie jetzt eigentlich schon sein? Der Plan war ja gewesen, während dieser zwei Wochen entspannt, erwartungsfroh, sehnsüchtig, und dann verliebt zu werden. Jetzt war eine Woche vergangen, und wie weit war sie gekommen? Entspannt? Vielleicht. Aber auf etwas falsche Weise.
*Was, wenn das niemals klappt? Was, wenn ich nie weiterkomme? Was passiert dann?*
Man wird es merken. Das passiert dann. Erst merkt Isak es. Dann Karin. Und dann? Bitch. Karin und alle anderen kriegen recht.
»Ich werde drüber nachdenken«, versprach sie. »Auf jeden Fall. Wir fahren Montag oder Dienstag in einer Woche. Das wird nett.«

Rasmus und seine Mutter waren schon da, als sie zurückkam. Sie würden zusammen grillen, das hatten Julias Mutter und Camilla Törnvall heute ausgemacht.
Es lag an Rasmus, dass sie in ihrem Plan ins Hintertreffen geraten war. Seine Schuld war es, dass sie nicht vor Rastlosigkeit oder Langeweile und Sehnsucht nach Isak fast gestorben war.

Dass sie nicht zehn Liebesromane verschlungen und Isak in alle romantic interests eingefügt hatte. Tatsächlich hatte sie die ganze Woche kein einziges Buch ausgelesen, und auch das war ein neuer Rekord. Nicht mit Karin reden: Rekord. Kein Buch lesen: Rekord. Seit Freitag waren Rasmus und sie so viel zusammen gewesen. Zu viel. Julia wusste es. Auch wenn sie Regeln für sich selbst aufgestellt hatte, worauf es ankam, wenn sie am Vormittag zum kleinen Strand runterging oder am Abend eine Runde zum Steg drehte, hatte doch derselbe Gedanke wie ein sturer Specht in ihrem Hinterkopf gepickt. *Zuuu viel. Zuuu lange. Zuuu gut.* Aber es war so schwer gewesen, aufzuhören. Oder vielleicht auch schwer zu vermeiden? Zumindest solange sie sich aus freien Stücken auf eben diesen kleinen Teil von Dalarö beschränkte. Und: gute Güte, wie sehr sie sich beschränkte.
Sie trafen einander nur am Steg und an solchen Orten. Das war eine der Regeln. Immer an öffentlichen Orten, wo eine Menge anderer Menschen unterwegs waren. Niemals vorschlagen, dass sie bei einem von ihnen drinnen einen Film gucken könnten. Wo sie allein sein könnten. Auf demselben Sofa oder auf demselben Bett landen könnten. Aus Versehen zu dicht beieinander sitzen könnten. Das war auf gar keinen Fall erlaubt.
Auch keine Vorschläge, dass sie sich ja nach Dalarö noch treffen könnten. Oder weiter darüber nachdenken, was hätte passieren können, wenn sie sich schon Ostern begegnet wären. Julia dachte darüber nach, sie konnte es einfach nicht lassen, aber darüber geredet hatten sie nicht mehr.
»Könntet ihr mal anfassen und …« Ihr Vater, der am Grill stand, gestikulierte, dass sie die Gartenmöbel in den Schatten tragen sollten, also fassten Julia und Rasmus jeder an einem Ende an

und schleppten den Tisch ein paar Meter an die Seite. Dann die Bänke und die Stühle. Teller und Besteck eindecken. Rasmus faltete die Servietten und legte eine neben jeden Teller.
»Was ist? Mache ich was falsch?«, fragte er, als Julia ihn zufällig ansah. »Jetzt sag nicht, dass ihr immer Schwäne macht.«
»Aber natürlich. Auch dann, wenn wir nur Würstchen grillen, gibt es bei uns Serviettenschwäne.«
Er faltete die letzte auf die einfache Weise wie die anderen, tat es aber mit etwas besonders grandiosen Bewegungen. Legte sie ab. Sah wieder zu Julia. »Ja, dann geh doch und atme in eine Tüte, wenn du so leidest.«
Sie lachte. »Danke, nicht nötig. Ich leide gar nicht.«
Er zog eine skeptische Augenbraue hoch. *Sicher?*
»Wie hungrig sind wir?«, überlegte ihr Vater. »Zwei für jeden für den Anfang?«
Es brummte in ihrer Tasche, und als Julia das Handy rausholte, hatte sie drei neue SMS von Isak.
»Supercool mit Date, aber auch bisschen nervös weil so lange nicht gesehen. Wollte nur sagen. Cool aber slightly nervös.«
Die zweite SMS. »Weil, also das wirst du ja nie merken, dass ich das bin.«
Die dritte. »Ok, halte ab jetzt die Klappe.«
Oh.
Oder sollte eigentlich ein OH sein. Gerne auch ein Oooh. Denn das waren die Sachen, die ihr bei Isak so ein richtiges Kribbeln verursachten. Ausgerechnet er musste doch vor Dates nicht nervös sein und es schon gar nicht zugeben. Er musste sich doch nur cool an einen Türrahmen oder irgendein anderes stabiles Gerät lehnen. Eine Wand, einen Pfahl. Süß aussehen, mit der Hand

durch die Haare fahren und alles war geritzt. Alle sanken dahin. Aber dann gab er so was zu, und alle sanken nur noch mehr dahin, weil es so unerwartet war. Da hüpften Julias Gefühle von »wird das jemals gehen?« zu einem sicheren »doch, klar, das wird es!«

Sie ging ein Stück beiseite, fing an »das ist so +1, wenn ...«, aber da kam ihre Mutter mit einem vollgeladenen und klapprigen Tablett und einem »Kannst du dich um die Getränke kümmern?« auf Julia zu.

Ihre Mutter störte es immer, wenn sie während des Essens mit den Handys herumspielten. »Eine halbe Stunde werdet ihr schon überleben«, war ihre meistverkündete Hausregel. Noch wichtiger war das, wenn sie Gäste hatten, also brach Julia die Antwort ab und half beim Raustragen.

Sie ließen sich nieder. Getränke, Salate und Soßen, Würstchen und Brot wanderten herum. Das Gespräch kam in Gang. Eines der Themen war zufällig, was die Lebensmittel hier draußen kosteten. Mit jedem anderen wäre das ein Albtraum gewesen. Julia hätte, sowie ihr Vater das Wort »ICA« für den nahe gelegenen Laden geäußert hätte, sofort »nein, Stopp, hör auf!« signalisiert, weil sie wusste, was kommen würde.

Sie hasste es, wenn er von Geld redete, und am Schlimmsten war es, wenn er auf die »Sommergäste« kam. Am Ton hörte man schon, dass er die mit den schicken Ufergrundstücken und den teuren Häusern und großen Booten meinte, und dass er selbst nicht zu dieser Gruppe gehörte. Nur, falls man das nicht schon begriffen hatte. Man musste sich ja nur umsehen. Ihr Auto: ein alter Toyota. Ihr Sommerhaus: immer wieder angebaut. Hier ein

Zimmer für Arvid, da eine Terrasse. Und sie hatten auch kein Ufergrundstück und keine neue Einrichtung im New-England-Stil. Das hier war nur ein zusammengestoppeltes Sommerhaus mit alten, hässlichen Möbeln. Ihr Grill war auch kein fetter Weber, sondern ein ganz gewöhnlicher billiger von der Tanke.

Aber an diesem Abend machte das alles nichts aus. Allen war klar, dass Camilla auch nicht jeden Monat bei Indiska ein Vermögen nach Hause schleppte. Sie hatte gerade von ihrem Urlaub im vorigen Sommer erzählt. Eine Tour nach Åland zusammen mit Rasmus' großem Bruder und dessen Freundin.

Åland!

Astrid und Karin wussten wahrscheinlich nicht einmal, dass es diese Insel überhaupt gab, und ihre Familien würden niemals auf die Idee kommen, in den Ferien dorthinzufahren. Mit der Fähre! Eine murkelige Hütte mieten! Nicht mal richtig im Ausland! Total öde!

Aber Camilla Törnvall erzählte ohne mit der Wimper zu zucken davon, und Rasmus sah auch nicht so aus, als würde er am liebsten im Boden versinken. Danach musste Camilla kaum mehr einen Hinweis auf die hohen Lebensmittelpreise geben, bevor Julias Vater loslegte. Er nickte eifrig, erzählte, wie das Angebot und die Preise sich im Winter veränderten, wenn alle Sommergäste nach Hause gefahren waren, um dann beim ersten Frühlingslüftchen gleich wieder anzuziehen. Er liebte es, sich Jahr für Jahr darüber in Rage zu reden. Auf eine schräge Weise freute er sich richtig drauf. Im Sommer hier rauszukommen, einzukaufen und dann Ja-mein-Gott! Wieder dasselbe Spiel! Immer wieder erfrischend und aufregend zugleich. Er und Camilla waren auf rührende Weise einig, wie unfair so was war.

Ist es bekloppt, wenn man das schön findet? Dass man ausatmet, wenn man hört, dass andere ihren Speisezettel auch nach den Sonderangeboten des Ladens gestalten? Vermutlich, aber Julia reagierte genau so. Genau wie damals, als sie das erste Mal bei Isak zu Hause war und zu ihrer großen Erleichterung feststellte, dass er nicht in einem schlossigen Astridhaus mit Filmzimmer und mehreren Wohnzimmern und Seegrundstück wohnte. Isak wohnte in einem ganz gewöhnlichen Reihenhaus. Mit seinen Eltern und seinen zwei Schwestern. Es war also ziemlich eng. Julia hatte sich sofort zu Hause gefühlt, als sie da reinkam und im Zickzack zwischen Schuhen, Jacken und Sachen durch den Flur kreuzen musste.

*Isak.*

Der Geld gekriegt hatte und auf ein Date gehen wollte. Obwohl er nervös war.

Oh. Doch?

Als alle fertig gegessen hatten und dabei waren, abzuräumen und alles für den Nachtisch bereitzumachen, unternahm sie einen zweiten Versuch, sich ein bisschen davonzustehlen, um schnell zu antworten.

»Nicht die Klappe halten«, schrieb sie. »+1 wg nervös, aber dass es cool wird!«

Isak: »Ja? Echt?«

Julia: »JA!«

Isak: ♥

Isak: Habt ihr schon gegessen?

Julia: Mittendrin. Schreibe heimlich.

Isak: Oooh, gewagt ☺

Er kannte die Policy ihrer Mutter.

Julia: Können wir nicht in ein normales Kino gehen? Zum Beispiel das Victoria auf Söder? Das ist ein bisschen alt, aber total gemütlich. Und da haben sie Süßigkeiten. Die man sogar mit in den Saal nehmen darf, jaha!
Isak: Das mag ich auch total!

Oh? Noch eins. Ein echtes. Und sie hatte gedacht, er würde nur große Säle mit gigantischen Leinwänden mögen, auf denen amerikanische Actionfilme gezeigt wurden. Isaks Filmgeschmack war nicht so wie ihrer.
»Julia.« Das war ihre Mutter. Wieder. Ein Nicken zum Tisch, ein deutlicher Hinweis im Tonfall. »Auch wenn es Isak ist, kannst du ja wohl sagen, dass du später anrufst, oder? Ihr habt doch grade erst telefoniert.«
»Was macht er denn in Oslo?«, fragte Camilla. »Arbeitet er im Service wie alle anderen Schweden?«
Julia, ihr Vater und ihre Mutter schauten Camilla in gemeinsamer Verwirrung an, und dann redeten ihre Eltern quasi gleichzeitig. »Nein, er ist … Isak ist nicht …«
Ihre Mutter gewann. »Arvid ist es, der in Oslo ist. Und in einem Café arbeitet. Isak ist Julias Freund. Der ist hier in Stockholm.«

Wie erzählt man, dass man einen Freund hat? Man lässt seinen Namen doch nicht alle fünf Sekunden fallen, denn das klingt angeberisch/übertrieben/nach Wunschdenken.
Aber man begnügt sich auch nicht damit, zu denken, dass man ihn zumindest einmal erwähnen *sollte*, um es dann in der Praxis

niemals zu tun. Bietet sich vielleicht nie eine gute Gelegenheit? Man weiß nicht, wie man sich ausdrücken soll? Das ist vor allem der Fall, wenn man mit dieser Info ein bisschen spät dran ist. Man hätte es schon vor ein paar Tagen sagen sollen. Zumindest, wenn man einen ganzen Nachmittag an der Årsta-Brücke verbringt und als Ergebnis eine eigens bestellte Kartenversion zu sehen kriegt.

Der Gesprächsfluss geriet ins Stocken. Camilla war offenbar erstaunt darüber, dass es einen Isak gab. Und Julias Eltern darüber, dass sie ihn nicht erwähnt hatte. Und Rasmus … Julia wagte nicht, ihn anzusehen. Wusste nicht einmal, wovor sie sich am meisten fürchtete, was am Schlimmsten wäre. Wenn er sauer, traurig oder gekränkt aussähe. So wie: »Was? Abgang Julia.« Oder wenn er total achso-und?-lässig wäre. Sich gar nicht darum scherte. War doch wohl egal, ob sie einen Typen hatte?
*Warum sollte er sich darum scheren? Das Beste wäre doch, wenn nicht. Hör doch auf.*
Doch.
Aber die Egalversion wäre trotzdem am schlimmsten.
»Also, dann habe ich das jetzt klar«, fing sich Camilla. »Arvid ist in Oslo und Isak ist hier. So liegen die Dinge.«
»So liegen die Dinge. Aber er wird erst Ende August kommen, also Arvid. Aber da seid ihr ja vielleicht noch da, oder?«, sagte Julias Vater.
»Nein, wir haben nur noch zwei Wochen. Es wäre herrlich gewesen, bis August bleiben zu können, aber jetzt müssen wir halt so viel genießen, wie wir können.«
»Wir bleiben auch nicht die ganze Zeit«, erklärte Julias Mutter.

»Wir werden dann wiederkommen, aber dazwischen vermieten wir ein bisschen.«
Julia zwang sich, Rasmus anzusehen. »Was machst du danach? Den restlichen Sommer?«
Sie bemühte sich, einen normalen und freundlichen Ton anzuschlagen. Hoffte, dass sie auch normal aussah. Wenn man in der Bibliothek ertappt wird oder sich total danebenbenimmt in Sachen Freunde, dann muss man entweder so tun, als wäre nichts, oder man muss zu erklären versuchen. *Du bist zu gut. Ich sollte überhaupt nicht so viel mit dir zusammen sein, aber ich kann es einfach nicht lassen. Oder es lassen, darüber nachzudenken, was an Ostern hätte passieren können. Deshalb habe ich nichts von Isak erzählt. Vielleicht kann man das ja auf so eine komische Weise verstehen. Bitte. Oder? Entschuldigung.*
»Fahre eine Weile zu meinem Vater. Und dann hab ich so einen Rasenmähen-Sommerjob«, antwortete er in einem Tonfall, der … ja, irgendwie neutral klang. Nicht freudestrahlend, aber auch nicht sauer. Irgendwas mittendrin.
Okay?
»So einen hab ich auch«, meinte Julia. »Und was machst du bei deinem Vater?«
Rasmus zuckte mit den Schultern. »Einfach da sein.«
»Toll!«
Zu übertrieben eifrig. Und natürlich schaute Rasmus sie ziemlich verwirrt an, als wollte er »was?« sagen. Er und alle anderen auch. Was ja verständlich war.
»Ich werde danach einfach nur zu Hause sein«, fügte sie hinzu, um das Übereifrige zu reparieren. »Arbeiten und zu Hause sein. Nichts Besonderes.«

»Ahso«, sagte er und Julia nickte.
»Jipp. Ja, dann …« Mein Gott, was dann? Sie hatte keine Fortsetzung. Es gab keine. Es gab nur anstrengendes Geplapper über rein gar nichts.
Wenn man in der Bibliothek ertappt wird oder sich in Sachen Freunde total danebenbenimmt, dann muss man entweder so tun, als wäre nichts, oder eine Erklärung haben, warum es so gekommen ist. Man kann aber auch einfach nur die Klappe halten. Nicht wie eine Verrückte plappern. Sätze beginnen und in der Luft hängen lassen und ganz allein noch mehr belastende und anstrengende Stimmung produzieren.

# Rasmus

Am Montag aufzuwachen, das war, wie an einem anderen Ort aufzuwachen. Der magische Glanz war verschwunden. Jetzt war alles wieder gewöhnlich. Die Hütte war halb versifft. Die Küche war kein Atelier. Er war kein werdender Künstler. Und vor allem kein Typ, der gerade dabei war, mit einem Mädchen zusammenzukommen. Wie bescheuert war er bloß gewesen! Gas geben und bremsen. Na klar. Träum weiter.
Er hörte Geräusche aus dem Flur und beeilte sich, aufzustehen.
»Ich komme mit.«
»Was?« Seine Mutter hatte zu Hause in Hagsätra die Waschküche und war dabei, die Kleider zusammenzusammeln. Warum hast du das nicht gestern gesagt? Dann hätte ich dich geweckt. Ich muss in …«, sie schaute auf ihre Uhr., »… in fünf Minuten los.«
*Weil ich es gestern noch nicht wusste.*
Bei Kelly konnte man nie übersehen, wenn sie und Abdi zusammen waren, also war Rasmus davon ausgegangen, alle Mädchen wären gleich. Wie bescheuert. Julia war in keiner Hinsicht so wie Kelly, aber trotzdem hatte er die Frage nach einem Freund übersprungen und war direkt in seine eigenen Fantasien, was zwischen ihnen passieren könnte, eingetaucht. Wie sie weitermachen könnten, wenn sie hier von der Insel weg waren.
Und nun stellte sich heraus, dass sie schon mit jemandem zusammen war. Mit einem, der sie *lächeln* und *kuschelig* und

*verliebt* aussehen ließ, wenn sie sich Nachrichten schickten. Natürlich machte sie schon alles, worüber Rasmus insgeheim fantasiert hatte, nur mit einem anderen Jungen. Einem Isak. Der durfte den Bikini aufmachen. Musste nicht wegrücken, wenn sein Bein an ihres stieß. Der durfte sitzen bleiben. Oder vielmehr: noch näher rücken. Isak musste sich auch nicht damit zufrieden geben, halbe Nächte in einem knarrenden Etagenbett zu liegen und sich einen runterzuholen. Der durfte neben ihr schlafen. Vielleicht sogar mit ihr.

Rasmus hatte sich gestern Abend gezwungen, noch eine Weile zu bleiben. Hatte versucht, sein Gesicht in Schach zu halten. Normal auf Fragen zu antworten. Sich zu benehmen, als wäre nichts passiert. Sich vor allem nicht um Julias Sorry!-Miene zu scheren. Die war am schlimmsten von allem gewesen. So erbärmlich, belastet, entschuldigend und peinlich berührt. *Entschuldige, aber dachtest du, da wäre was zwischen uns? Sorry, aber mein Gott, nein. Ich hab doch einen Freund. Isak. Tut mir leid, wenn dir das nicht klar war. Völlig egal, wenn wir uns irgendwo getroffen haben, Hallo gesagt oder was auch immer geredet haben, weil, weißt du, Isak. Mein Freund. Mit dem ich zusammen bin.*

»Ja, also ich habe nicht vor, die Waschküchenzeit zu verpassen«, erklärte seine Mutter.

»Ich bin in drei Minuten fertig.«

»Und was ist mit Sivan? Ich hab sie rausgelassen, und das fühlt sich nicht gut an, wenn sie den ganzen Tag allein ist. Ich glaube nicht, dass …«

»Sie stirbt doch nicht, wenn sie mal ein paar Stunden unüberwacht ist! Katzen sind keine Babys.«

Seine Mutter verzog unzufrieden den Mund. »Warum denn den

Stress? Ich kann dich doch noch nach Handen rein fahren, wenn ich heute Nachmittag zurückkomme. Das wird nicht spät, und du schaffst es noch leicht …«
»Nein, das kannst du nicht. Ich komme jetzt mit.«

Eine Viertelstunde später saßen sie im Auto. Sivan war trotz der Lockversuche seiner Mutter nicht zurückgekommen, und deshalb hatten beide schlechte Laune. Seine Mutter seufzte geräuschvoll, als er versehentlich ein Stück von dem Butterbrot runterfallen ließ, das er mitgenommen hatte. Sie hasste es, wenn man das Auto vollsaute, aber das hier war Knäckebrot mit Käse. Kein labbriges Baguette, das er ins Polster drücken konnte.
Er schloss die Augen und lehnte den Kopf an die Nackenstütze. Sowie er zu Hause war, würde er duschen, noch etwas essen, und dann zu Nadir gehen und einen ganz gewöhnlichen Tag runterreißen. In deren plüschigem Sofa versinken. Durch die offene Balkontür das Leben und den Sommer hören. Die U-Bahn, Leute auf dem Hof, Kinder, die spielten und kreischten. Alles, was ihnen egal sein konnte, denn sie hatten ihren Fernseher und ihre Spiele, ihre Cola und die Snacks. Nadirs Vater arbeitete bei Lidl. Bei denen gab es immer eine Menge leckerer Dinge.
Ein solcher Tag würde wahrscheinlich nur als ganz gewöhnlich bezeichnet werden können, vielleicht langweilig, aber das wäre ganz in Ordnung. Und zwar so was von. Denn so ein Tag konnte keine unerwünschten Überraschungen bereithalten. Rasmus würde über rein gar nichts erstaunt sein müssen. Würde sich nicht wie ein Idiot vorkommen müssen, weil er Offensichtliches übersehen und sich total lächerlich gemacht hatte.
»Zu Hause? In ca 2 Stunden treffen?«, textete er an Nadir.

# Julia

Sie waren weg?

Julia stand vor dem abgeschlossenen Haus von Rasmus und Camilla, konnte es aber trotzdem nicht begreifen. Sie waren weggefahren? Das Auto war weg, alles war so verbarrikadiert, wie es nur ging, und den ganzen Tag über war keine einzige Person aus der Familie Törnvall zu sehen gewesen. Deshalb hatte Julia schließlich gegen eine ihrer Regeln verstoßen und war nach dem Mittagessen zu ihnen rübergegangen.

Sie hatte ein leeres Haus vorgefunden, das noch niemand benutzt zu haben schien. Nicht einmal die Auflagen der Gartenmöbel waren draußen. Keine vergessene Kaffeetasse und kein Wasserglas stand noch auf dem Tisch. Nichts von all dem, was sonst immer da war.

Wahrscheinlich sind sie einkaufen«, schlug Julias Mutter vor, als sie ihr davon erzählte.

»Einen ganzen Tag? Und verrammeln dann gleich das Haus?«

Ihre Mutter zuckte mit den Schultern.

»Aber warum haben sie gestern nichts gesagt?«, klagte Julia. Sinnlose Frage Nummer zwei.

»Vielleicht haben sie sich für heute etwas ausgedacht. Spontan«, versuchte ihre Mutter weiter. »Sie hätten doch sicher Bescheid gesagt, wenn was passiert wäre, weswegen sie endgültig nach Hause fahren müssten.«

»Ja, allerdings, meine Güte, das hätten sie ja doch wohl!«
»Mach dir keine Sorgen, Kleines, sie kommen bestimmt jeden Moment.«
Das klang so einfach und im Stil von »wie nett, dass du einen neuen Freund gefunden hast, Julia«, wenn ihre Mutter das sagte. Nun nahm sie wieder ihr Buch. »Kannst du mir nicht einen kleinen Kaffee aufsetzen? Zwei Tassen. Drei, wenn Papa auch einen möchte.«
Was zählte denn als »passiert«? War Isak etwas, das passiert war? Ja, also echt ... für Rasmus?
Er hatte ja auch nichts von hinterher, nach Dalarö, gesagt. Niemals auch nur eine Andeutung davon, dass sie sich in der Stadt ja noch weiter treffen könnten. So gesehen würde er ja wohl nicht nur wegen Isak plötzlich nach Hause fahren, und zwar endgültig, ohne etwas zu sagen? Das wäre ziemlich drastisch. Viel zu drastisch. Julia war den letzten Teil ihres gestrigen Abends mehrmals durchgegangen, hatte jeden Buchstaben analysiert, und da hatte er gar nicht so empört gewirkt.
*Leider?*
*Jetzt hör auf. Hör einfach auf.*
Die Stimmung war ein bisschen belastet gewesen, aber das konnte ja durchaus auch daran liegen, dass sie sich wie eine plappernde Idiotin verhalten hatte. Oder?
»Wo ist Papa eigentlich?«
»Setzt in Arvids Zimmer die Fliegengitter ein.«

# Rasmus

Rasmus hatte das kleine Detail mit der Fassadenrenovierung vergessen. So was passiert nach einer Woche mit kühlenden Meeresbrisen und Blick ins Grüne und auf Veranden und Nachbarhäuser, wo Mädchen wohnen, die bereits Freunde haben.

»Und wir fanden es vorher heiß und drückend«, sagte seine Mutter und fächelte sich mit der Hand Luft zu. »Ein Witz ist das.«

Nadir war zu Hause, aber seine Wohnung war ja auch in Plastik eingewickelt und siedend heiß. Anstelle von Games war Schwimmbad angesagt. Zwei andere Jungs aus ihrer Klasse kamen auch mit. Rasmus hatte nichts dagegen, weder gegen die Jungs noch gegen das Bad. Dachte er. Trotzdem lief es nicht gut, als sie sich sahen. Er war von der ersten Minute an ruhelos und total sauer und irgendwie off. Die anderen waren so langweilig oder anstrengend, und ohne dass sie was besonders Ärgerliches gesagt hätten, waren sie doch total nervig. Nicht ihr Fehler. Das war ihm schon klar, aber trotzdem konnte er nicht aufhören, sich daran zu stören. Er merkte, wie Nadir ihn mehrmals ansah, als wollte er fragen: »Was ist eigentlich los?« Er hätte bestimmt zugehört, wenn Rasmus versucht hätte, es zu erklären. Aber Rasmus wollte nicht. Das Ganze hatte so viel von lächerlichem, kindischem Loser. Ein Mädel, bei dem er sich aus dem Fenster gehängt hatte. An das zu denken, er trotzdem nicht aufhören konnte.

Den ganzen Tag wechselte er zwischen »Jetzt ist es zwölf, merkt sie, dass ich weg bin, fragt sie sich, wo ich bin?« und der Vorstellung von verschiedenen Szenen mit ihrem Freund hin und her. Alles mahlte wie ein quälender Film. An der Stelle, die bis gestern Abend er selbst eingenommen hatte, saß jetzt dieser Isak. Er stand mit Julia in einer engen U-Bahn zur Rush Hour. Sein Arm um ihre Taille geschlungen, ihr Kopf auf seiner Schulter. Auf dem Weg nach Hause zu ihm. Oder der Typ und Julia an einem Strand. Nah beieinander. Verdammte Scheiße, auf demselben Handtuch.
Währenddessen saß Rasmus an einem anderen Strand und ärgerte sich über alles und jeden.

Als seine Mutter anrief und sagte, dass sie mit der Wäsche fertig und dabei sei, einzupacken, war das eine gute Ausrede, nach Hause gehen zu müssen. Zu ihr sagte er, dass er später noch zu Nadir gehen würde, und dass er vorhabe über Nacht zu bleiben. Vielleicht länger, vielleicht den nächsten Tag auch noch. »Muss mal sehen.«
In Wirklichkeit hatte er keine Ahnung, was er den ganzen Abend in Hagsätra machen sollte, aber es fühlte sich noch zu früh an, um schon wieder zurückzufahren.
*Sie muss es spüren.*
»Ja, frieren wirst du ja nicht«, antwortete seine Mutter in einem Tonfall, der verriet, was sie von der Alternative brüllheißes, stickiges Hagsätra gegen schönes, luftiges Dalarö hielt. »Ruf mich morgen an und sag mir, wie du es machen willst, okay?«
Er setzte sich an den Küchentisch und wartete eine Weile, um sicherzugehen, dass sie nichts vergessen hatte und wieder rauf-

kam. Dann ließ er sich ins Sofa sinken. Streckte sich nach der Fernbedienung. Im Fernsehen lief nichts Gutes, aber Rasmus ließ die Anrufe von Nadir trotzdem auflaufen. Zweimal.
*Und jetzt? Hat sie es jetzt gemerkt? Was denkt sie?*
Sie würde immer noch ihren Typen haben, das war ihm schon klar, aber es war trotzdem erforderlich, dass er es noch ein bisschen hier in der eingeschlossenen Wärme aushielt. Sie sollte nicht glauben, dass Dalarö die ganze Welt war, wo was abging. Auch wenn er gestern erstaunt gewesen war, und auch, wenn Julia das wahrscheinlich gemerkt hatte, war es doch nicht die ganze Welt. Er hatte auch noch ein anderes Leben. Es war wichtig, dass ihr das klar war.
Die Frage war nur, welches Leben.
Heute hatte er sich mit nach Hause gebettelt, um einen sogenannten gewöhnlichen Tag zu haben. Das bedeutete derzeit offensichtlich, dass er an seinen besten Freunden rumnörgelte, obwohl sie sich nichts zuschulden kommen ließen, und sich dann dafür entschied, sauer in einer stickigen Wohnung zu liegen und Belanglosigkeiten im Fernsehen anzuschauen.
Sah es so aus, wenn man ein Leben hatte?

# Julia

Wie erzählt man seiner besten Freundin, dass man bei ihrer Flamme zu Hause war und Filme geschaut hat?
Antwort: Das tut man nicht. Man wartet, bis sich die Neuigkeit von selbst verbreitet. Wartet, oder besser gesagt: zittert. Das Walpurgiswochenende ging vorüber. Karin und Astrid kamen am Sonntagabend aus London nach Hause. Waren am Montagmorgen wieder in der Schule. Julia saß mit Karin in Pausen und beim Mittagessen zusammen, im Unterricht, und sie redeten, und sie fügte die richtigen Antworten an den richtigen Stellen ein. Aber das Einzige, woran sie denken konnte, war: Wann? Wann wird Karin es erfahren?
Antwort: Am Dienstagabend. Ein verpasster Anruf und eine »Isak???«-SMS warteten auf Julia, als sie von einem Training kam.
»Ja?«, antwortete sie, und Karin rief sofort an.
»Du hast dich mit ihm getroffen?«
»Ja«, erwiderte Julia noch einmal, und man konnte richtig hören, wie Karin dieses Ja einsog.
»Warum das denn?«
Das war ein großes Warum. Eins, das eine richtig gute Erklärung brauchte. Julia hatte oft darüber nachgegrübelt, und doch war ihr nichts hinlänglich Gutes eingefallen. Es gab eine Menge Sachen, die sie hätte sagen können, aber gab es auch etwas, mit

dem sie leben und das Karin akzeptieren konnte? Nein. Das war bisher noch nicht darunter gewesen.
»Weil ich es wollte«, bekannte sie.
»Äh.« Ein frustriertes Geräusch von Karin. »Jetzt komm schon, *warum*, Julli? Sag es. Ich kapiere es nicht.«
*Ich wollte, dass du sauer bist. Und eifersüchtig. Weil ich sauer war. Und eifersüchtig.*
»Ach was, einfach so, weil ich Lust dazu hatte«, wiederholte Julia und war selbst erstaunt, wie einfach das klang. Einen Typen anrufen. Und ja, genau den Typen, auf den deine beste Freundin steht. Hinfahren und sich mit ihm treffen. Warum nicht? Wenn du Lust dazu hast, dann mach es einfach.
»Lust?«, echote Karin natürlich. Alles, was sie sagte, klang auf eine ungute Weise betont und erstaunt. »Wie jetzt, Lust, wie meinst du das?«
»Lust, irgendwas zu unternehmen. Denn du und Astrid, ihr seid doch nach London gefahren.«
»Du hast also einfach gedacht, ich hab nichts zu tun, die sind weg, also rufe ich Isak an? Ernsthaft? Wie bist du denn darauf gekommen?«
Ich habe nicht angerufen, ich habe ihm eine SMS geschickt, dachte Julia. Du weißt doch, dass ich eine SMS-Person bin. Würde niemals von mir aus anrufen.
Und der nächste Gedanke: Das ist echt voll psychopathisch, über solche Sachen nachzudenken, wenn man gerade ein superanstrengendes Gespräch mit seiner besten Freundin führt.
Vielleicht sollte man Wörter mit einem Psychopathenstempel versehen, einfach weil sie das alles in ihrem Kopf schon millionenfach durchgespielt hatte. Tagelang hatte sie überlegt, was

Karin sagen und denken würde. Jetzt, da es passierte, war es ... nun, nicht unproblematisch, aber auch nicht mehr erstaunlich.
»Und seid ihr jetzt *zusammen,* oder was ist?«, fragte Karin.
»Nein, nein, nein. Wir haben uns zweimal gesehen, und es ist nichts passiert. Also, echt nicht.« Wieder absolut wahr. »Wir haben irgendwie nur Hallo gesagt.«
Am Samstag hatte Julia den Bus zum Nacka Forum genommen und sich von dort aus zu Isaks Zuhause begeben. Sich seinem Freund Leo und seiner Schwester Emmy vorgestellt. Natürlich auch Isak Hallo gesagt. Sie hatten Popcorn gemacht und eine Komödie gesehen, die »supertoll« sein sollte, aber dann maximal okay war, aber das machte nichts. Es war trotzdem lustig gewesen. Einfach dort zu sein, und niemand schien zu finden, dass sie damit ein großes Verbrechen beging. *Hallo, und was ist mit Karin? Wie kannst du nur?!* Alle redeten, machten Witze und kicherten ganz normal. Isak und sie hatten nicht einmal nebeneinander auf dem Sofa gesessen, denn Julia hatte wohlüberlegt den Sessel gewählt. Es war nicht *so ein* Kaffeetrinken. Nicht *so ein* Filmabend.
Als der Film vorbei war, brachte er sie zur Bushaltestelle. Wartete sieben Minuten, bis ihr Bus um die Ecke bog. Sie umarmten sich kurz, dann stieg sie ein. Es war eine ganz gewöhnliche Umarmung, und sie fand, dass es schon krankhaft eingebildet war, den Sessel zu wählen, denn hallo, was glaubte sie denn? Es bestand nicht einmal im Entferntesten die Möglichkeit, dass etwas passieren könnte. Wenn man mal davon absah, dass Julia zu Besuch bei einem Typen gewesen war, und deshalb nicht hatte zu Hause hocken, sich langweilen und Karins London-Instagrams runterladen müssen. Das war natürlich schon etwas und konnte

in ihrer Welt definitiv als Ereignis eingestuft werden, aber das war natürlich nicht, was Karin meinte.
Julia war schon klar gewesen, dass Karin sauer sein würde, wenn sie das von Isak erfuhr, aber wenn sie mal ein bisschen darüber nachdachte, dann würde sie sicher einsehen, dass es keine große Sache war.
»Das ist nicht irgendwie nur Hallo sagen«, wandte Karin ein. »Das habe *ich* getan. *Du* warst bei ihm zu Hause und hast Filme geguckt.«
»Ja, okay, aber es war wirklich nicht mehr. Seine Schwester war schließlich auch dabei und einer von seinen Freunden. Leo. Kennst du den …? Egal, jedenfalls war es nichts Besonderes.«
Karin schnaubte wieder. *Doch, natürlich war es das.*
»Aber wenn du ihn nun treffen wolltest, warum hast du das nicht schon längst gesagt?«, fragte sie ungefähr zum siebten Mal. »Das verstehe ich nicht, du hättest doch einfach …«
Schon. Obwohl, nein. Denn Julia wollte ihn ja nicht schon längst treffen. Sie hatte Karin einfach nur sauer machen wollen, eifersüchtig und beeindruckt. Da war Isak zufällig als eine gute Lösung aufgetaucht.
»Warum hast du nicht schon längst gesagt, dass du mit Astrid nach London fahren würdest?«
»Was? Das habe ich doch!«
»Ja, ungefähr drei Monate später.«
»Also echt, ist es wirklich deswegen? Dann ist dir ja hoffentlich klar, dass du dich wie eine Fünfjährige benimmst. Du bist sauer, weil ich mit einer anderen Freundin wegfahre, und dann hängst du dich ans Telefon mit einem Typen, den *ich* mag?«
Ja. Und auch nein. Irgendwie.

»Hallo?« Karin wollte eine Antwort, aber Julia wusste immer noch nicht, wie die lauten könnte. Ein bisschen hatte Karin ja recht. Und das, womit sie nicht recht hatte, das hatte Julia keine Lust zu erklären. Arm. Total langweilig. Einsam. Ausgeschlossen.
»Ja, shit.« Karin gab ein Lachen von sich. So ein rohes, hässliches »Das kann ja wohl nicht wahr sein, verdammt noch mal«-Lachen. »Da sind wir Freundinnen seit dem Kindergarten, aber das ist dir jetzt alles scheißegal?«
»Nein, das ist es nicht«, versuchte Julia. »Dass ich ihm eine SMS geschickt habe, das war nur so eine spontane Sache, und ich hatte überhaupt nicht vor, dass wir ...«
»Komm, hör schon auf! Glaubst du das etwas selbst?«, zischte Karin.
»Ja, tue ich.«
»Ich aber nicht! Das ist doch alles total durchgeknallt! Sind wir keine Freundinnen, oder was?«
»Natürlich sind wir das? Und wenn du nur ... Hallo? Karin?«
Sie hatte aufgelegt. Karin hatte aufgelegt! Das hatte sie noch nie getan. Und als Julia anrief, kam sofort die Mailbox. Und als sie Nachrichten schickte, kamen keine Antworten. Den ganzen Abend. Am Ende gab sie auf. Dachte, es sei schon das Beste. Wenn sie sich am nächsten Tag sehen würden, dann würde alles ausgeglichener und ruhiger verlaufen.
Doch dazu kam es nicht. Karin rauschte in die Schule mit einer Miene, die »ich kann immer noch nicht glauben, dass das hier wahr ist« schrie. Sie vermied demonstrativ, Julia anzusehen, und Julia wusste sofort, dass sie sich über Nacht nicht beruhigt hatte, im Gegenteil.

»Also echt, wir sind nicht *zusammen*«, sagte sie zu Karin, als sie nebeneinander am Spind standen und die Sachen rausholten, die sie für die erste Unterrichtsstunde brauchten. »Ich schwöre, so ist es nicht.«
»Warum hast du dann nichts gesagt? Wenn es nun so verdammt nichts ist, dann hättest du es doch locker erzählen können. Sofort.«
Karin schaute Julia immer noch nicht an, während sie sprach, und ihre Stimme war eiskalt. Die schlimmste Stimme. Die sie noch nie gegenüber Julia benutzt hatte.
»Ja«, sagte Julia. »Ich weiß. Aber es kam nicht dazu. Bedeutet aber nicht, dass mit ihm was läuft.«
»Mit wem?«, fragte Albin, der gerade dazugekommen war. »Von wem redet ihr? Mit wem läuft nichts?«
Karin schloss ihren Schrank ab und ging. Immer noch ohne Julia eines Blickes zu würdigen. Und so ging es den ganzen Tag weiter. Der zufällig noch der letzte Schultag in dieser Woche war, denn es war das Wochenende mit Christi Himmelfahrt, und sie hatten Donnerstag und Freitag frei. Julia wusste schon, dass Astrid mit ihrer Familie übers Wochenende nach Gotland reisen würde. Sie hatten dort ein Haus. Und sie wusste auch schon länger, dass Karin zu Hause sein würde. Wenn alles wie immer gewesen wäre, dann hätte sie Karin gefragt, was sie unternehmen sollten, wann sie sich treffen würden, doch nach diesem Tag wagte sie das nicht. Schaute Karin nur nach, die mit einem sehr entschlossenen wirkenden Rücken verschwand. Julia ging allein nach Hause, und dann hörten sie am langen Wochenende nichts voneinander.
Am Montag kam Karin zusammen mit einigen anderen aus der

Klasse zur Schule. Sie benahmen sich völlig normal, und einen Moment lang hegte Julia Hoffnung. Doch sowie Karin sie erblickte, war es vorbei. Als Julia es mit einem »Hör mal« versuchte, kriegte sie einen kühlen Blick zugeworfen, der wirkungsvoll alle Versuche weiterzureden erstickte.
Jeder Abend ging damit zu Ende, dass Julia im Bett lag und plante, was sie am nächsten Tag zu Karin sagen würde. Wie sie sich trauen würde, auf sie zuzugehen, obwohl Karin eiskalt wirkte. Wie sie alles noch einmal erzählen würde, ausführlich, und dass nicht passiert war. Aber wenn der nächste Tag kam, dann war Karin immer noch gleichermaßen abweisend, und Julia traute sich nie. Und plötzlich war wieder Freitag. Eine ganze lange Woche war vergangen, ohne dass Karin mit ihr gesprochen hatte. Eine ganze *Woche.* Die schlimmste und seltsamste in Julias Leben. Alles war wie gewöhnlich weitergegangen, nur Karin hatte geschwiegen. Es war, als würde Julia unsichtbar in einer Blase leben. Sie hätte um Karin herumtanzen können, mit den Armen wedeln, sie einfach nur so ärgern, aber Karin hätte nichts gemerkt. Oder hätte sich nicht darum geschert. Niemand sonst in der Klasse schien zu merken, was passiert war, zumindest sagte niemand etwas. Der Einzige, der von sich hören ließ, war Isak. Er schickte ein paar SMS, die Julia las, aber nicht beantwortete.

Am Samstag machte Jacke aus ihrer Klasse eine Party. Julia hatte nicht vorgehabt, hinzugehen, aber als die ersten Bilder davon auftauchten, überlegte sie es sich anders. Zog sich was Schickeres an und radelte runter. Als sie kam, war alles in vollem Gang. Karin saß zusammen mit Madde und Albin auf dem Sofa, ein Bier in der Hand, kichernd. Bis sie Julia erblickte. Das Kichern wurde gegen ein unzufriedenes »oh, nein« ausgetauscht, und Karin wandte sich noch deutlicher Albin zu. Sprach *ausschließlich* mit ihm.

Julias erster Impuls war, auf dem Absatz kehrtzumachen. Warum sollte sie sich freiwillig in ihrer Freizeit noch mehr von dem hier aussetzen. Es reichte schon, jeden Wochentag, Montag bis Freitag, von acht bis halb vier komplett ignoriert zu werden. Man konnte doch nicht einfach mitten im Satz auflegen und sich dann weigern, weiterzumachen. Tag für Tag. *Irgendwann* musste man die Sache doch mal angehen, oder? Also unterdrückte Julia den Impuls, nach Hause zu gehen, und zwang sich, nur in die Küche zu marschieren. Versuchte, sich stattdessen mit anderen zu unterhalten und auf die Gelegenheit zu warten. Die ergab sich kurz darauf, als sie im oberen Stock auf der Toilette gewesen war. Karin stand draußen. Tickerte auf ihrem Handy. Fuhr zusammen, als sie Julia sah.

»Hallo.« Julia stand in der Türöffnung.

»Hallo.« Karin schob das Handy in die Jeanstasche und machte einen mehr symbolischen Schritt vorwärts. *Du stehst im Weg. Geh beiseite.*

»Hör mal, können wir nicht mal reden?« Julia stellte einen Arm aus, sodass Karin nicht vorbeikam. »Ich kann hier warten, wir können …«

»Nein. Ich habe keine Lust.«

»Okay. Es muss ja nicht jetzt sein. Morgen?«

»Ich will nicht.«

»Aber irgendwann müssen wir doch mal reden.«

»Warum denn?«, fragte Karin. Ihre Stimme klang ruhig und kontrolliert, doch jeder, der hören konnte, begriff, was für ein

Ausbruch hinter dieser Fassade hochkochte. »Ich habe das Gefühl, dich nicht mehr zu kennen. Worüber sollen wir dann reden?«
»Doch, das tust du! Natürlich kennst du mich. Und wir müssen reden.«
Karin schnaubte. *Ach so?*
»Doch!«, flehte Julia. »Es war superblöd von mir, dass ich es nicht gleich erzählt habe, aber findest du nicht, dass die ganze Sache jetzt so übertrieben geworden ist?«
»Äh, nein?«
»Ich weiß, dass es bescheuert war, ihm eine SMS zu schreiben. Aber du benimmst dich, als ob ... Also, entschuldige, aber muss es so wahnsinnig ...« Julia wedelte mit der Hand. *Dumm. Groß. Schrecklich. Anstrengend.* Alle zu Hause eingeübten Sätze hatten dort so vernünftig geklungen. Wenn Julia nur das und das sagte, dann würde Karin schon verstehen. So funktionierte das doch. Die wenigen Male, die sie über etwas in Streit geraten waren, hatten sie es immer geschafft, sich vorwärts zu reden und in der Mitte zu treffen. Aber jetzt, als Julia sagte, was sie dachte, stand Karin nur da und wartete, dass sie fertig würde, unwillig und ungeduldig. Man konnte schon von Weitem sehen, dass es überhaupt keine Rolle spielte, was sie sagte. Nichts davon erreichte sie.
Hinter Karin kam Hampus die Treppe rauf, aber Julia war das egal, sollte er doch hören.
»Also, ich muss mal aufs Klo«, sagte Karin. »Darf ich?«
Wie: Bist du endlich fertig?
Es war vorbei. Julia begriff es, aber trotzdem packte sie den Türrahmen noch fester. *Nein, ich weigere mich. Wir machen das jetzt und hier.*

»Mein Gott, Julia.«
Das sagte Karin mit einem müden Seufzer. Als wäre Julia ein superanstrengendes Kind, das wegen etwas Unwichtigem jaulte. Sie warf Julia einen letzten kalten Blick zu und rauschte dann die Treppe hinunter. Hampus musste sich an die Wand drücken, damit sie vorbeikam, und dann sah er Julia sehr mitleidig an.
»Shit. Tut mir leid, dass ich da so reingetrampelt bin. Das war ganz schön hart.«
»Ungerecht ist es! So verdammt krank ungerecht!«
»Na ja … aber so was geht ja eigentlich auch nicht, oder? Also, ich meine, das weiß man doch schon vorher?«
»Was geht nicht?«
»Ich meine, wenn es um diesen Isak geht, oder wie er heißt.«
»Du weißt von ihm? Was denn?«
Hampus sah unglücklich drein. »Nein, ich hab nur was gehört. Dass du mit einem Typen zusammen bist, den Karin …«
»Wir sind nicht zusammen!«
»Okay, okay.« Er zeigte auf die Toilette. »Darf ich?«
»Wer hat das behauptet?«
»Ich weiß es nicht, ich schwör. Lass es los, Julia. Es war nichts.«
Julia stand immer noch da und blockierte die Tür. »Reden die so?«
Hampus wollte erst nicht antworten, aber dann machte er eine Vielleicht-Bewegung mit dem Kopf.
»*Reden* sie so?«
»Ein bisschen«, gestand er. »Sorry.«
Und dann schob er sie sanft, aber entschieden beiseite, schlängelte sich blitzschnell auf die Toilette und schloss hinter sich ab.
Es gab ein Gerücht? Über sie und Karin und Isak. Kein Wunder,

dass seit zwei Wochen Schweigen war. Die anderen hatten also überhaupt nicht verpasst, dass was passiert war. Die anderen waren der Ansicht, dass Julia mit Isak zusammen war, und sie fanden, das sei alles ihre Schuld?

»Aber das stimmt nicht!«, rief sie gegen die Tür. »Egal, was sie sagen. Du, Hampus? Ich bin mit niemandem zusammen!«

Ein gemurmeltes »Okay, klar, absolut« von drinnen.

Bisher war es möglich gewesen, *morgen* zu denken, oder *am Montag* oder *bald.* Klar würde Karin begreifen, dass sie das hier besprechen konnten und mussten, und dass alles gar nicht so schlimm war. Bis gerade eben war es nur darum gegangen, ihre Überreaktion abzuwarten, die so viel größer war, als Julia erwartet hatte.

Aber jetzt?

Im Eingang standen ein paar Leute, welche aus ihrer Klasse, und Julia drängte sich zwischen sie. Niemand begrüßte sie, keiner wollte reden. Sie grub ihre Jacke und die Schuhe aus. Niemand fragte, warum sie schon gehen wollte, oder versuchte, sie aufzuhalten. Stattdessen fühlte es sich an, als würde sie von hinten angestarrt. Sie, die Karins Typ geklaut hatte. Julia drehte sich um. Niemand starrte, es schaute nicht einmal jemand zu ihr, aber sie wusste, dass sie es getan hatten. Sie erwog zu sagen: »Ihr kennt mich doch, was glaubt ihr denn, verdammt noch mal?«, aber sie würde anfangen zu weinen, sowie sie den Mund aufmachte, und das durfte nicht sein. Nicht, bevor sie allein war.

Sie machte sich nicht die Mühe, die Schuhe anzuziehen. Mit allem auf dem Arm eilte sie raus, die Einfahrt herunter, bog dann auf die Straße. Blieb erst stehen, als sie sicher war, dass niemand sie sehen konnte.

*Es fühlt sich an, als würde ich dich nicht länger kennen.*

Ich auch nicht, dachte sie. Arm, langweilig, einsam, ausgeschlossen *und* Bitch.

Lauter Sachen, von denen sie bisher nicht gewusst hatte, dass sie es war.

# Rasmus

War er überhaupt richtig eingeschlafen? Es fühlte sich nicht so an, sondern eher, als hätte er nur kurze Momente gedöst, weil es so heiß war. Als er um halb sieben aufgab, war sein Kopf dick und träge wie nach einer durchwachten Nacht. Rasmus warf das Betttuch ganz ab, lag da und sah nach der Sonne hinter dem Fensterplastik. Der Wecker war auf acht Uhr gestellt. Die Fortsetzung seines wunderbaren Loserlebens zu Hause in Hagsätra war nämlich, nach einem scheißlangweiligen Abend zu Hause so früh aufzustehen, dass er nicht Gefahr lief, auf dem Weg zur U-Bahn mit Nadir oder jemand anderem zusammenzutreffen.

*Doch, ich habe tatsächlich noch ein anderes Leben, Julia.*

*Aber jetzt schleiche ich mich aus dem auch raus. Will nicht mehr hier sein.*

Er duschte lange und kalt, frühstückte das Wenige, was es noch im Kühlschrank und in der Speisekammer gab, packte ein paar Sachen zusammen, und dann ging er. Die Sonne kletterte gerade über die Häuser, als Rasmus den Hof überquerte.

# Julia

»Hast du neues Zeichenpapier geholt?«, fragte Julia.

»Nein, ich war mit Freunden zusammen.«

Nach einem Tag Abwesenheit war Rasmus zurück. Camilla war schon am Nachmittag zuvor gekommen. Rasmus war über Nacht in Hagsätra gewesen, aber jetzt war er wieder hier, und sie saßen alle zusammen um den Tisch in ihrem Garten im Schatten. Tranken klirrenden Eistee mit hübschen Zitronenscheiben. Camillas üblicher, pfiffiger Stil.

»Mit, wie heißt er noch, Nadir?« Julia versuchte, Rasmus' Blick einzufangen, aber das war schwer. Er trug seine Kappe tief über die Augen gezogen.

»Ja«, antwortete er und sah Sivan an, und nicht Julia. Die Katze streckte sich im Schatten unter dem Tisch aus, und Rasmus beugte sich herab und kraulte ihr den Bauch.

Es war unmöglich, seine Laune einzuschätzen. Abgesehen davon, dass er müde war, was sie bereits gründlich besprochen hatten. Wie heiß es bei ihnen in Hagsätra war, wegen der Fassadenrenovierung, und wie froh Camilla war, dass sie selbst nicht versucht hatte, da schlafen zu wollen. Es sollte verboten sein, zwischen Mai und September ein Haus auf diese Weise in Plastik zu wickeln. Und so weiter. Smalltalk. Gähn, gähn.

Aber war müde wirklich alles? Rasmus war beim Gespräch

dabei, genau wie am Sonntag, aber er glitt immer wieder weg. Julia konnte nicht erkennen, ob er froh war, wieder zurück zu sein. Ob der ganze Ausflug von Anfang an geplant gewesen oder eine spontane Sache war. Und wenn ja, warum? Weil er Sehnsucht nach seinen Freunden hatte? Oder weil ihm hier draußen langweilig war? Sie wünschte, sie könnte ihn beiseite nehmen und einem kleinen Verhör über die genaue Ursache unterziehen. Rauskriegen, ob Hagsätra was damit zu tun hatte, dass er sauer oder enttäuscht, oder ob es was anderes war.

*Was heißt was anderes? Hatte es mit einer Person zu tun? Mit einer Nachbarin? Erster Buchstabe J?*

»Ich habe gestern mit einem Buch angefangen«, sagte sie stattdessen, sowie eine Gesprächspause entstand. »Und ob du es glaubst oder nicht, es hatte tatsächlich ziemlich viel mit Zeichnen zu tun.«

Einen kurzen Moment lang konnte sie seinen Blick da unter der Kappe erahnen.

»Das ist eins von denen, die ich am Freitag ausgeliehen habe, du weißt schon, und es ist wirklich supergut. Ich weiß, dass ich das auch schon über mehrere andere Bücher gesagt habe, aber das hier ist es wirklich. Es würde dir auch gefallen. Davon bin ich fest überzeugt, Rasmus.«

Leider verschwand seine müde Miene nicht wie erhofft mit einem magischen Kick, aber Julia erzählte trotzdem weiter. Über die Hauptpersonen, ein Mädchen und einen Jungen, die Zwillinge waren und Skulpturen machten und zeichneten und malten.

»Da passieren auch noch andere Sachen, aber das mit der Kunst steht hinter allem. Sie malen und denken darüber nach, was sie malen werden, und das Malen bringt sie dazu, Dinge zu tun und

Menschen kennenzulernen, und ja, es dreht sich die ganze Zeit um so was. Da habe sogar ich Lust gekriegt, zu zeichnen. Wenn du willst, kannst du es gleich ausleihen, ich bin heute damit fertig geworden. Es ist kein Comic, aber es ist gut. Ganz klar das Beste, was ich seit Ewigkeiten gelesen habe.«

»Aha«, antwortete er schwebend. »Ja, vielleicht, mal sehen.«

Camilla nahm ein Kreuzworträtselheft zur Hand, das unter ihrem Stuhl lag. »Sag doch noch mal den Titel. Das klingt ja superspannend.«

»*Ich gebe dir die Sonne.* Von Jandy Nelson.«

Camilla nickte und schrieb den Titel auf den Rand der Zeitschrift.

»Sie hat seit gestern nonstop gelesen«, informierte ihr Vater mit seiner Stolzer-Papa-Stimme, die immer so ärgerlich war. *Mein Kind kann lesen, haben Sie so etwas Großartiges schon mal gehört?* »Sie war nicht ansprechbar. Total versunken.«

Rasmus sah ihn an und stand dann auf. »Ich werde mal … Wir haben doch auch Saft, oder?«

»Ja, mach doch einen Krug«, sagte Camilla. »Heute ist es so heiß, dass man ununterbrochen trinken möchte.«

Er verschwand im Haus, und damit war das Buchgespräch offensichtlich beendet. Schon?

Julia sah ihm enttäuscht nach.

Sie hatte vorher nichts über die Handlung des Buches gewusst. Es stand einfach schon lange auf ihrer Will-ich-lesen-Liste, aber sie hatte keine Gelegenheit dazu gefunden. Erst gestern, als Rasmus auf unbestimmte Zeit entschwunden und Julia so ruhelos war, dass sie nicht wusste, was sie noch machen sollte. Was zum Teufel *machte* man denn auf Dalarö? Wie schafft man es, dass sich eine Minute wie eine Minute und nicht wie fünfzig davon anfühlt?

Sie hatte nicht gedacht, dass sie sich auf ein Buch würde konzentrieren können, doch mit diesem hier funktionierte es. Zum einen war es supergut, und zum anderen schien jede Seite eine Art kosmische Mitteilung zu enthalten. Es musste Vorsehung sein, dass sie ausgerechnet jetzt dieses Buch anfing, ausgerechnet jetzt, denn es war einfach perfekt. Julia liebte es, und Rasmus würde es auch lieben.
Sie stellte sich vor, wie sie nur ein einziges Wort würde sagen müssen, zum Beispiel »Kunst«, und er würde zusammenzucken und interessiert sein. Sachen fragen. Ihr letztes Gespräch vergessen. *Am Sonntag? Dass alles so komisch und falsch rauskam? Die komische Stimmung da? Ach, vergiss es. Wir fangen einfach neu an.*
Aber die Wirklichkeit?
Keine Rede von Neuanfang.
Rasmus kam mit einem Krug Saft wieder heraus. Setzte sich, kippte ein Glas in großen Schlucken, schaute zum Weg. Wieder. Und dann diese verdammte Kappe.
Julia hätte am liebsten laut gestöhnt. Über alles. Und trotzdem konnte sie sich ja nicht beklagen, dass er sauer war oder schweigsam. Er motzte nicht, und er reagierte auf Ansprache. Aber auf die falsche Weise. Alles mit ihm war ein einziges Weggleiten und Ablehnen und falsch, dass es sie ganz krank machte. So wie jetzt, als er sich herabbeugte und Sivan zum wievielten Mal kraulte? Julia hätte am liebsten seinen Arm gepackt. *Lass sie. Hast du nicht gehört, was ich über das Buch gesagt habe? Dir würde es auch gefallen. Du sollst mit mir reden. Ich hatte Sehnsucht nach dir.*
Denn leider stimmte das. Sehr sogar. Leider war es ihr auch

gelungen, in der kurzen Zeit zwischen Camillas Einladung und dem Beginn des Kaffeetrinkens einen unnötig heftigen »Er ist wieder da!«-Kick hochzukochen.

»Wenn du willst, kannst du kommen und es nachher holen«, sagte Julia, als sie nach Hause gingen.

»Ja, mal sehen«, erwiderte Rasmus auf eine Weise, die allen klarmachte, dass es nie geschehen würde.

# Rasmus

Der Meteorologe lächelte glücklich vor der Wetterkarte. Im ganzen Land große Sonnen und hohe Temperaturen, »von Ystad bis Haparanda«. Am heißesten war es an diesem Tag in einem Kaff in Småland. »Sechsundzwanzig Komma drei!« und für die nächsten Tage sah es genauso vielversprechend aus.

»Herrlich, nicht wahr?«, warf der Meteorologe den Ball dem Nachrichtensprecher zu, der ebenfalls überglücklich aussah. Strahlender Sommer, was könnte man sich mehr wünschen?

Seine Mutter stand auf und schaltete den Fernseher aus. »Wie wäre es mit einem kleinen Abendeintaucher?«

Rasmus schüttelte den Kopf.

»Doch, komm. Das ist so schön vorm Schlafengehen«, sagte sie.

Er sank noch tiefer ins Sofa.

»Wir beenden diesen Tag mit einem Bad«, beharrte sie. »Das bereut man nie, musst du wissen. Und als ich gestern Abend um diese Zeit da unten war, war es total leer.«

Sie nickte, als er sie ansah. *T-o-t-a-l. Komm schon.*

Trotz aller Sonnen und Hitzerekorde war der Strand auch heute Abend menschenleer. Rasmus entspannte sich, sowie er das sah. Sie zogen sich schweigend auf dem Steg aus. Kletterten die Leiter herunter. Blieben auf der Hälfte stehen, um sich zu gewöhnen.

Das Wasser war kalt, dunkel und schwarz, als er losließ und hineinglitt. Kalt, dunkel und schwarz.
Wenn man bei Tag badete, galt es immer, laut »Oh, wie schön!« und dreist »So kalt ist es doch gar nicht!« zu rufen. Abends war es anders. Kurzes Keuchen, aber keine Schreie, als die Kälte einen umschloss. Dann gewöhnte man sich und es wurde wieder still.
Er schwamm ein paar Meter hinaus und tauchte unter die Oberfläche. Sah all das Dunkel in verschiedenen Nuancen, horchte auf das dumpfe Nichts von oben und auf das Nichts, das es hier unten gab. Hoch, wieder runter, und wieder. Heute Abend wollte er diese Kälte, die alles betäubte.

Als er die Leiter hochstieg, stand seine Mutter auf dieselbe Weise mit dem Handtuch bereit, wie sie es gemacht hatte, als sie klein waren. Sie hielt es auf, sodass er gleich reinsteigen und umhüllt werden konnte. Der Unterschied war nur, dass jetzt kein Robin neben ihm zitterte und ungeduldig darauf wartete, dass er an der Reihe wäre, abgetrocknet zu werden. »Mach schon, ich friere, Mama, mach schon«, sodass sie gezwungen war, die Zeit gerecht zwischen ihnen aufzuteilen. Ein bisschen Rasmus, ein bisschen Robin.
»So. Jetzt bist du trocken«, sagte sie mit einem kleinen Lächeln, weil das immer ihr obligatorischer Abschlusssatz bei diesen Gelegenheiten gewesen war.
Wie schön war es doch früher, wenn alles, was die Eltern sagten, sofort zu einer Wahrheit wurde, obwohl es einem aus den Haaren auf den Rücken heruntertropfte und die nassen Shorts an den Beinen klebten. Aber wenn die Mama gesagt hatte, dass

man trocken war, dann war man das. Oder hungrig, satt oder müde, was immer sie entschied.
»Fühlt es sich jetzt besser an?«, fragte sie unerwartet und strich ihm über die Wange.
Eine sanfte Hand und eine sanfte Stimme, und es war das erste Mal am ganzen heutigen Tag, dass jemand etwas sagte, worauf er keine wütende Antwort geben wollte. Vielleicht wollte er am liebsten anfangen zu weinen. Oder wegrennen. Denn was wäre jetzt besser?
Er hatte gewollt, dass Julia merkte, dass er weg war, aber als sie dann sagte, dass sie tatsächlich an ihn gedacht hatte, als sie das Buch gelesen hatte?
Da war ihm klar geworden, dass er davon überhaupt nichts wissen wollte. Zumindest nicht, wenn es nur um ein Buch ging, in dem zufällig jemand malte. Das sollte alles sein? Ein Buch? Wie armselig. Noch schlimmer dann, als Olle erzählte, sie wäre ja total versunken gewesen. Schön für sie. Schön, dass sie so einen herrlichen Tag gehabt hatte. Rasmus hatte es superlangweilig gehabt und sich auf überhaupt gar nichts konzentrieren können.
Es war ihm natürlich klar gewesen, dass er ihr begegnen würde, wenn er hierher zurückkam, aber er hatte nicht geplant, dass es im selben Moment sein würde, wenn er aus dem Auto stieg. Er hatte es auf seine Weise tun wollen. Zum Strand runtergehen, eine Minute bleiben, wenn es sich gut anfühlte, dann wieder nach Hause gehen. Nicht einem Kaffeetrinken *ausgesetzt* werden, das seine Mutter eigenmächtig geplant hatte. Und vor allem nicht mit einem ganzen Buch über Kunst überrumpelt zu werden, das »supergut« zu ihm passte.

»Was ist mit morgen?«, fragte seine Mutter, als er nicht antwortete. »Worauf hast du Lust?«
Er hatte keine Ahnung.
»Eine Bootstour?«, schlug sie vor.
Sie hatte sich informiert. Es gab verschiedene Alternativen. Lange und kurze Touren, verschiedene Inseln.
»Und was macht man dann da draußen?«
»Ungefähr dasselbe wie hier. Aber es ist ein Ausflug.«
Er sagte nicht: Wir sind doch schon auf einem Ausflug.
»Man kann schwimmen. Und dann können wir Kaffee mitnehmen, oder Mittagessen, und dann mal sehen, wie lange wir bleiben möchten«, sagte sie. »Vielleicht sollten wir die Gelegenheit nutzen, solange das Wetter so gut ist.«
Er sagte nicht: Wir sind doch schon auf einer Insel, wir können die Gelegenheit genauso gut hier nutzen.
*Nein.*
»Dann vielleicht ein Ausflug?«
»Ja, hast du Lust dazu? Wie schön!«
Sie klang wirklich, als ob sie das meinen würde. Es war so leicht – man konnte einen ganzen Tag lang sauer und motzig und ungerecht und am Ende sogar supermotzig zu seinen Eltern sein, und dann war man eine Minute lang 0,1 Prozent nett, und dann benahmen sie sich, als wäre man das beste Kind der Welt.
»Aber was machen wir mit Sivan?«, fragte er.
»Ich habe gehört, dass Katzen ein paar Stunden allein überleben. Sie wird es schaffen.«

Am nächsten Tag klingelte der Wecker früh. Sie packten einen Picknickkorb und schlichen sich weg. Zumindest fühlte es sich

so an. Als würden sie abhauen, solange die ganze Welt noch schlief.
An manchen Tagen, wenn man mit seinen Eltern was macht, ist es vom ersten Moment an nervig. Sie atmen falsch. Gehen falsch. Trinken den Kaffee falsch. Besteigen ein Boot falsch. Jede Minute ist eine Qual und eine Strafe. Sowie man nach Hause kommt, muss man sich entweder in seinem Zimmer einschließen oder zu einem Freund abhauen, um mal mit einem normalen Menschen zusammen zu sein. Damit man nicht explodiert.
An anderen Tagen ist es absolut unproblematisch. Stunde um Stunde vergeht, ohne das geringste Missverständnis. Niemand atmet auf die falsche Weise. Alle sagen die richtigen Sachen. Man gleitet in die Gesprächsthemen oder in die Stille hinein und hinaus, niemand ist verärgert, gekränkt oder frustriert. Zumindest nicht, bevor man beim Mittagessen sitzt und die eigene Mutter plötzlich von sich gibt: »Aha, Julia hat also einen Freund.«
Rasmus findet eine Gruppe deutscher Touristen, die gerade mit viel Getöse ins Restaurant gekommen sind, und kann seinen Blick fixieren. »Hm.«
»Aber statistisch gesehen gibt es ja auf der Welt nicht sonderlich viele Leute, die ihren Lebenspartner im Alter von fünfzehn Jahren treffen. No offence, Jasse, aber das ist eine Tatsache.«
Er begriff nicht wirklich, was sie meinte, guckte aber sicherheitshalber mal weiter zu den Touristen.
»Deshalb meine ich, du solltest nicht aufgeben oder deprimiert sein, ehe du fünfundzwanzig bist«, fuhr sie fort. »Allerdings weiß niemand, welche Freunde nächste Woche aktuell sein könnten, deshalb kann man durchaus mal damit fortfahren zu zeigen,

dass man existiert. In der Zwischenzeit ein bisschen besonders nett und aufmerksam sein.«
Egal, was den Deutschen jetzt noch einfallen würde, er war geliefert. Sie befanden sich auf einer Insel. Hierher kam man mit dem Boot. Bis das nächste ging, waren es ein paar Stunden. Rasmus würde gezwungen sein, sich zu äußern. Seine Mutter sah ihn an. Aufmunternd.
»Was wirst du jetzt tun?« Sie stippte Pommes in den Ketchup. »Also, mit Julia?«
»Nichts.«
»Ehrlich?«
»Ja.«
Rönninge, dachte er. Das ist es, was ich jetzt tun werde. Ich werde Papa anrufen. So schnell wie möglich dahin fahren. Heute Abend oder morgen. Spätestens morgen. Scheißegal, wie langweilig es da sein wird und wie heiß es ist, und dass man da eigentlich im Schärengarten sein sollte und die Gelegenheit nutzen. Nein. Jetzt hat es sich ausgenutzt.
Seine Mutter fuhr fort, ihre Pommes in den Ketchup zu tauchen. Die Bedienung erklärte den Deutschen das Tagesgericht. Hühnchen mit Pommes. Getränk, Salat und Kaffee. Die ganze Gesellschaft jubelte. Oder, okay, sie äußerten sich in positivem Ton.
Da draußen am Steg kam ein kleines Boot angefahren.
Rasmus ließ seinen Blick ein paar Runden wandern. Als er schließlich seine Mutter ansah, zog sie ruhig eine Augenbraue hoch.
»Bist du da ganz sicher? Ich finde, dieses Buch klang sehr gut.«

# Julia

Schon wieder?

Das Auto war weg, das Haus verschlossen, die Liegestühle diesmal sogar ordentlich an der Wand aufgereiht.

»Ich meine, Camilla hätte von einer Bootstour gesprochen«, sagte ihr Vater, als Julia von Rasmus' verschlossenem Haus zurückkam. »Vielleicht machen sie die heute.«

»Hat sie das gesagt? Und wann?«

»Gestern. Und es ist ja das perfekte Wetter für eine Tour auf dem Meer.«

Ja klar. Perfektes Wetter. Perfektes Wetter, um einen kleinen Hinweis zu schicken, indem man *nicht* davon erzählt. Ein geplanter Ausflug. Aber warum sollte Rasmus auch darüber informieren? Sie waren Sommernachbarn. Er war ihr nichts schuldig. Alle Nachbarn durften jederzeit hinfahren, wohin sie wollten. Nach Hagsätra, auf Bootsausflüge, nach Hause.

»Willst du mit rein nach Handen?«, fragte ihr Vater. »Ich müsste in der Bibliothek ein paar Sachen für den Job erledigen. Wir können hinterher Kaffee trinken. Du darfst dir aussuchen, was du willst.«

Julia seufzte.

»Kuchen oder was immer.« Er ignorierte ihr säuerliches Augenverdrehen und umarmte sie. »Das Auto fährt in einer Viertelstunde.«

Während ihr Vater arbeitete, schlenderte Julia ziellos im Einkaufszentrum herum und nahm Dinge in die Hand, die sie nicht kaufen würde. Rief Isak an. Rief Arvid an. Traf sich mit ihrem Vater, als er fertig war, in einem der Cafés.

Sie hatten gerade jeder seinen Latte Macchiato bekommen, als auf dem Handy eine Instagram-Nachricht auftauchte. Sally aus Julias Klasse hatte geschrieben: »Vermisse euch!« Hatte drei Herzen hinzugefügt. Julia, Karin und Madde waren getagged, und als Julia bebend anklickte, um zu sehen, welches Bild Sally kommentiert hatte, war es eines, das Karin zuvor am Vormittag gepostet hatte.

Ein Foto aus der siebten oder achten Klasse. Ein schönes. Sally, Madde, Karin und Julia lagen in einem Kicherhaufen auf einem der Flursofas in der Schule, und Julia wurde gleichzeitig von Schock, Tunnelblick, Atemnot, Herzrasen, Schnappatmung und Panik überfallen, als sie es sah. Sie erinnerte sich nicht exakt an den Fotomoment, aber an alles andere erinnerte sie sich. Der feste Stoff des Sofas. Der Flur. Das Licht. Die Schulgeräusche. Und Karin. Sie so nah bei sich zu haben. Immer. Ihr Lachen im Ohr. Mit Karins Lachen im Ohr zu leben. Alles das, was Julia die letzten Wochen zu vergessen versucht hatte – aber nur ein kleiner Atemzug, und schon war sie wieder an derselben Stelle.

*Karin.*

»Was gibt's?«, fragte ihr Vater und sie hielt ihm das Telefon hin.

»Ah.« Er nahm es, um näher hinsehen zu können. »Ist das aus dem vorigen Jahr? Oder aus der Siebten?«

»Aus der Siebten, glaube ich.«

»Superschön.« Er gab es zurück. »Du wirst doch wohl antworten, oder?«

Albin hatte »Mädellllls!!« geschrieben und Julia wusste ganz genau, in welchem Ton er das sagen würde. Niklas, ihr Klassenlehrer, pflegte immer frustriert so zu rufen, wenn er fand, dass die Klasse, und vor allem die Mädchen, und am allermeisten Karin und Madde, zu viel schwätzten.
Madde hatte »Jungggs!!« an Albin geantwortet. Und dann das »Vermisse euch!« von Sally. Und alle Likes von Aston, Jacke, Astrid, Malik, Carro … fast die gesamte Klasse. Inklusive Hampus.
»Das ist schade, wenn man seine Kumpel vergisst, nur weil man einen Freund hat«, fuhr ihr Vater vorsichtig fort. »Da können sich die alten Freunde vielleicht ein bisschen beiseitegeschoben vorkommen, wenn …«
»So ist es nicht.«
»Nein?«
Die Stimme, die Miene, alles. Papa sah so verständnisvoll und bereit aus. So als würde jetzt Das-bedeutende-Gespräch kommen, auf das er gewartet hatte. Jetzt werden wir reden, und ich werde ein richtig guter Vater sein, der seine Tochter unterstützt, wenn sie ihn braucht.
»Ich finde, du solltest antworten«, beharrte er.
»Werde ich auch.«
»Sind die jetzt von Mallorca wieder zu Hause?«
»Nehme ich an.«
»Und Astrid? Was ist mit ihr?« Ihr Vater schlug einen lockeren und netten Tonfall an, als ob Julia ihm auf den Leim gehen und nicht begreifen würde, worauf er eigentlich aus war, oder welche Umwege er noch einschlagen würde, um dorthin zu kommen.
»Kannst du bitte damit aufhören?«
»Es wäre einfach so schade, wenn Karin und du nicht mehr …«

»Manno, hör doch auf! Ich *werde* ja antworten. Darf ich mal eine Minute darüber nachdenken, was?«
Er hielt kapitulierend die Hände hoch.

Julia blieb im Café, während ihr Vater Lebensmittel einkaufen ging. Wappnete sich und öffnete Instagram erneut. Hielt die Luft an. Aber Karins Bild war noch da. Obwohl Sally Julia getagged hatte. Es hatte inzwischen sogar noch mehr Herzen und dergleichen bekommen. Eine neue Runde Schock, Tunnelblick, Atemnot, Herzrasen, Schnappatmung und Panik.

Zum ersten Mal seit anderthalb Wochen blätterte Julia in Karins Thread zurück. Entdeckte drei Bilder von Mallorca. Drei! Bloß. Und zwei davon waren schwarzweiß mit Strand und Meer. Kein bisschen von Astrid oder irgendeinem anderen Menschen zu sehen. Nicht einmal auf dem Strandbild. Und keine Bildtexte. Man könnte meinen, Karin sei allein auf eine einsame Insel gereist und am Strand entlangspaziert. Hätte dagestanden und über das Meer geschaut und tief gegrübelt. Vielleicht ganz Jane-Eyre-mäßig »Julia!« gedacht. »Sie fehlt mir!« Was in der Art? Denn wenn man nach einem langen Schweigen ausgerechnet so ein Bild aussucht, unter all den Hunderten oder Tausenden von Bildern, die man sicher hat, dann will man damit ja wohl kaum: »Ja, übrigens, ich werde auch weiterhin nicht mehr mit dir reden, ist das klar?« sagen. So gemein konnte Karin nicht sein.
Julia scrollte durch die Kommentare. Der jüngste kam von Maral. Sie hatte ein Herz gepostet. Julias postete schließlich ein »hallo«. Erst mal nur klein geschrieben. Aber war das nicht auch schon groß? Das durfte Karin entscheiden.

# Rasmus

Robin hatte eine besondere Art, sich ins Sofa oder auf den Küchenstuhl sinken zu lassen. Zu seufzen und leidend auszusehen. Das bedeutete Stress mit irgendeinem Mädchen. Er hatte Freundinnen gehabt, seit er ungefähr zehn Jahre alt war. Rasmus nicht. Nicht einmal, als er zehn *war,* und da waren schließlich alle mindestens fünf Minuten mit jemandem zusammen gewesen.

Folglich hatte Rasmus auch keinen Spezialseufzer oder Hinsinker. Er und seine Mutter hatten niemals ernsthaft über ein Mädchen gesprochen, für das er sich interessiert hätte. Und er hatte auch heute wirklich nicht vorgehabt, das zu tun. Aber sie saßen auf einer Insel fest, und das nächste Boot ging erst um 14:54 da ab. Und über irgendwas mussten sie ja reden.

Die deutsche Gruppe hatte ihr Tagesgericht bekommen und legte fröhlich los. Die Teller von Rasmus und seiner Mutter waren leer, aber sie saßen noch im Restaurant. Er sagte zu ihr ganz andere Sachen, als er zu Kelly oder Nadir gesagt hätte. Und bekam garantiert auch andere Antworten. Einige waren gut, andere so lala. Oder supernervig und peinlich. Und auch wieder nicht.

»Das geht nicht, Mama«, sagte er, als seine Mutter eine Eingebung hatte und nachschaute, ob es Julias Buch in der Bib

als E-Book gab. So war es. Das fand seine Mutter perfekt. Sie konnte ihre Freundin Åsa fragen, wie man so was auslieh, und dann musste er nur loslegen.
»Du kannst augenblicklich anfangen zu lesen! Wenn es dir nicht gefällt, musst du nichts sagen. Aber wenn es gut ist, dann ist das doch ein fliegender Start!«
»Ein E-Book? Das ist so gewollt. Das geht nicht, Mama.«
Wenn man erst ein Buch ablehnt und es dann selbst besorgt. Auf eine recht komplizierte Art. Warum sollte man das tun? Genau: um zu.
»Aah.« Seine Mutter verstand. »Und gewollt ist schlecht, meinst du?«
*Ja?*
»Weißt du, als ich jung war, habe ich allen Ernstes geglaubt, dass Telepathie funktionieren würde«, begann sie. »So bis ich fünfundzwanzig war oder so. Meine Güte, was für eine Zeitverschwendung.«
Sie nahm Henrik Lundberg in der Steppjacke als erstes Beispiel. Wie sie im Flur stand und so viel an ihn dachte, aber nicht einmal ein Hallo herausbrachte. Weil er ja bestimmt merken würde, dass sie an ihn dachte, und das würde ja wohl reichen.
»Und wie wir alle wissen, war das ein überaus erfolgreicher Plan«, stellte seine Mutter trocken fest. »Genauso ging es mit mehreren anderen Jungs. Man muss tatsächlich ein bisschen agieren, Jasse. Manchmal geht das schief und wird peinlich, aber so was vergeht. Ist es nicht besser, wenn du es mit dem hier versuchst, damit sie kapiert, dass du sie magst?«
»Das kapiert sie schon. Ich habe es versucht. Und zwar so was von!«

Seine Mutter warf ihm einen vielsagenden Blick zu. *Glaubst du, ja.*
»Gib dem Buch zwanzig Seiten.«

Auf dem Boot fing er an. Obwohl Julia ziemlich viel von der Handlung erzählt hatte, wurde ihm schnell klar, dass sie kaum etwas gesagt hatte. Zum Beispiel nichts davon, dass man kaum ein, zwei Seiten am Stück lesen konnte, ehe man wieder eine Pause machen und eine Weile in die Luft starren musste. Nachdenken. Noch einmal lesen. Sacken lassen. Es war, als wüsste die Autorin Dinge über Rasmus, die er noch niemandem offenbart hatte. Kaum selbst gewusst hatte. Jedenfalls nicht, ehe er von diesem erfundenen Noah las.
Zwischen ihnen gab es einige riesige Unterschiede. Noah besuchte mit seiner Mutter Kunstmuseen. Konnte einfach alles zeichnen. Schwul war er auch. Aber der Rest? Pause. Starren. Nachdenken.

Vorigen Herbst war eine Schriftstellerin in ihre Schule gekommen und hatte alle achten Klassen besucht. Vorher hatten sie ein Buch von ihr gelesen. Das war so mittelmäßig. Aber als sie in die Schule kam, sprach sie nicht so viel darüber, sondern mehr, wie sie Ideen bekam, und wie man schrieb und so. Eine Sache, die sie erzählte, war, dass man richtig gut darin sein musste, allein zu sein, wenn man Schriftsteller werden wollte. Das kapierte Rasmus sofort, und er war auch derselben Meinung. Aber die Schriftstellerin hob das auf eine weitere Ebene. Sie *liebte* es, allein zu sein. Ihr Schönstes war, in eine Hütte im Wald zu fahren, wo es nichts gab. Da schloss sie sich dann eine Woche ein, schrieb wie eine Verrückte, traf keine Menschenseele, war selbst am Rand des Wahnsinns.

»Klingt das nicht herrlich?«, fragte sie mit strahlendem Blick. »Einfach wunderbar!«
Alle in der Klasse sahen skeptisch aus. Auch Rasmus. Es war okay, allein sein zu müssen und es auch sein zu wollen. Aber warum damit angeben, wie gerne man verrückt werden *wollte*? Mit seinen Freunden einen ganzen Tag herumhängen, nichts Besonderes machen und ein bisschen gelangweilt zu sein, das war ein akzeptierte Aktivität. Aber mit seinem Zeichenblock allein zu Hause zu sitzen? Aus eigenem Antrieb? Und Mordsspaß zu haben? Sich gestört zu fühlen, wenn Nadir oder irgendwer eine SMS schickte? Das war komisch. Ein paar Stunden gingen schon an, aber ein ganzer Tag oder ein Wochenende? Ganz zu schweigen von einer Woche im Wald. Die Leute würde nie begreifen, was daran so toll war. Zumindest nicht, wenn die Leute seine Freunde oder sein Vater waren. Aber die Autorin von *Ich gebe dir die Sonne,* die hatte es begriffen. Wie sie über die Zwillinge schrieb, vor allem über Noah, der die ganze Zeit zeichnen wollte, obwohl ihm klar war, dass er komisch war. Er hatte keine Freunde, weil er nur zeichnete. Konnte nicht mal normal mit jemandem reden. Trotzdem wollte er mit dem Zeichnen nicht aufhören. Als Rasmus das las, kam es ihm überhaupt nicht komisch vor. Noah wäre viel verrückter, wenn er die Kunst aufgeben und versuchen würde, normaler zu sein. Wenn man sein bestes Ding gefunden hat, muss man doch weitermachen. Vor allem, wenn man gut darin werden will, oder wenn man schon so gut war, wie Noah zu sein schien. Es fühlte sich armselig an, die Beschreibungen seiner Zeichnungen nur *lesen* zu können, Rasmus wollte sie *sehen.*
Als er schließlich das Handy weglegte und das Rollo für die

Nacht herunterzog, konnte er trotzdem lange nicht einschlafen. Lag da und dachte an den Kunstsaal, in dem er nach den Sommerferien sein würde. Wie es sich anfühlen würde in dem Saal, was dort passieren konnte. Alles? Und dass er lange dortbleiben wollte. Einfach weitermachen. Vielleicht so einsam und allein werden. Wie traut man sich das? Wie wagt man, sich dafür zu entscheiden? *Ich zeichne. Das ist alles, was ich will. Jetzt hocke ich mich in eine Hütte im Wald und mache das einfach. Scheißegal, was andere denken, denn das hier ist, was ich will.*

# Julia

Julia und Karin tasteten sich vorwärts. Julia antwortete auf das Throwback-Bild mit einem »hallo«. Karin konterte, indem sie direkt von Instagram zu privaten SMS überging. Schrieb »Hallo« zurück. Und das schnell. Dann schrieb sie weiter »…« und: »das bedeutet seltsame Stimmung«.

Julia: Meinst du.

Karin: Ja. Sehr. Aber hallo!

Nach dem zweiten Karin-Hallo gab es keine Herzen, aber es fühlte sich doch so an. Als würde Karin zum ersten Mal seit über einem Monat nicht sauer das Gesicht verziehen oder sich höchst demonstrativ abwenden. Vielleicht war sie sogar ein bisschen froh. Womöglich lächelte sie? Diese kleine Hoffnung ließ alle langweiligen Tannen, an denen Julia und ihr Vater auf dem Rückweg vorbeisausten, tränenverwischt aussehen, und Julia vertippte sich vor lauter Aufregung, weil *Karin*, und *so lange her*, und *jetzt, endlich*.

Julia: Bist du zu Hause?

Karin: Ja. Und du?

Julia: Dalarö bis So. War Mallorca gut?

Karin: Absolut ok.

Julia: Hab die Bilder gesehen. Schön.
Karin: Ja, es war gut. Total viel gebadet.
Karin: Habt ihr eine neue Hollywoodschaukel besorgt?

Was war das? Als Karin und Astrid aus London zurückgekommen waren, hatten sie stundenlang wiederholt, wie toll es gewesen war und was sie alles gemacht hatten. Von Mallorca gab es drei Bilder. Auf eine direkte Frage, wie es gewesen war, antwortete Karin »Absolut ok.« End of story. Das klang verglichen mit dem Londontheater ungefähr so wie: »Schlimmste Woche meines Leben und ich hasse Astrid«.

Julia: Keine neue Hollywoodschaukel.
Karin: Möh. Aber ihr braucht doch eine.
Julia: Ich weiß.
Julia: Sag das Papa.
Karin: »Du, Olle...«

Julias Grinsen ließ ihren Vater sie neugierig ansehen. »Ist das Karin? Grüß sie von mir.«
Julia: Er lässt grüßen.
Karin: Ahja, grüß zurück. Aber trotzdem. Du, Olle. Kauf eine! Jetzt!
»Gruß zurück«, sagte Julia. »und sie findet, wir sollten eine neue Hollywoodschaukel kaufen.«
»Ich habe gestern erst bei Ebay Kleinanzeigen nachgeschaut. Sag ihr, es wird.«
*Sag ihr, es wird.* Damit Karin wusste, wie es sich damit verhielt, wenn sie hier rauskam, oder was?

»Er checkt Ebay«, schrieb sie an Karin. »Wie geht es dir? Was machst du?
Gemeint als: Was machen *wir*? Was ist das hier? Was willst du. Eigentlich?
Als sie das letzte Mal voneinander gehört hatten, Eiseskälte, »Kenne dich nicht« und dann völliges Schweigen. Von da sprangen sie direkt in eine interne Diskussion über Hollywoodschaukeln, als wäre das hier ein ganz normales Geplänkel-Geplauder.
Karin: Ich denke ein bisschen nach. Können wir uns sehen, wenn du nach Hause kommst? Willst du?
Julia wusste, was sie antworten würde. Das wusste sie schon seit Jackes Party. Ja! Oder besser gesagt: JAAAA!
Aber.

Isak war der Einzige gewesen, der nicht verstummt war. Er hatte weiterhin SMS geschrieben. Einmal. Zweimal. Dreimal. Erst hatte Julia die ins »Unmöglich, geht nicht«-Archiv einsortiert, ohne zu antworten, aber nach Jackes Fest machte sie sie wieder auf. Die letzte enthielt einen einzigen Satz: »Alles okay?«
Ein paar Tage später trafen sie sich zu einem unentspannten Kaffee, der hauptsächlich aus gestresstem Suchen nach neuen Gesprächsthemen bestand, damit nicht *zu* lange stille und schwierige Pausen entstehen würden. Nach einer solchen Pause gab Isak aber auf. »Hör mal, dass du einfach so verschwunden bist. Ist was passiert? Habe ich was Falsches gesagt, oder?«
Die Alternative. Entweder weiterzwitschern und: »Nein, alles gut, kein Problem, ich liebe das Leben« faken. Oder sich zusammenreißen und wagen, es zuzugeben.
»Du weißt doch, meine Freundin Karin?«, begann sie und merkte,

wie sie rot wurde. »Ich weiß nicht, ob du das da im Frühjahr gemerkt hast, aber sie mag dich. Und es war … ja, es war ein bisschen schwierig, als sie erfuhr, dass wir uns getroffen hatten.«
Was Isak in dem Augenblick nicht tat: die Augen aufreißen und mit der Faust in der Luft ein paarmal siegerpumpen. »Karin? Im Ernst? Yes, yes, yes! Ich ruf sie sofort an!«
Was Isak machte: rot werden. Er auch. Zum Glück. Und dann fuhr er sich mit der Hand über die Stirn und sah peinlich berührt aus. »Oje. Oh.«
»Ja«, sagte Julia. »Und ich weiß, dass dies hier nur ein Kaffeetrinken ist, und nichts … also, ich weiß das, aber Karin hat es irgendwie anders gesehen. Deshalb habe ich nicht geantwortet. Alles war plötzlich so kompliziert.«
»Oh«, sagte er wieder. »Aber ich dachte, sie hätte gemerkt, dass ich nicht interessiert war. Es war ja nichts zwischen uns. Wie kann das …?«
Julia zuckte mit den Schultern. *Das kann es trotzdem.*
»Aha«, begriff er. »Und jetzt? Habt ihr …?«
Geredet, es geklärt, geordnet.
Julia schüttelte den Kopf.
»Nicht? Wie nervig.«
Ja.
»Aber es ist okay, wenn wir uns heute treffen?« Er sah sie vorsichtig an.
Wie rot konnte man eigentlich werden?
»Natürlich ist es das.« Julia versuchte verzweifelt, ihr sicher knallrotes Gesicht und ihre schweißnassen Hände wegzudenken. Sich kühl und cool und gelassen zu denken. Einen Schluck von ihrer immer noch kalten Cola zu nehmen und auf ein Wunder zu hoffen.

»Okay. Na puh«, nickte Isak. »Also, Glück für mich zumindest.«

Antwort: Ja, man kann noch röter werden. Selbst wenn man Isak hieß.

Glück.

Für Julia.

An den folgenden Tagen war ziemlich viel Nachdenken über das, was er noch gesagt hatte. Vor allem, als seine SMS anfingen reinzukullern und sie sich noch ein paarmal sahen. Und als diese Male mit einer möglicherweise etwas zu langen Umarmung beendet wurden. Möglicherweise. Isak? Ernsthaft, oder was?

Über diese Art Umarmungen und kontinuierliche SMS konnte man wirklich eine Menge nachgrübeln. Sich durch die Unterrichtsstunden und Aktivitäten mit der Klasse in den allerletzten Tagen der Mittelstufe manövrieren. Immer noch von Karin ignoriert. Immer noch abends im Bett liegen und lange Gespräche formulieren, die sie niemals führten. Sich am allereinsamsten auf der ganzen Welt fühlen. Aber zwischendrin: Isak. Meinte er das wirklich, dachte er echt, dass sie beide *so* gut zusammen wären? Also, das war ja schön, und er war derzeit das einzig Lustige in Julias Leben, aber sie waren so unterschiedlich. Spürte er das nicht? Wenn sie sich trafen, war nicht die ganze Zeit Feuerwerk, sondern nur ein bisschen, hier und da. Sollte das Feuerwerk nicht konstanter sein?

Dann wieder: Als sie letztes Mal aus dem Nacka Forum rausgingen, war ihnen eine Gruppe Mädchen in ihrem Alter begegnet. Eine von denen hat ihn völlig ungeniert taxiert. Der Blick des Mädchens ließ Julia einen Rush Stolz empfinden. »Guck du bloß, aber ich bin es, mit der er eben gerade Kaffee getrunken hat. Und ja, das war *seine* Idee.«

Arvid nahm sich in Oslo frei und kam zu Julias Schulabschluss. Da konnte sie leicht so tun, als würde sie deshalb das ganze Wochenende zu Hause bleiben, während die anderen aus der Klasse bei Jacke Party machten und ohne Pause den Ferienanfang feierten. So lange her, seit sie Arvid gesehen hatte, so schön, dass er zu Hause war. 100 pro WAHR. Oder eine Million pro WAHR. Sich durch Partys und Events quälen, auf denen Karin auch war, versuchen, eine »Alles okay!«-Fassade aufrechtzuerhalten? Viel einfacher, das egal sein zu lassen und mit Arvid rumzuhängen. Eine supersüße Glückwunsch-SMS von Isak entgegennehmen. Richtig süß. Nicht weniger als drei Herzen hintereinander. Das war neu. Special occasion, weil Schulabschluss war?
Als ihr Vater und sie Arvid am Dienstagnachmittag zum Flughafen chauffierten, sprang sie auf dem Nachhauseweg bei Isak raus. Er begrüßte sie mit einer langen, kuscheligen, *sehr* kuscheligen Umarmung, die immer weiter und weiter ging, bis sie versehentlich zu etwas ganz anderem wurde. Küsse. Hände an falschen Stellen. Oder an ganz richtigen Stellen. Denn die und die Küsse: das Beste, was Julia je erlebt hatte. So wahnsinnig schön, dass man in Ohnmacht fallen könnte.
»Das hast du doch auch gemerkt, oder?«, fragte er, als sie nach einem solchen Kuss keuchend und schwindelig wieder auftauchten.
»Ja, wirklich«, flüsterte sie, und er lächelte ihren Mund an.
»Ich auch.«
Und damit war das geklärt, oder? Sie waren zusammen. Sie und Isak.
Alle, die über so was behaupten: »Es geschah einfach!«, lügen. Man fällt ja nicht einfach so holterdiepolter den Leuten in die

Arme. Es gibt immer jemanden, der sehr bewusst dafür sorgt, dass er genau dort landet. Aber in dem Augenblick in Isaks Eingang, da fühlte es sich ziemlich so an, als würde es einfach nur passieren. Alles ging binnen einer Sekunde von null auf hundert. Julia hatte es selbst in Gang gesetzt, hatte entschieden, hinzugehen, hatte eine Menge gegrübelt, aber sie hatte nicht kapiert, dass die Küsse der nächste Schritt waren. Oder zumindest nicht, dass sie so schnell kommen würden. Das zu begreifen, daran musste sie jetzt hinterher arbeiten. Sie und Isak. Jetzt war es passiert. Er war ihr *Freund*. Sie waren *zusammen*.

Die Tannen auf er anderen Seite des Autofensters wurden wieder scharf und unverwischt und Julia bat ihren Vater, sie im Stadtzentrum rauszulassen, damit sie in Ruhe texten konnte. Als er wegfuhr, ließ sie sich beim Parkplatz auf dem erstbesten Betonlöwen nieder.

»Aber noch eine WMA«, schrieb sie an Karin. »Isak und ich. Du weißt vielleicht schon, dass wir zusammen sind?«

Wichtige Meldung an die Allgemeinheit. Das war eine ihrer gemeinsamen Phrasen. Konnte für alles Mögliche angewendet werden. WMA, kann kein Englisch. WMA, fucking sterbe vor Mensschmerzen. Oder WMA, Isak und ich.

Julia: Willst du trotzdem, dass wir uns treffen?

Karin: Ja, ich weiß, und ja, will trotzdem treffen. Sonntag?

Hinter Julia gingen ein paar Autotüren auf, und ein quengeliges kleines Kind wurde von seiner Mutter vorbeigeschleift. Julia sah ihnen hinterher, bis sie im ICA verschwanden.

Julia: Damit wir Schluss machen?

Diese Frage zu stellen, das war, als würde man eine Bombe

verschicken. Normalerweise hätte sie das niemals getan, aber jetzt war ja nichts mehr normal.
Karin: Hoffe nicht? Aber wir müssen reden, und da können wir uns besser treffen & das tun. Viel einfacher als SMS.
*Hoffe nicht?*
Julia: Ok, dann am Sonntag. Wir kommen irgendwann nachmittags.
Karin: Perfekt! Ich bin den ganzen Tag zu Hause. Ruf an, wenn du kannst.

Eine andere Sache, die im *Kleinen Angstbuch* von Linda Skugge stand, war, dass die Freundin, der man den Typ geklaut hat, einem verzeihen sollte, wenn offensichtlich ist, dass der Typ für einen die große Liebe ist. Die Freundin und alle anderen sollten dann begreifen, dass man mit gerade diesem Menschen zusammen sein muss, dass man das perfekteste Paar der Weltgeschichte ist.
Waren Julia und Isak das?
Neee, flüsterte eine Stimme im Hinterkopf. Du weißt doch, dass ihr das nicht seid.
Ein weiteres heulquengeliges Kind kam mit seinem Vater aus dem Laden. Als das Kind merkte, dass Julia es ansah, gab es einen wütenden Laut von sich, und der Vater seufzte verärgert und schaute das Kind böse an.
Wir sind *noch* nicht das perfekteste Paar, verbesserte sie sich selbst. Aber vielleicht werden wir es. Nahe dran? Vielleicht?
Sie öffnete noch einmal Karins Instagram-Account. Las die Kommentare zum Sofabild. Da, zwischen all den Herzen und Smileys und »süüß«-Ausrufen, war ihre ganze Welt.
So wahnsinnig nah.

# Rasmus

Manche Sachen kann man einfach nicht gut verpacken. Da ist man besser geradeheraus. Einen passenden Zeitpunkt wählen, wenn der Morgen vorbei ist und es als sozial akzeptiert gilt, Nachbarn zu besuchen, und dann legt man los.

Julia sah verpennt aus. Die Haare standen an der einen Seite etwas zu Berge, auf der anderen waren sie platt. Sie wickelte sich langsam eine Haarsträhne um den Finger, während sie konzentriert etwas auf dem Handy las. Sehr konzentriert. Obwohl Rasmus sie eine Weile beobachtete, merkte sie doch nichts, und als er »Julia« sagte, sah sie mit desorientiertem Blick auf.

»Rasmus«, stellte er sich vor und zeigte dabei auf sich selbst. »Und Dalarö.« Er machte eine ausladende Geste.

»Was?«

»Nein, entschuldige, schlechter Scherz. Aber du sahst verwirrt aus.«

»Aha. Ja.« Sie legte das Handy mit dem Display nach unten auf den Tisch. »Hallo?«

Gemeint als: Was willst du?

»Ich habe gestern mit dem Buch angefangen«, sagte er.

Wieder dieser verwirrte »Was?«-Blick.

»Das beste Buch, das du seit Langem gelesen hast«, erklärte er.

»Das du am Freitag ausgeliehen hast. *Ich gebe dir die Sonne.* Mit der ganzen Kunst und den Zwillingen, und ...«
»Das?!«
»Ja, das. Sind dir auch die Augen aufgefallen? Dass die alle so besonders sind? Hellblau wie Gletscher, radioaktiv. Ein braunes und ein grünes an derselben Person.« Er lächelte. »Mach mal langsam, was?«
In diesem Buch musste sich niemand mit gewöhnlichen blauen oder braunen Augen zufriedengeben, nicht einmal mit grünen. Alles musste betont werden. Sie waren magnetisch oder radioaktiv. Als hätte die Autorin einen perfekten Insider-Witz für Julia und ihn reingeschrieben.
Julia rappelte sich auf. »Aber ich dachte, du würdest es nicht lesen wollen.«
»Ich weiß, aber dann habe ich es mir anders überlegt. Zum Glück, denn es ist wirklich supergut. Danke für den Tipp.«
»Ah ja, klar, gern geschehen.« Sie sah immer noch erstaunt aus. »Wie hast du ...« Schüttelte den Kopf über sich selbst. »Habt ihr nicht gestern eine Bootstour gemacht? Papa hat so was gesagt.«
Das hatte er befürchtet. Ein Buch zu lesen und Sachen darin zu bemerken? Das hieß, man bemühte sich. Aber das Buch erst abzulehnen, es sich dann anders zu überlegen und es als E-Book runterzuladen, und alles das, während man sich, *wait for it,* auf einer Bootstour befand – das war die Sorte Bemühen, die man nicht einfach wegwitzeln konnte.
»Schon, aber ich habe ein E-Book aus der Bibliothek geliehen.«
»Was?« Neues Julia-Erstaunen. »Hast du einen E-Reader?«
»Ne, hab auf dem Handy gelesen.«

»Oje. Ist das nicht anstrengend? Also, ein ganzes Buch auf dem Handy zu lesen?«

»Ein bisschen, aber es geht.«

Ablehnen, anders überlegen, runterladen während einer Bootstour und auf dem Handy lesen. Nun konnte ihm niemand mehr nachsagen, er würde sich nur auf die Telepathie verlassen. Aber er würde am liebsten nicht mehr davon reden, wie er das Buch bekommen hatte, wo er es las oder wie anstrengend das war, weil er sich bereits enttarnt fühlte. Wenn Julia mit einem beeindruckten »Oha!« geantwortet hätte, dann wäre das alles total okay gewesen, aber das hatte sie nicht. Sie reagierte mit verwirrter Reserviertheit.

»Die Titel nämlich, du weißt schon, von Noahs Bildern.« Rasmus sprang zum nächsten Thema. »Wie fandest du die? Die sind doch toll.«

Der Typ im Buch hatte die Gewohnheit, alles, was er erlebte, als ein Bildmotiv zu denken. Und er gab dem Bild auch immer einen Titel. Keine gewöhnlichen, so wie *Frau in Gartenlaube*, sondern seine Titel waren mehr Wahrheiten über das, was gerade passierte. Dieses kleine Gespräch hier würde wahrscheinlich heißen: *Junge versucht wie blöd einem Mädchen zu imponieren, denn wer weiß, ob sie nächste Woche noch mit diesem Isak zusammen sein wird.* Oder: *Junge war krass nervös, bevor er hierherkam, kann er deshalb jetzt bitte ein bisschen belohnt werden?*

# Julia

Ohne dass sie jemals jemandem davon erzählt hätte, fantasierte Julia schon seit Jahren, dass sie in einer Bibliothek wäre und neben einem hübschen Jungen landen würde. Sie würden nach demselben Buch greifen, erst genervt sein, dann aber anfangen zu reden. Wie sich herausstellen würde, wäre er klug und witzig, hätte jede Menge gelesen, und sie könnten superentspannt reden. So entspannt, dass sie weiter in ein gemütliches Café gingen.

In der siebten Klasse meldete sie sich zu einem Lesekreis im Nacka Forum an. Bevor sie das erste Mal hinging, überlegte sie, wer die anderen wohl sein würden. Hatte auf einen Jungen gehofft. Keiner aus ihrer Schule, sondern ein ganz neuer, den sie noch nie gesehen hatte. Der würde nicht nur *Herr der Ringe* vergöttern oder damit angeben, dass er das ganze Zlatan-Buch gelesen hätte. Dieser Junge würde über Bücher reden, die Julia mochte. Und er würde eine Menge intelligenter Sachen dazu sagen können. Mit jedem Treffen würde es immer mehr »Ja!« zwischen ihnen werden. Es würde nicht mehr genügen, sich im Lesekreis zu sehen, sie würden anfangen, sich auch außer der Reihe zu treffen. Karin und die anderen alle würden so eifersüchtig werden, wenn Julia wie nebenbei erwähnen würde, dass sie heute leider nichts mit ihnen unternehmen könnte, denn sie wollte Wie-auch-immer-er-heißen-würde treffen.

Als sie dann zum ersten Treffen kam, waren außer ihr natürlich nur fünf Mädchen da. Jungs gehen einfach nicht zu Lesekreisen. Wenn man jemals einen hübschen Jungen in der Bibliothek sah, dann saß er nur da und checkte sein Handy oder lernte.

»Die sind doch toll!«, sagte Rasmus über die Titel und Julia wusste nicht, was sie sagen sollte.
Zum Beispiel: Wie verdammt unfair war das denn?
Hätte er nicht damit weitermachen können, aus heiterem Himmel auf Ausflüge zu verschwinden, oder dazuhocken und unter seiner blöden Kappe genervt auszusehen? Warum musste er herkommen und eifrig über ein Buch reden wollen, das sie ihm empfohlen hatte? Über die *Titel* darin. Und die *Augen*. Und alles mögliche andere.
Ja, die Titel waren krass gut. Vielleicht das Beste. Julia liebte sie. Trotzdem. So verdammt unfair.
Die Wahrheit war, dass sie ihn im Laufe des letzten Tages fast vergessen hatte.
Das Letzte, was sie gestern Abend noch gemacht hatte, war, den ganzen Thread von Karins SMS durchzulesen, noch einmal, und dann wie ein Stein zu schlafen. Elf Stunden hatte sie geschlafen. War aufgewacht und hatte sich … positiv? gefühlt. Gestern hatte sich Karins »Hoffe nicht?« irgendwie halblebig lau-gut angefühlt, aber heute kam es ihr stabiler vor. Das Foto, die SMS, die schnellen Antworten, dass Karin von Isak wusste, sich aber *trotzdem* treffen wollte. Das Gesamtbild.
Arvid liebte solche trockenen Ausdrücke. Korrekt festgestellt. Unklar warum. Das Gesamtbild. Jedes Mal, wenn er etwas nicht in kleinen logischen Schritten erklären konnte, dann sagte

er: »Na, du weißt schon, das Gesamtbild deutet darauf hin, dass …« Und das deutete im Moment darauf hin, dass es auch nach Sonntag ein Leben für Julia und Karin geben könnte. Und die Tage bis dahin hätte Julia gern damit verbracht, sich darauf vorzubereiten. Alte SMS durchzulesen, Bilder anzuschauen, im Wechsel an Karin und an Isak zu denken. Anzufangen, sich daran zu gewöhnen. Ich habe einen Typen und eine Freundin. Ich und mein Typ. Meine Freundin und ich. Und mein Typ. In den ich verliebt bin.

»Und jetzt willst du einen Lesekreis aufmachen?«, fragte sie und es kam versehentlich total sauer rüber.

»Nein! Nein!« Rasmus ruderte sofort zurück. »So habe ich das nicht gemeint. Ich wollte mich einfach nur für den Tipp bedanken. Das war alles.«

## Rasmus

Okay, dann Rönninge. Sofort.

Titel: *Junge scheitert in großem Stil.*

Oder: *Danke für absolut gar nichts, Mama. Anzahl fliegender Starts? Null.*

Oder: *Es klingelt. Geh schon ran, Papa.*

Zweimal. Dreimal. Viermal.

»Rasmus, warte!« Das war Julia. Sie rannte hinter ihm her und hielt ihm ihr Exemplar des Buches hin. »Ich dachte, das ist wahrscheinlich leichter zu lesen als auf dem Handy, und ich habe es ja schon durch. Wie lange bist du hier?«

»Ääh …« Auf dem Handy war der Anruf auf die Mailbox gegangen, und Rasmus drückte ihn weg. »Weiß nicht genau.«

»Aber bis morgen schon, oder?«

Er zögerte.

»Nimm es einfach«, entschied sie. »Wir fahren am Sonntag nach Hause. Und tut mir leid, dass ich grad so sauer war. Ich war einfach … nicht ganz da. Verpennt. Du hast total recht mit den Titeln, sie sind krass gut. Und die Augen. Wie weit bist du?«

»Ungefähr ein Viertel.«

»Kann ich noch eine Sache mit den Augen spoilern, oder bist du da superempfindlich?«

Er wusste irgendwie überhaupt nicht, was er war. »Ne, leg los.«

Der Himmel wusste, was in den letzten Sekunden passiert war,

aber all das Abwartende und Saure und Verpennte an ihr war plötzlich verschwunden.
»Bernsteinfarben«, sagte sie. »Erst hab ich es nicht verstanden, denn wer hat denn schon gelbe Augen? Das klang ja wie eine Eidechse. Aber wahrscheinlich meint sie braune Augen. Und es bernsteinfarben zu nennen ist mehr fancy.«
»Wie schlau. Und dann ist es total unmöglich, wieder dahinter zurückzugehen«, sagte Rasmus. »So long, langweiliges Braun, talk to you never again.«
Wie zeichnete man Augenglitzern? Wenn einer von verwirrt zu sauer zu in einem begeisterten »Oh!«-Aufstrahlen ging, und dann ein Geradeheraus-Kichern präsentierte. Eine Freudenexplosion, die direkt in der Magengrube landete.
»Stört dich das?«, fragte sie.
»Nein, ich finde es schön. Stört es *dich*?«
»Nein, eigentlich nicht. Vielleicht wäre es so, wenn alles andere nicht so wahnsinnig gut wäre, aber das ist es nun mal ...« Sie schob die Haare aus dem Gesicht, doch die reichten noch nicht bis hinters Ohr und fielen wieder nach vorn.
Er fragte sich, ob dieser Isak eine Phase gehabt hatte, in der er sehr bewusst darüber hatte nachdenken müssen, wo er seine Hände hintat, damit sie sich nicht in irgendeinem Impuls selbstständig machten: durch ihre Haare fuhren, ihre Wange streichelten, die fast unsichtbaren Sommersprossen auf dem Schlüsselbein verfolgten.
Oder ob Isak irgendwann mal vor dem Regal mit Haarprodukten im Supermarkt stehen geblieben war. Unnötig lange auf Haarspangen gestarrt hatte. Darüber nachgedacht hatte, eine zu kaufen (welche würde sie wählen, die silbrige?), und da-

mit in der Tasche herumzulaufen, um in eben solchen Augenblicken bereit zu sein. *Oh, sieh nur, was ich hier habe, Julia. Warte kurz.*

Aber am besten wäre es natürlich, die Haarspange egal sein zu lassen und nicht einmal eine Ausrede wie die herunterrutschende Haarsträhne haben zu müssen. Sie einfach anfassen zu dürfen.

»Gehst du zum Strand?«, fragte sie.

»Ja?«, versuchte er und hoffte, das Richtige gewählt zu haben.

»Ich auch. Muss nur erst nach Hause und etwas Ordnung machen. Aber wenn …«

Rasmus' Handy fing an zu klingeln. *Papa.*

»Geh ruhig ran«, sagte sie. »Wir sehen uns da. Ich komme.«

Er nickte.

Titel: *Junge überlegt es sich anders mit Rönninge. Nicht heute.*

Oder: *Anzahl fliegende Starts? Vielleicht wenigstens ein halber.*

# Julia

Was hätte sie auch tun sollen? Eingeschüchtert war sein schlimmster Gesichtsausdruck. Eingeschüchtert ging gar nicht. Sauer rummotzen und das verursachen, es dann aber nicht aufräumen?
Nein.
Man musste was sagen, ehe man nach Hause fuhr.
Man durfte nicht sauer auf unschuldige Menschen werden, die aus Versehen zu gut waren. Nicht deren Fehler. Rasmus wusste schließlich nichts von ihren Bibliotheksfantasien. Und der Strand war immer noch ein öffentlicher Ort, und sie hatte immer noch vor, alle ihre Regeln zu befolgen, und es waren nur noch vier Tage bis – Karin.
*So long, langweiliges Braun, talk to you never again.*
Dass es überhaupt Menschen gab, die so was sagten.
Dass sie zufällig einen davon kennengelernt hatte.
Und dass sie zum Strand *rennen* wollte.
Neue Regel: Im normalen Tempo gehen. Normalrasch.

# Rasmus

»Das ist deins!« und »Jasse!« informierten Julia und seine Mutter ihn gleichzeitig, als das Handy von Rasmus zu klingeln begann.

Ohne hinzusehen wusste er, wer das war. Sein Vater. Gestern hatten sie davon gesprochen, dass Rasmus übers Wochenende nach Rönninge kommen sollte. Sein Vater hatte sich angeboten, ihn heute nach der Arbeit abzuholen. Robin und Lina würden am Samstag kommen. Sie könnten grillen. Das wäre doch schön, oder? Sein Vater hatte so begeistert geklungen, obwohl Rasmus nur vage »doch, vielleicht« und »melde mich morgen« von sich gegeben hatte. In der Welt seines Vater bedeutete so was »klar und bezahlt!«, weshalb Rasmus jetzt superunhöflich sein und wegen Julia-Flow absagen musste.

Genau wie beim Zeichen-Flow konnte man nicht erklären, woher er kam, man war einfach plötzlich mittendrin. Mit dem Buch hatte es angefangen, und das war ihm klar, dass sie das mochte. Aber es war nicht nur das. Alles andere, was sie sagten oder taten, fühlte sich auch richtig an. Angefangen damit, dass Julia gestern an den Strand gekommen war, bis gerade eben, als sie über einen einfachen Ball geflucht hatte, der ihr durchgegangen war. Sie hatten im Schuppen ein paar Badmintonschläger gefunden und schlugen sich die Bälle hin und her. Rasmus war bisher kein Badmintonfan gewesen, aber jetzt? Jetzt liebte er das

Spiel. Ohne Netz. Auf einem kleinen Fleckchen Rasen. Könnte stundenlang weitermachen. Er hatte keine Ahnung, was nach diesen Stunden passieren würde, und ob überhaupt was passieren würde, aber er wusste sehr genau, dass er es nicht mittendrin abbrechen wollte, um nach Rönninge zu fahren.

# Julia

Wie gut muss ein Mensch werden, ehe man etwas tun *muss*? Wie viele Feuerwerke kann man auszuhalten gezwungen werden, ehe man mal sagen können muss, was man denkt?
Antwort: Manchmal massenhaft viele.
»Schau mal«, hatte Rasmus heute gesagt und sich mit seinem Handy zu Julia rübergebeugt. Ihr Bilder von Bernstein gezeigt, die er gegoogelt hatte. »Das hier, oder?« Er suchte eines der Bilder aus. »Das ist eine gute Augenfarbe. Nicht Eidechse, sondern hübscher Kerl.«
Er sah sie an, um herauszukriegen, ob sie derselben Ansicht war, und sie wusste genau, was sie gern gesagt und getan hätte. Ihr ganzer Körper schrie danach. Sich endlich, endlich das letzte Stück noch rüberlehnen zu können und *zu* nah zu kommen. Zu sehen, wie er dann reagierte.
Aber.
Es gibt eine Grenze dafür, wie viele Fehler eine Person machen kann, und die hatte sie passiert. Man stelle sich vor: Zuerst mit einem Typen zusammenzukommen, auf den die eigene Freundin scharf ist. Alles wird erst mal superkompliziert. Als das Ganze anfängt, sich allmählich zu lösen, da schickt man den Typen weg für einen anderen, den man ungefähr fünf Minuten kennt.
Man stelle sich vor, das am Sonntag Karin erklären zu müssen.

Ja, oder Isak, mit dem Julia erst vor einer Stunde gesprochen hat. Wie immer hatte er gefragt, was sie machte. Wie immer hatte sie fast ehrlich geantwortet. »Wir haben gerade Mittag gegessen. Ich denke, ich gehe jetzt eine Runde.« Dass diese Runde in Wirklichkeit nicht der Powerwalk war, den er sich vielleicht vorstellte, sondern eine viel kürzere Strecke, die ein Stück den Weg runter zum Haus von Rasmus führte, erfuhr Isak nicht. Er wusste nichts von Rasmus. Wusste nicht, dass die Fahrradtouren, das Kubbspiel und das Baden, von dem Julia erzählte, nicht mit ihren Eltern zusammen geschehen war, sondern mit Rasmus.

Okay, Kubb hatten sie zusammen mit Rasmus, Camilla und Julias Familie gespielt. Aber all das andere, da waren es meist nur Rasmus und Julia.

»Ich treff mich heute Abend mit Jonte und Leo«, hatte Isak gesagt und seine Pläne dargelegt. Julia schob ein paar passende Fragen ein. Ihre Abendpläne sahen hier draußen jeden Tag gleich aus, das wusste Isak nach diesen Wochen schon.

»Grillen und dann Steg oder so?«, riet er, und das stimmte ja. Auf eine Art.

Julia setzte sich ins Gras und schaute Rasmus nach, der beiseite ging, um zu telefonieren.

Es war Freitag. Noch zweieinhalb Tage. Es gab Tausende von Büchern über Menschen, die jemanden mochten, ohne es zu sagen. Wochen- oder monatelang schweigen sie. Sie gehen in dieselbe Klasse, fahren mit demselben Bus oder arbeiten am selben Ort, und es gelingt ihnen, da durchzukommen. Tag für Tag, Jahr um Jahr. Wenn man schon zwei Wochen als gute Nachbarin geschafft hatte, dann sind zwei Tage doch eine Kleinigkeit. So

wahnsinnig besonders war es ja wohl nicht, Karten zu zeichnen und Bernstein zu googeln, oder?
*Doch, das ist es. Superbesonders. Tatsächlich.*
Okay, aber trotzdem. Lass es.
Genauso wie sie die Frage lassen würde, die ihr seit gestern auf der Zunge lag. Warum er sich das mit dem Buch anders überlegt hatte und es plötzlich lesen wollte. Nur wegen der Kunst? Oder gab es noch andere Gründe? Und falls ja, welche waren das ...?
Verglichen damit, quasi versehentlich in eine Isakumarmung zu geraten und dann mit ihm zusammen zu sein, wäre es viel leichter, das hier mit Rasmus zu erklären. Julia ging zum Steg hinunter. Sie hatten angefangen, über eine Karte zu reden. Waren in einen Mammutnachmittag geraten. Fuhren nach Söder rein. Sie entdeckte tausend schöne Sachen am Wegesrand. Arme, Haare, Augen, winziges Schielen, Hände, Kichern, Lächeln, Beine, gute und böse Stimmen. Unter anderem. Sie lasen ein Buch.
Das Einzige, was jetzt noch fehlte, war das Finale. Etwas sagen. Das, was sie natürlich nicht tun würde, denn man stelle sich mal vor, er würde »ich auch« antworten. Wie in »ich mag dich auch« oder »ich denke auch die ganze Zeit an dich«.
Karin hatte heute noch ein Throwback-Bild gepostet. Ein richtig altes, Klassenpicknick in der Fünften oder so. Sie, Julia, Albin und Sally saßen auf einer Wiese und sogen jeder an seiner Caprisonne. Im Hintergrund war ihre Lehrerin zu sehen.
»Biste grad ein bisschen nostalgisch, Schnecke?«, hatte Albin gefragt.
»Sehr«, hatte Karin geantwortet.
Julia auch. Wegen einer Mülltonne, einer Bushaltestelle, einem Klassenpicknick in der Fünften und Karin. Nostalgisch.

»Pause oder Schluss in Würde?« Rasmus hatte sein Telefongespräch beendet und stellte sich so hin, dass er die Sonne verdeckte und sie ihn anschauen konnte, ohne die Augen zusammenzukneifen.

»Pause.«

Er streckte die Hand aus, um ihr aufzuhelfen, und Julia nahm sie widerwillig. *Eigentlich ist es viel einfacher, wenn du dich mindestens drei Meter entfernt hältst, aber ja, ja, schon okay, machen wir es so. Aber nur dieses eine Mal.*

Und nur noch zweieinhalb Tage.

# Rasmus

Kann man am letzten Abend auf dem Steg Musik einführen, oder wirkt das überdeutlich? Eine Stimmung hochkochen, Sachen übermäßig bedeutungsvoll erscheinen lassen? Aber wenn man sich richtig drum kümmerte und natürlich eine Songlist aussuchte, die garantiert frei von offenkundigen Knutschsongs war. Nur Songs, die man dann hören will, und dann noch einen, wo man nun schon mal dabei ist.

Gestern waren sie wegen eines ausgedehnten Kubb-Matches nicht zum Strand gegangen. Heute hatte es nach dem Mittag wieder Kubb gegeben, und die Verlierer mussten zur Strafe ins Wasser gehen. Sie spielten Männer gegen Frauen, und Julias Mutter war krass gut im Kubb, wie offenbar in allen Sportarten. Rasmus und Olle verloren.

»Gibt es eine Regel, nach der Musik hier verboten ist?«, fragte Rasmus und scrollte zu einer von Nadirs Songlisten, die er schon im Voraus ausgesucht hatte. Nadir war supergut in Sachen Musik, legte die ganze Zeit neue Listen zu verschiedenen Themen und so an.

»Hier darf man nur auf die eigenen Geräusche der Natur lauschen.« Julia lächelte. »Nein, Musik ist okay. Solange es nicht zehn Hip-Hop-Songs hintereinander sind.«

»Bist du das oder Dalarö, die Hip-Hop nicht leiden kann?«

»Für mich ist es kein Problem, aber es beeinträchtigt die

Fische. Hast du noch nichts davon gehört? Es wird darüber geforscht.«

Sie hatte ihre listige Miene aufgesetzt. Er fragte sich, ob das vor zwei Wochen auch schon so deutlich war oder ob er es einfach gelernt hatte. Jetzt war jedes Mal deutlich zu erkennen, wenn sie dabei war, einen Witz zu machen, über den sie besonders zufrieden war.

»Ich erinnere mich nicht an alle Details, aber es war irgendwas mit … mit den Kiemen«, fuhr sie fort. »Sachen, die passieren, wenn das Hip-Hop-Einerlei beginnt.«

»Aha. Also keine zehn Freunde und kein Hip-Hop auf diesem Steg wegen der Fische und den ›Sachen‹?«

»Exakt.«

»Dann lege ich es sicherheitshalber mal hierhin«, sagte er und platzierte das Handy in Reichweite für sie beide. »Damit du schnell alle Hip-Hop-Naturkatastrophen stoppen kannst. Nicht dass hier morgen früh eine Menge toter Fische mit dem Bauch nach oben treiben, und alle denken, Shit, Ölpest oder giftige Algen oder was? Und du dann: Nein, das war der Hip-Hop.«

»Und dann wirst du von Dalarö verbannt«, spann sie den Faden weiter. »Darfst nie wieder zurückkommen. Sie werden an der Gemeindegrenze ein großes Schild anbringen.«

»Oje. Aber das hier ist kein Hip-Hop, also keine Angst.«

Er legte sich auch hin, und ein paar Lieder lang hörten sie nur zu, ohne viel zu reden. Schauten in den Himmel hinauf. Ließen das eine Bein im Takt mit der Musik wippen.

»Wann fährst du eigentlich nach Hause?«, fragte Julia. »Hast du dich entschieden?«

»Ja. Am Montag. Mama bleibt noch eine Woche.«

»Und dann fährst du zu deinem Vater nach Rönninge? Ich weiß nicht einmal, wo das ist.«
»Man nimmt den Zug Richtung Södertälje. Es ist ungefähr eine halbe Stunde. Aber ich weiß noch nicht, ob ich sofort hinfahre, muss mal sehen.«
Vielleicht nicht direkt sofort.
Etwas früher am Abend hatte er sich getraut zu fragen, ob Julia Lust hatte, sich irgendwann mal in der Bibliothek am Medborgarplatsen zu treffen. Hatte sich vorher schon schlaue/witzige/einfache Sätze zurechtgelegt. Zum Beispiel, dass sie sich ja schon kennen würden, sodass es ja nicht mehr so wäre, als würde sie mit Fremden reden. Julia hatte über seinen Witz gekichert und zögerlich »hmjaa« geantwortet. Dann mit einem etwas zu detaillierten und langen Vortrag begonnen, dass die Bibliothek im Herbst renoviert werden und deshalb mehrere Jahre geschlossen ein würde. Rasmus konnte sich im Grunde vorstellen, sich überall mit ihr zu treffen. Es musste keine Bibliothek sein. Von ihm aus konnte das Treffen auch gern vor »im Herbst« stattfinden. Am liebsten schon nächste Woche. Zum Beispiel am Dienstag? Julia schien nicht richtig angefixt, aber nach dem langen Vortrag hatten sie dann zumindest Telefonnummern ausgetauscht. Der ganze Stress mit dem letzten Abendessen, dem letzten Abend, dem fast letzten Tag, und wenn noch was passieren sollte, dann musste es echt jetzt passieren, denn bald war es zu spät, hatte danach ein wenig abgenommen. Jetzt stand ihre Nummer in seinem Handy. *Julia Dalarö.* Als würde er fünf verschiedene Julias kennen und müsste sie unterscheiden können. Als ob er nicht schon die Nummer von eben dieser Julia auswendig gelernt hätte, für den Fall, dass er sein Handy ins Meer fallen ließ.

Er hatte sich auch schon mehrere SMS zurechtgelegt. »Es gibt 40 Bibliotheken in Stockholm. 6 in Nacka. 45 davon schließen nicht im Herbst. (Ob ich das gezählt und ausgerechnet habe? Ja.) Such dir eine aus, wir sehen uns da.«

Ausgerechnet diese SMS würde nicht geschickt werden.

»Ich hab noch nicht so viel vor«, sagte Rasmus. »Und du?«

»Nein, einfach zu Hause sein. Nichts Besonderes. Mein Sommerjob fängt erst in einer Woche an.«

Es wurde wieder still. Bedeutete »nichts Besonderes« in Wirklichkeit, Isak zu treffen? Seit Sonntag hatte Julia ihn zweimal erwähnt. War das nicht extrem selten? Wenn sie Kelly wäre, wäre sie inzwischen bei mindestens fünfundzwanzig Mal. Aber sie war ja nicht Kelly. Das hatte Rasmus schon festgestellt. Julia war völlig anders. Feinfühliger? Sie wusste genau, was Rasmus hier so dachte, und dass er sich am Reden über Isak stören würde, und deshalb schwieg sie über ihren Freund. Oder? Er versuchte, heimlich zu ihr rüberzuschielen. Den einen Arm unter dem Kopf. Sie sah total ruhig und friedlich aus, wie sie so zum Himmel hinaufsah. Kein Stress nirgends.

Seit Donnerstag hatte es sich mehrmals so angefühlt, als würde sich zwischen ihnen alles zuspitzen und als würde etwas passieren. *Jetzt* würde ihr dieser Isak egal sein, *jetzt* würde sie. Es war immer etwas Kleines, zum Beispiel, dass ihr Bein plötzlich zu nah kam. Oder dass ein Blick zu lange auf ihm ruhte. Aber immer wenn er dachte, jetzt sei der Moment da, dann war er auch schon wieder vorüber. Sie zog das Bein weg, sah zur Seite, sagte etwas ganz anderes.

Er wusste nicht, ob er zu lahm und feige war und zu lange wartete, sodass sie jede Gelegenheit verpassten. Er war nicht einmal sicher, dass es überhaupt eine Gelegenheit gegeben hatte. Vielleicht bildete er sich das alles ein? Denn Julia zog sich auch hinterher nicht zurück. Jedes Mal, wenn dieses Nichts passierte, gab es ein paar Augenblicke gedrückter Stimmung, und dann kickten sie wieder los.

Julia setzte sich auf den Steg und holte ihr Handy raus. »Ich werde morgen jemand treffen, muss nur rauskriegen, wann.«

Jemand? Code für Isak?

»Was habt ihr vor?«, zwang er sich zu fragen. Machte sich bereit für eine »Äh, natürlich knutschen, was denkst du?«-Miene.

»Einfach treffen«, sagte Julia, während sie schrieb. »Ich geh zu ihr nach Hause.«

Zu ihr? Okay.

Julia schrieb fertig, und dann schob sie das Handy wieder in die Fleecetasche, legte sich aber nicht wieder hin, sondern blieb sitzen.

Bleib noch ein bisschen, versuchte Rasmus zu telepathieren. Es gibt keine Eile. Es ist noch nicht spät. Du musst nicht nach Hause gehen. Schau nur, wie schön der Himmel ist. Beispielsweise.

»Welche Musik hörst du so?«, fragte er, nur um zu erreichen, dass sie blieb. »Also, wenn du selbst wählen kannst?«

»Alles Mögliche. Ich kriege immer Arvids Listen, und die sind gut.«

»Norwegisch?«

»Was soll das heißen, kannst du Norwegen nicht leiden?« Sie sah ihn mit einem herausfordernden Grinsen an. »Es gibt auch gute norwegische Songs.«

»Ehrlich? Nenn mir einen.«

»Ich kann mich nie erinnern, wie die heißen. Aber es gibt sie, ich schwör.«
»Erinnert sich an keine Details über die Fische. Erinnert sich an keine guten norwegischen Songs. Wie passend«, zählte Rasmus auf. »Aber ich bin genauso. Nadir ist supergut, was Musik angeht, ich schnorre immer seine Listen. Diese hier zum Beispiel.«
»Grüße, guter Geschmack.« Sie kratzte sich an der Wade. »Mir wird kalt. Gehst du mit rauf, oder bleibst du noch?«
»Nein, ich komme auch.«
Sie standen beide auf. Klopften den Sand aus den Klamotten, sammelten ihre Sachen zusammen. Schauten sich um, alle beide, damit sie nichts vergaßen.
»Das war's, wir haben alles«, stellte sie fest, und Rasmus sah sie wieder verstohlen an, als sie gingen. War es möglich, so viel für einen Menschen zu empfinden, wenn derjenige es nicht ebenso empfand? Kann man einfach locker und easy nebeneinander hergehen und gleichzeitig in zwei völlig verschiedenen Welten leben?
»Und, bist du mit deinen Dalarö-Ferien zufrieden?«, fragte er.
»Absolut. Und du? Kannst du dir vorstellen, Dalarö deinen Freunden zu empfehlen?«
Der Tonfall war scherzhaft und im Slang gehalten. Natürlich. Das war eine spießige und verzweifelte Frage. Wie wenn man eine Zeichnung hochhielt und rief: »Schaut nur, wie hässlich!«, sodass alle anderen »Neiiiin, superschön!« rufen mussten.
»Natürlich«, sagte Rasmus. »Sie sind nicht so dalaröig, aber das sind wir ja eigentlich auch nicht. Und es ist trotzdem gutgegangen.«
Darauf murmelte sie nur ein wenig, und das letzte Stück bis zu seiner Hütte legten sie schweigend zurück.

»Wann fahrt ihr morgen?«, fragte er. »Willst du das Buch jetzt zurückhaben?«
»Nach dem Mittagessen, morgen reicht also.« Julia blieb nicht stehen. Sie ging etwas langsamer und rückwärts, sodass sie einander ansehen konnten. »Du kannst also noch etwas weiterlesen, wenn du willst. Okay?«
»Ja, okay. Schlaf gut.«
Sie lächelte kurz. »Du auch.« Dann fuhr sie herum und stürmte aufs Haus zu. Im Joggingtakt.
*Julia, warte kurz.* Wenn er das jetzt sagen würde. Obwohl sie auf dem Weg davon war, und obwohl die Stimmung nicht richtig war. Wenn er alles auf eine Karte setzte. Sie dazu brachte, sich umzudrehen. Wenn er ihr dann erzählte, warum er zwei Wochen auf Dalarö geblieben war. Was er wirklich über seine Ferien hier dachte. Das heißt, was er von ihr dachte. So viel.
Wie traut man sich, so etwas zu sagen? Alles andere war so leicht. Fragen, ob sie mitkommen wollte und eine Insel ansehen. Vorschlagen, dass sie zum Steg hinuntergingen. Sich in der Bibliothek treffen. Das hatte sich in dem Moment mutig angefühlt, aber es waren doch eigentlich nur gewöhnliche Sätze. »Ich mag dich so sehr, ich will, dass du das weißt«. Das war ungewöhnlich. Das konnte man nicht weglachen oder beiseiteschieben. Wenn das gesagt war, veränderte sich alles.
Wie oft hatte er es in den letzten Tagen nicht gedacht. Hundertmal? Aber wenn er es mal versuchte, dann kam doch nicht mehr raus als Sachen wie: »Bist du mit deinen Dalarö-Ferien zufrieden?« Wie ein langweiliges und verzweifeltes Touristenbüro.
Gestern Abend, als er vom Kubb nach Hause gekommen war,

hatte er einen einzigen frustrierten Comicstrip gezeichnet. Zwei Strichmännchen einander gegenüber unten in der Ecke. Der Rest des Kästchens war von einer einzigen großen Sprechblase ausgefüllt. Ein einziger Satz stand darin: »Ich mag dich.«

# Julia

»Fertig?« Ihr Vater schaute ins Zimmer, wo Julia auf dem Bett saß und wartete.
Die Taschen waren gepackt und das Zimmer geputzt. Sie hatten den ganzen Vormittag saubergemacht. Gründlich. Nicht so viel anderes »geschafft«. Jetzt roch alles nach Zitronen-Ajax und draußen auf der Wäscheleine wehte das Bettzeug neben Arvids Shorts und seinen Trainingshosen und allen anderen Hüttenklamotten, die sie in diesen beiden Wochen angehabt hatte.
»Ich hol nur noch das Buch bei Rasmus.«
»Wie lange wird das dauern? Zehn Minuten, eine Viertelstunde?«
»Oder fünf Minuten. Ich beeile mich.«
Sie hatte es bei ihm gelassen mit der Begründung, dass er dann noch ein paar Seiten weiter würde lesen können. Aber in Wirklichkeit war das, damit sie kurz bevor sie wegfuhren hingehen und es holen konnte. Am besten, wenn sie schon Tschüss zu ihrer Mutter gesagt hatte, die noch ein paar Tage bleiben würde, und wenn ihr Vater das Auto schon gestartet hatte. Würde nichts machen, wenn er dann auf der Auffahrt stehen würde und den Motor aufheulen ließe. Ungeduldig hupen würde. *Jetzt komm schon.* Im Grunde hupte er nie, aber vielleicht würde sie ihn heute dazu bringen können. Special treat. Sie wollte einfach gezwungen sein, sich bei Rasmus zu beeilen. Sagen: »War nett, sich kennengelernt zu haben, wir hören voneinander, schick

eine Nachricht, wenn du in die Bib gehst, okay?«, und sich vielleicht, vielleicht zu einer oberflächlichen Tschüss-Umarmung versteigen, wenn es danach war. Ihre erste, und auch nur, weil Leute sich in solchen Situationen zu umarmen pflegten. Julia war vorbereitet. Sie stellte sich eine schnelle Variante vor. Eine, die man kaum spürte.

»Dann nehme ich die schon mal.« Ihr Vater griff nach der Tasche. »Ist der Rucksack auch fertig?«

»Alles ist fertig.«

Camilla zeigte aufs Haus, als Julia kam. Rasmus stand drinnen und spülte. Mit dem Rücken zur Tür. Das Radio war an, und er summte leise einen Adele-Song mit. Den traurigsten von allen, *Someone Like You*. Sogar in normalen Fällen möchte man weinen, wenn man den hört, und jetzt ...

Wir sehen uns in der Bib. Ein Freund, den man in der Bib treffen wird. Wie oft kann man das machen, wenn man dazu noch einen richtigen Freund hat? Einmal die Woche, jeden dritten Tag? Gleich morgen?

Oder einmal im Monat. Ein paar Stunden einmal im Monat. Oder, okay, einmal alle drei Wochen. Geht das?

So verdammt wenig. Wie überlebt man dann die drei Wochen dazwischen? Mit wem soll man Bernstein googeln? Wem soll man all die lebenswichtigen kleinen unwichtigen Sachen sagen, die einem im Laufe der Zeit einfallen, und die kein anderer verstehen wird?

Antwort: Karin und natürlich Isak. Und Arvid. Und Sally. Und Astrid. Man muss die unwichtigen Sachen einfach erklären. Das wird schon gehen.

Rasmus sang nicht gerade aus vollem Hals, aber es war doch offensichtlich, dass er Julia nicht gehört hatte, und jetzt ging es auf den großen Crescendo-Refrain zu. Es würde peinlich für alle werden, wenn er merkte, dass sie heimlich zugehört hatte. Sie schlich ein paar Schritte rückwärts. Ging noch mal mit lauteren Schritten rein. »Rasmus.«

Und er fuhr tatsächlich zusammen.

»Oh! Hallo!« Er trocknete sich die Hände an einem Geschirrtuch. Zeigte auf das Buch, das strategisch mitten auf dem Tisch platziert war. »Da ist es. Danke fürs Ausleihen.«

Mit diesem Satz glitten sie direkt in Julias ausgedachtes Tschüss-Manuskript, gerade so, als wäre Rasmus dabei gewesen, als es geschrieben wurde. Beide verhielten sich exemplarisch. Sagten die richtigen Sachen. Oberflächlich und nett. Sagten sie im richtigen Tonfall. Fröhlich und freundlich und höflich zwitschernd. Und schrecklich. Aber es funktionierte. Nichts kam ins Stocken wegen irgendwelcher zu langen und tiefen und entlarvenden Blicke. Alles war genau auf der richtigen Ebene. Sogar die Tschüss-Umarmung, die sie so nervös gemacht hatte. Auch die verlief ganz nach Plan. Das Radio spielte inzwischen glücklicherweise Werbung, und Julia konnte kaum seine Hand an ihrer Taille fühlen, seine Haare an der Wange, oder den Rasmusduft einsaugen. Den guten.

In einer alternativen Welt hätte sie die Zeit in diesem Moment angehalten, um bleiben zu können. Hätte ihre Arme um seinen Hals geschlungen und sich so nah es ging an ihn gedrückt. Etwas geflüstert, was kein Ausweichmanöver gewesen wäre, kein sicheres Thema, sondern etwas, was sie wirklich sagen wollte. Wie »Hallo« oder »Rasmus«.

In der wirklichen Welt war die Umarmung schnell vorüber, und Julia nahm das Buch. »Schick mir eine Nachricht, wenn du das nächste Mal in die Bibliothek gehst, dann können wir uns vielleicht da treffen.«
Er nickte. »Auf jeden Fall.«
»Schön. Ich gehe ja immer gern in die Bib, also mach das.«
Er nickte. Sie nickte. Die ganze Welt nickte. Und danach gab es nichts mehr zu sagen. Er brachte sie auf die Veranda hinaus. Es gab eine ebenso rasche Umarmung mit Camilla, und dann blieb nur noch, die Hand für ein abschließendes Winken zu erheben, kurz bevor sie auf den Weg einbog. Zwei Wochen Ferien als gute Nachbarin inklusive drei Sekunden Umarmung, ohne größere Fehler zu machen: Häkchen. Sie würde als Siegerin über die Skurubron fahren können. Und sich auf den nächsten Schritt vorbereiten: Karin am Nachmittag zu treffen und Isak morgen. Raum für Jubel. Freudenrush? Erleichterung? Sonst was?
Ja. Das unglaublich starke Verlangen, zu sagen: »Halt, wir müssen umdrehen, ich hab was vergessen.«

# Rasmus

Wie war es möglich, dass sie das Papier nicht gesehen hatte? Sie sollte doch das Papier sehen! Es ragte nicht aus dem Buch raus, aber man merkte doch, wenn man es in die Hand nahm, dass da etwas reingelegt war. Wenn man es von der Seite ansah, konnte man es deutlich erkennen, und er hatte sich den ganzen Morgen auf diesen Moment vorbereitet. Julia entdeckt das Papier, faltet es auf, liest, begreift, antwortet Ja oder Nein.

Sein Plan war nicht gewesen, dass das Buch unangerührt auf dem Küchentisch liegen sollte, während er sinnlose Sätze von sich haspelte und sogar noch eine rekordkurze Umarmung abarbeitete. Das war doch alles nur gewesen, weil es noch nicht *richtig* angefangen hatte.

Sein Plan war absolut nicht gewesen, dass Julia dann das Buch nahm, immer noch nichts merkte und davoneilte. Und dass sie dann nicht nach fünf Metern mit einem »Was ist das denn?« innehielt. Sie sagte Tschüss zu seiner Mutter. Ging raus auf den Weg. Kurz darauf fuhr ein Auto weg. Rasmus sah nach, was für eins, obwohl er es schon wusste. Ein blauer Toyota. Mit Julia drin. Und einem Buch mit einer Zeichnung.

Erst als das Auto um die Kuppe verschwand, wurde ihm klar, dass alles kein Witz war, so wie wenn man so tut, als würde man ein paar Meter weggehen, um dann zu grinsen »Hihi, kleiner

Scherz«. Sie waren jetzt weg. Und Julia hatte die Zeichnung nicht gesehen.
Die Idee war ihm mit dem frustrierten Comicstrip gestern Abend gekommen, mit den Strichmännchen und der »Ich mag dich«-Sprechblase. Er zeichnete eine neue mit ungefähr derselben Botschaft, aber einem ganz anderen Bild. Viel schöner. Die Zeichnung hatte er in *Ich gebe dir die Sonne* gelegt, und dann hieß es warten.
Das war eine feigere Lösung, als alles selbst zu sagen, aber damit konnte er leben. Ebenso mit dem Risiko, dass er alles ruinierte und es in dem Fall auch keine Treffen in der Bib oder woanders geben würde. Es bestand nämlich auch die Chance, dass es sehr viel mehr geben würde, wenn Julia so reagierte, wie Rasmus hoffte. Darauf hatte er gesetzt. Und jetzt rein gar nichts? Ihr Auto war weg und blieb weg. Niemand hatte einen kleinen Scherz gemacht.
»Was machst du?«, fragte seine Mutter, als Rasmus immer noch da auf dem Weg stand.
Entweder hatte Julia das Buch eingepackt und immer noch nichts gemerkt, oder sie saß im Auto und grübelte über eine höfliche »Danke, aber nein, süß von dir, aber weißt schon, ich bin ja superverliebt in Isak«-SMS nach. So eine braucht ja länger als ein »Ja«. »Ja« ging total schnell. Wie der letzte Idiot probierte Rasmus, das in seine Hand zu tippen und auf einen Senden-Knopf zu drücken. Yes, ziemlich schnell. Doch es vergingen mehrere Minuten, ohne dass eine solche oder auch eine andere SMS mit einem Pling einging. Es kam auch kein blauer Toyota zurück. Einer, der an Julias Haus vorbeifuhr und dann weiter zu dem von Rasmus. Wo dann

die Autotür aufging und Julia mit einem Papier in der Hand ausstieg und …«
»Jasse?«, fragte seine Mutter neugierig, nachdem er mehrmals hin und her gewandert war.
Idiot, idiotischer, am idiotischsten.
»Nein, es ist nichts.«

# Julia

Karin machte die Tür mit einem »Willkommen« auf. Das auch noch vollkommen ernst gemeint war. Normalerweise sagten sie so was nicht zueinander, außer wenn sie Witze machten und erwachsen spielten. Oder wenn sie supernervös waren und seit Ewigkeiten nicht miteinander gesprochen hatten. In diesem Stil ging es weiter, während Julia sich die Schuhe aufband und sie dann in die Küche gingen. Gefummel mit Gläsern und Saft und Eiswürfelklötern. Trotz der von Karin ausgedrückten Nostalgie und den Insta-Bildern herrschte jetzt, da sie sich tatsächlich trafen, eine hundertpro unentspannte Stimmung. Ihre Blicke fuhren hin und her. Jedes Schweigen dröhnte laut.
»Ich bin so wahnsinnig nervös«, gestand Julia, nachdem sie eine Weile gekämpft hatten. »Können wir nicht einfach anfangen? Leg du los.«
Karin nickte.
»Zuerst einmal will ich wirklich nicht, dass wir streiten. Aber …« Sie sah zu Julia. *Jetzt halt dich fest. Jetzt kommt es.* »Es fühlte sich so beschissen an, die Sache mit Isak von Astrids Bruder zu erfahren. Was hat Petter denn mit uns zu tun? Warum konntest *du* es mir nicht direkt sagen? Auch wenn es stressig gewesen wäre? Das hat mich total enttäuscht. Und es war dumm von mir, dass ich nicht gleich erzählt habe, dass wir nach London fahren würden. Das ist mir schon klar. Aber dann haben wir es

ja gesagt. Wir sind nicht einfach hingefahren, und du durftest davon hören, als wir schon dort waren.«

Das ganze Gespräch unterschied sich von dem, das sie zuletzt auf der Party geführt hatten, wie Tag und Nacht. Die Karin von heute hörte zu. Sie war nicht ungeduldig, seufzte nicht und unterbrach nicht. Es war immer noch total stressig, zu reden, und Julias Impuls war die ganze Zeit, einfach nach Hause zu gehen, um das nicht machen zu müssen. Aber jetzt konnten sie endlich reden, alle beide, ohne dass eine von ihnen die Drama-Queen gab.

»Aber wenn ich nun direkt von Isak erzählt hätte«, wagte Julia zu versuchen. *Wir tun mal so, das wäre zwei Monate, bevor du es jetzt erfahren hast, geschehen.* »Wie wäre das gewesen?«

»Natürlich wäre ich auch da ziemlich sauer gewesen. Aber nach einer Weile hätte ich schon versucht, mich zusammenzureißen«, sagte Karin. »Oder zumindest gefunden, dass ich mich zusammenreißen sollte. Hoffe ich.«

»Und jetzt? Was meinst du, was wir jetzt machen sollen?«

»Dasselbe. Ich kann nicht glauben, dass wir wegen einem Typen Feindinnen werden. Dass *wir* das werden, Julli. Das ist so sehr Klischee, dass ich es nicht fassen kann. Aber vor allem begreife ich nicht, wann wir aufgehört haben zu reden. Habe nur ich gedacht, dass wir uns alles erzählen?«

Alles? So war das doch nie gewesen.

»Denn das haben wir doch, oder?«, insistierte Karin.

Nein. Was meinte sie denn mit »alles«?

Gerade hier in der Küche zum Beispiel. Karin hatte ein rotes Hemd an, das Julia noch nie gesehen hatte. Julia trug ein T-Shirt, das Karin schon hundertmal gesehen hatte. Auf einem der Küchenstühle stand eine große Tüte vom schicken Kaufhaus NK, in der man etwas in Seidenpapier Eingewickeltes erkennen konnte. Karins Handy hatte sie im letzten Winter neu bekommen. Wenn Karins Eltern Kaffee tranken, dann benutzten sie eine richtige Maschine. Man konnte aus verschiedenen Sorten wählen. Bei Julia konnte man Brühkaffee wählen. Nichts von alldem war wirklich das Wichtigste der Welt, aber es gab doch ein paar offensichtliche und große Dinge, über die sie nie sprachen. Zwischen ihren Häusern hin und her zu gehen, dauerte ein paar Minuten, aber sie wohnten in völlig unterschiedlichen Welten.

»Und ich verstehe nicht, warum wir aufgehört haben zu reden«, sagte Karin. »Nur wegen Isak? Oder gibt es da noch mehr?«

»Nee, ich weiß es auch nicht«, antwortete Julia vage.

Sie war nicht so naiv zu glauben, dass Karins Leben nur wegen einem neuen Hemd und einem neuen Handy einfach und makellos war. Doch von ihnen beiden war Julia die arme Verwandte. Sie hatte zu wenig Geld. War oft neidisch auf Karin, weil … Und hier hätte sie eine lange Liste aufführen können, mit Punkten, die sie nicht einmal sich selbst eingestehen wollte. Das Leben lief einfach besser, wenn man das nicht tat, sondern zu lernen versuchte, damit umzugehen. Und wenn man sich einig war, dass es so am besten lief. Julia hatte gedacht, dass Karin und sie das waren.

»Sollen wir dann anfangen, es zu tun?«, fragte Karin.

Wieder reden, also. Miteinander. Über alles. Das war es, was sie meinte.

»Dooooch, das wollen wir doch, oder?«, antwortete Julia.

Ungefähr. Immer noch nicht über exakt alles, aber sie wollte sich auch nicht damit zufrieden geben, von jetzt an nur noch mit einem Bekanntennicken zu reagieren, wenn sie Karin in der Stadt oder in der Schule begegnete. Deshalb war sie ja hier, um *nicht* mit Karin Schluss zu machen.

»Ich will es«, sagte Karin mit etwas mehr Betonung. Sie stützte den Kopf auf die Hände. Ihre klassische Denkerpose, wenn sie mit schweren Matheaufgaben oder komplizierten Freundinnen zu tun hatte. »Und es tut mir leid mit Jackes Fest und alles, aber ich war so wahnsinnig enttäuscht. Ich dachte, alle außer mir hätten schon von Isak gewusst, und dass es viel größer war, als du gesagt hast, und deshalb war ich supersauer.«

»Das hat man gemerkt.«

»Ich weiß.« Karin zog eine reuevolle Miene. »Tut mir leid. Aber du, wir waren unser ganzes Leben lang Freundinnen. Müssen wir jetzt damit aufhören?«

»Am liebsten nicht.«

»Bist du diese Woche hier? Dienstag Spinning um die Mittagszeit? Sally und ich gehen hin.«

»Perfekt. Kommst Astrid auch?«

»Nein, die sind heute nach Gotland. Du hast sie um ungefähr drei Stunden verpasst. Aber das Spinning macht eine, die du hasst, ich sag es dir gleich«, bekannte Karin. »Die mit den Haaren. Wer glaubt, mit blauen Haaren gut auszusehen? Das kann man doch gar nicht!«

Das Letzte war etwas, was Julia immer über die stressige Spinning-Leiterin sagte, und beide mussten lächeln, als Karin sie nachmachte. Wurde es jetzt leichter? War der schwerste Teil vorbei?

»Gott, Julli«, stöhnte Karin. »Du kannst dir nicht vorstellen, wie nervös ich heute war.«

»Hallo? Das kann ich mir sehr gut vorstellen.«
»Okay, stimmt.« Karin lächelte noch erleichterter. »Aber dann am Dienstag, trotz der Blauhaarigen. Das musst du aushalten.«
»Kein Problem. Es sollte ihr nur mal jemand sagen, dass man auch eine Stunde leiten kann, ohne die ganze Zeit herumzukreischen.«
»Jemand?«, sagte Karin mit einem vielsagenden Lächeln. Sie klöterte mit den Eiswürfeln auf dem Grund ihres Glases, und trank den Rest aus. »Wirst du diese Woche auch Isak treffen?«
So eine richtige Fighterinnen-Frage. In einem nicht vorwurfsvollen Ton vorgetragen und mit einem angestrengt nicht-angestrengten Gesichtsausdruck. Jetzt hatten sie beschlossen, dass sie es versuchen wollten, also legte Karin sofort los.
»Doch. Morgen Abend. Aber er arbeitet jetzt, also ich würde supergern was mit dir unternehmen.« Verdammt. Das klang genauso wie das, wovor ihr Vater gewarnt hatte. Man hat einen Freund, und dann vergisst man seine alte Freunde. »Ich meine damit, ich werde ihn treffen, aber nicht jede Minute. Ich will auch andere Sachen machen.«
Karin nickte. *Verstehe.*
Dann redeten sie über leichtere Sachen. Mallorca, und wie das gewesen war. Tatsächlich gut, trotz der mageren Berichterstattung von dort. Und es ging auch gut, davon zu hören, ohne in eine neidische Spirale zu geraten wegen Karin und Astrid und geglückten Ferien. Das Gespräch floss ganz okay weiter, aber es war auch deutlich, dass Julia und Karin sich nach der ersten Hürde ziemlich fertig fühlten. Sie mussten sich eigentlich jede allein auf ihr Sofa legen, um das alles zu verarbeiten. Julia musste den ganzen Tag und auch noch die ganzen Dalarö-Ferien verarbeiten.

»Bis Dienstag dann«, sagte Karin abschließend, als sie sich zum Abschied umarmten. Genau wie immer. Kein »Danke, dass du vorbeigeschaut hast« oder irgend so was Steifes, sondern eine richtige Umarmung. »Das wird gut.«

Wie ein Mantra. Jetzt *wird* es gut. Wir haben es *entschieden.*

»Supergut«, echote Julia, und Karin umarmte sie zum Abschluss noch einmal extrafest.

»Fahr vorsichtig.«

Noch einer von ihren gemeinsamen Sprüchen. Wichtige Mitteilung an die Allgemeinheit und Fahr vorsichtig. Wo doch keine von ihnen irgendwohin fahren, sondern einfach nur nach Hause gehen würde. Ein Nachhauseweg, bei dem Julia nicht mehr fürchten musste, beim Anblick der Bushaltestelle von Trauer überwältigt zu werden, weil die so mit Karin verknüpft war und sie womöglich nie wieder, buhu, buhu. Doch, sie würden. Schon am Dienstag. Und morgen Isak. Und Karin wusste von dem Date. So, und jetzt? Raum für Jubel?

Hm. Vielleicht.

Wenn man ein ganz gewöhnlicher nicht-bibliotheksbesessener Mensch war wie Rasmus, wann verspürte man dann das Bedürfnis, wieder einmal die Bib zu besuchen und ein paar neue Comics auszuleihen? Am Donnerstag vielleicht? War das zu früh? Bestimmt. Leider.

Aber zumindest ehe man zu seinem Vater nach Rönninge fuhr, oder?

Möglich.

# Rasmus

»Hier sind ein paar von den Suppen, die du magst, und ein bisschen Brot und«, seine Mutter hielt eine Pizzapackung hoch, »vielleicht kommt ja Nadir?«
Sie zeigte jedes einzelne Ding, das sie gekauft hatte. Als hätte Rasmus noch nie zuvor Äpfel, einen Liter Dickmilch oder ein Weißbrot gesehen. Oder eine Pizzapackung.
»Du kannst ja auch mal Robin oder Lina nach der Arbeit einladen. Ja, oder Papa natürlich.«
»Oder einen Spaziergang machen, oder mein Zimmer aufräumen oder Oma anrufen. Die würde sich total freuen«, ergänzte er. »Du musst keinen Plan für mich machen.«
»Das weiß ich. Ich bin nur neugierig, was du diese Woche unternehmen wirst.«
Seit Julia Dalarö verlassen hatte, war fast ein Tag vergangen, und immer noch war keine SMS, kein Telefonanruf gekommen, und es war auch kein blauer Toyota aufgetaucht. Rasmus hatte seiner Mutter schließlich von der Zeichnung erzählt, und sie fand das gar nicht seltsam. »Manche Menschen packen ihre Taschen erst nach einer Woche aus. Oder nach zwei! Bleib ganz ruhig. Sie wird die Zeichnung schon finden.«
Zwei Wochen? Das war nur, weil seine Mutter nicht wusste, wie oft Julia etwas erwähnt hatte, das sie in verschiedenen Büchern gelesen hatte. Würde Rasmus zwei Wochen warten, ehe er seine

Zeichensachen auspackte? Wohl kaum. Höchstens einen Tag. Allerhöchstens zwei. Und das auch nur, wenn er an dem ersten Tag wieder zu Hause etwas richtig Wichtiges oder Tolles zu unternehmen hätte.

Vielleicht hatte Isak gestern schon vor ihrem Haus gewartet. Als Willkommensüberraschung. Sie sah ihn, ließ alle Taschen fallen, warf sich in seinen Arm, und dann gingen sie rein, ineinander verschlungen, knutschend, kichernd und küssten sich den ganzen Weg bis zu ihrer Wohnung hinauf und in ihr Zimmer. Fielen der Länge nach aufs Bett. Knutschten weiter.

Warum war es immer so leicht, sich solche Sachen zusammenzufantasieren? Warum ging das so schnell? Warum wurde er diese Plage nie los?

Seine Mutter hielt eine Paprika hoch. »Belag für die Pizza. Ruf Nadir an, und frag ihn, ob er vielleicht schon heute kommen mag.«

»Chill mal.«

»Sonst machst du es ja nicht. Ich weiß, wie das dann geht, du wirst Dickmilch schlabbern, und ...«

Rasmus stand mitten in ihrer Rede auf und ging in sein Zimmer. Packte stattdessen seine Tasche aus, als wollte er ein Exempel statuieren, das doch niemand bemerken würde. *Guck mal, Julia. Weniger als zwei Stunden zu Hause, und was passiert? Pack du auch mal aus.*

Mit der Ordnung der Zeichensachen nahm er es besonders genau. Ein noch größeres »Nein, ich habe kein Leben«-Zeichen als sofort auszupacken, aber na ja. Als er fertig war, setzte er sich mit Zeichenblock und Farbstiften aufs Bett. Als seine Mutter eine knappe Stunde später wieder zurückfuhr, saß er immer

noch da. Und als sie anrief, um zu sagen, dass sie angekommen war.
Erst da wurde ihm klar, dass er mehrere Tage lang allein zu Hause sein würde. Jetzt war seine Mutter ja wieder da draußen. Robin war im Winter ausgezogen. Rasmus würde *mehrere Tage* ganz allein hier sein.
Draußen auf dem Hof knallte eine Autotür zu. Etwas spülte ins Haus. Ansonsten war es still. Ein ganz gewöhnlicher Montagnachmittag. Keiner seiner Freunde wusste schon, dass er wieder zu Hause war. Er hatte Essen. Papier und Stifte. Keine Schule, keine Termine. Und es war hier drinnen gar nicht mehr so quälend heiß wie letztes Mal.
Er öffnete den Kühlschrank, um zu sehen, wie voll er war. Sehr voll. Wenn er nicht wollte, würde er mehrere Tage nicht rausgehen müssen. Halleluja!
Es fühlte sich verboten an, so zu denken. Warum sollte man nicht rausgehen? Warum sich zu Hause verstecken, wenn man zwei Wochen lang weg gewesen war? Man sollte mit seinen Freunden texten. Zusehen, dass man Party macht.
Antwort: Weil man nicht der Typ für Party ist. Und vielleicht versteckt man sich auch gar nicht. Man hat einfach das Gefühl, hier erst mal ein bisschen allein sein zu wollen. Wenn er sich jetzt bei Nadir meldete, dann würde sofort das ganze Programm, was man unternehmen könnte, anlaufen. Und das ganze Reden. Dalarö, warum er das letzte Mal nicht gesagt hat, dass er wieder wegfährt, und natürlich auch: Julia, denn es wäre unmöglich, nicht von ihr zu reden … Im Moment gab es nichts, was Rasmus gern unternehmen oder worüber er reden wollte. Musste er das denn? Nein.

Schwindelerregend. Aber mal im Ernst, nein. Er musste nicht. Bis heute hatte er jeden Tag in seinem ganzen Leben andere Menschen getroffen. Exakt jeden Tag, wenn er mal genauer darüber nachdachte.
Es war das erste Mal überhaupt, dass später am Abend oder früh am nächsten Morgen niemand anders nach Hause kommen würde. Und er kam doch allein klar. Konnte kochen, mit Messern umgehen, mit Streichhölzern und mit Steckdosen. Alles kein Problem. Er war kein vergessenes Kind. Wie wäre es also, einfach noch ein bisschen hier drinnen zu bleiben? Und zu zeichnen?
Die Zeichnung, an der er gerade saß, war ein *Ich gebe dir die Sonne*-Motiv. Ein Junge, der mit den Bernsteinaugen, stand auf einem großen Stein und wischte kleine Steine weg. Die wurde nicht so gut, aber Rasmus hatte sich darein versenken können, ohne an Julia denken oder alle zehn Sekunden zwanghaft das Handy kontrollieren zu müssen.
Nadir konnte er morgen anrufen. Wenn er das hier fertig hatte.

# Julia

Isak stand vor dem Kino und wartete. Julia sah ihn zuerst. Er hatte seine dunkelblaue Jacke an, schwarze Jeans und dasselbe dünne hellgraue T-Shirt, das er an Mittsommer angehabt hatte. Bewusste Entscheidung? Die weißen Sneaker, die er zu Beginn des Sommers gekauft hatte, sahen immer noch strahlend kartonneu aus. Er stand mit der einen Hand in der Jeanstasche da, in der anderen hielt er das Smartphone. Schaute darauf. Für den Fall, dass Julia wieder eine SMS geschickt hatte? »Komme gleich!« »Bin auf dem Weg!«

Ein strahlendes Oh-da!-Lächeln zog über sein Gesicht, als er sie erblickte. Etwas schüchtern.

»Stimmt, so siehst du aus«, sagte er.

Und genau, so sah er aus. So wirklich? Ein mittlerer Schock, als er sich von einer Stimme im Telefon oder seinem coolen schwarz-weißen Profilbild in einen richtigen dreidimensionalen Menschen verwandelte. In Farbe. Mit einem ganzen Körper. Nicht nur die einzelnen Teile, an die Julia in den letzten Wochen gedacht hatte: seine Hände und sein Nacken, sein Rücken und sein Mund im Vergleich zu Rasmus.

»Und du auch«, sagte sie. »Hallo.«

»Wie schön du bist«, sagte er und machte eine Geste mit der Hand, die Haare, Kleider oder den roten Nagellack bedeuten konnte, den sie am Nachmittag aufgelegt hatte. Oder ihre ganze Person.

Es gab eine Umarmung, vorsichtig. Und einen Kuss. Ebenso vorsichtig. Einen, der Mittsommer mit den harten, hitzigen Küssen und ihren Händen überall unter dem weichen grauen Shirt noch länger her erscheinen ließ.
Sie kauften Karten und schoben sich auf die Bank beim Springbrunnen, während sie warteten, dass der Saal aufmachen würde. Als Julia sich zu Hause auf diesen Abend vorbereitet hatte, war sie so konzentriert darauf gewesen, fröhlich und entspannt zu sein. Herrlich freundinnenmäßig. Nicht gestresst werden, wenn es sich nicht gleich sofort richtig anfühlte. Sie durften ja nervös sein. Das hatten sie ja schon im Vorhinein entschieden.
Genau. »Nervös« und »entschieden« und »freundinnenmäßig«. Als wäre sie klein und würde noch mit Puppen spielen. Wir treffen uns draußen. Da sind wir dann süß nervös, aber plötzlich sagen wir etwas Entwaffnendes, und dann gibt es eine Umarmung und einen langen Kuss. Superschön, zwitscher, zwitscher. Während des Films halten wir Händchen. Noch mehr Gezwitscher. Total gut. Wir teilen eine Schachtel Popcorn und schauen einander manchmal an und lächeln verliebt. Dann gehen wir händchenhaltend zurück Richtung Slussen. Bam, bam, bam, perfektes Date. Und so leben wir glücklich in alle Ewigkeit.
Was sie verdrängt hatte, war, dass sie all das mit einem richtigen Menschen zusammen tun würde. Nicht mit einem *Freund*, sondern einem wirklichen Isak. Der auch fahrig und unsicher und nervös und alles Mögliche war, was man nicht merkt, oder worüber man nicht so viel nachdenkt, wenn man nur jeden Tag ein bisschen am Telefon miteinander spricht und die ganze Zeit eigentlich mit einem Ohr auf Rasmus hört. So ein Telefongespräch war so unglaublich viel einfacher runterzureißen, als

hier nebeneinander auf einer Bank zu sitzen und verzweifelt zu versuchen, dieses Entwaffnende, Süße und Witzige rauszukramen, das alles so entspannt machen würde. Vor allem, wenn dieses Rauskramen noch damit kombiniert werden musste, sich im Expresstempo wieder an den dreidimensionalen Isak zu gewöhnen.

Sie wurden reingelassen und nahmen ihre Plätze ein. Isak pellte sich aus seiner Jacke und man sah, dass er unter den Armen ein bisschen verschwitzt war. Julia bekam noch mehr schlechtes Gewissen. Coole Sporttypen, die sich an Türrahmen lehnten und immer wussten, was sie sagen sollten, hatten keinen Achselschweiß, aber dem richtigen Isak passierte es. Er, der schon vorher das Kinoprogramm geschickt hatte, um einen Abend ganz nach ihren Wünschen zu arrangieren, der gewarnt hatte, dass er nervös sein würde, weil sie sich eine Weile nicht gesehen hatten, und es dann auch *war.* Weil es ihm wichtig war.

Was war ihr wichtig? Ein so genanntes perfektes Date runterzureißen und auf überzeugende Weise freundinnenmäßig zu sein, weil sonst alles so anstrengend war.

Und einen frühen Bus in die Stadt zu nehmen, damit sie noch ein bisschen in der Bib herumhängen konnte.

Heute war Rasmus ja nach Hause gefahren. Die Chance, dass er nur ganz kurz in Hagsätra Sachen ablegen würde, um dann gleich in eine Bibliothek durchzustarten, war mikroskopisch klein, aber Julia musste vor dem Kino einfach eine Weile dorthin gehen. Eine Runde drehen. Feststellen, nein, er war nicht da. Sich trotzdem auf die Stufen setzen und »lesen«. Eigentlich warten. Aus dem Fenster sehen. Eine SMS darüber schreiben, wo sie war, die aber nicht abzuschicken. Natürlich nicht.

Sie kam ein paar Minuten zu spät zum Date mit Isak. Er sagte nichts dazu. Er sagte nur, dass sie schön aussah, kaufte Süßigkeiten und fragte, ob sie gut sah oder lieber mit ihm den Platz tauschen wolle, weil vor Julia ein langer Kerl saß.
»Nicht nötig. Ich bin ja auch lang«, sagte sie und dachte, von jetzt ab würde sie sich zusammenreißen. Wenn das hier, mit Isak zusammen zu sein, überhaupt eine Chance haben sollte, dann musste sie anfangen, es ordentlich zu betreiben.
Sein Hand ruhte auf der Armlehne zwischen ihnen. *Ich darf sie halten. Ich darf alles mit ihm tun, was ich will. Ich muss es nur tun.*
Als sie die Hand fasste, sah er sie mit so einem leicht schüchternen, aber erfreuten Lächeln an. *Ja? Okay. Wie nett.*
Doch.
Er beugte sich rüber und küsste sie auf die Wange.
*Das hier. So schön.*
Das war es.

Nach dem Film gingen sie zu Fuß nach Slussen. Teilten sich einen Muffin und tranken jeder einen Smoothie im Espresso House. Redeten von dem Film und allem Möglichen. Alles etwas entspannter jetzt. Sie nahmen denselben Bus nach Hause. Isak stieg zuerst aus und wartete an der Haltestelle, bis der Bus weiterfuhr. Winkte ihr. Als Julia an jenem Abend, als sie zusammengekommen waren, von ihm weggefahren war, war sie die ganze Fahrt lang »Ich habe einen *Freund*«-schockiert gewesen. Jetzt war es dasselbe, aber der Schock war irgendwie anders: Ich habe einen Freund, und es gibt ihn *wirklich*.

# Rasmus

Auf dem Weg von Dalarö nach Hause war das Buch unter einen Sitz gerutscht. Sie hatten es übersehen, als sie das Auto ausräumten. Da lag es nun immer noch, zwischen einer ausgetrunkenen Colaflasche und einer leeren Süßigkeitentüte. Julia würde es erst wieder einfallen, wenn sie die Mahnung aus der Bibliothek bekam.

Sie hatte die Zeichnung gefunden, aber musste sich erst noch mit Isak treffen, bevor sie sich meldete. Und der war nicht zu Hause. Er war in den Ferien in einem anderen Land. Einem weit entfernten Land. Deshalb dauerte es.

Sie hatte ihr Handy verschlampt. Und ihre Netzkarte für den Nahverkehr. Und hatte sich seine Nummer nicht gemerkt, aber sie war auf dem Weg zu Fuß von Orminge nach Hagsätra. In diesem Moment überquerte sie gerade die Brücke zum Gullmarsplan.

Okay, das Letzte war superkindisch.

Rasmus aß den Apfel auf und versuchte von der Türschwelle aus mit dem Apfelgriebs den Papierkorb zu treffen. Zielte. Und traf daneben. Es stand zwei zu eins für den Papierkorb.

Drei Tage ohne Antwort von Julia ließen ihn nach allen möglichen Erklärungen suchen. Auch an den Haaren herbeigezogene und kindische. Im Prinzip alles, was nicht bedeutete, dass sie niemals antworten würde, weil es sie nicht interessierte, und er die Tatsache schlucken musste.

Wenn er da landete, dann war es aus, und es war so leicht. Ganz allgemein war es schwer an irgendetwas anderes als Julia zu denken. Er wachte auf, er fing an zu denken und sich wegen allem zu schämen, was er sich eingebildet hatte, was er falsch interpretiert und wodurch er sich lächerlich gemacht hatte. Drei Tage ohne Antwort. Konnte das etwas anderes bedeuten als Scheitern? Nein. Oder?

Das beste Hilfsmittel gegen Durchdrehen war Zeichnen. Wie immer. Sogar jetzt funktionierte es, obwohl er genau wusste, dass er sich damit nur selbst betrügen und in etwas flüchten wollte.

Als er durch das E-Book gescrollt hatte, um die Beschreibung des Bernsteinjungen auf dem Stein zu suchen, hatte er noch mehrere andere gute Noah-Titel aufgeschrieben. Sowie der Bernsteinjunge fertig war, hatte er mit denen weitergemacht, und jetzt lag ein ganzer Stapel *Ich gebe dir die Sonne*-Zeichnungen auf dem Küchentisch. Bei manchen folgte er den Beschreibungen im Text, bei anderen klaute er den Titel, arbeitete aber frei. Die Schule. Der Kunstsaal. Eine Angeltour, die Papa, Robin und er vor ein paar Sommern unternommen hatten. Diverse andere freie Assoziationen.

Die ganze Idee fühlte sich so kreativ und smart an, dass er, als vier, fünf Zeichnungen fertig waren, Sonja eine SMS geschickt hatte. Sie antwortete sofort. Fand, das klänge superspannend, sie würde sich das Buch besorgen. »Ist das eine Mischung aus Fankunst und Eigenem?«

Fankunst? Genau! Natürlich gab es die Idee schon, und jemand anders hatte sie gehabt. *Mehrere* andere, wie sich herausstellte, und sogar bei demselben Buch.

»Mach trotzdem weiter!«, riet Sonja. »Es klingt, als wärst du in einem Flow!«

Julia und Dalarö verblichen. Er hörte auf zu denken. Die Ruhe fand sich ein. Als er wieder aufsah, war eine Stunde vergangen, möglicherweise auch zwei oder drei. Vielleicht war das hier alles, was er brauchte? Ein Küchentisch, Papier und Stift. War das hier das Leben? Dass er immer noch seit drei Tagen mit keinem anderen Menschen zusammen gewesen war, fühlte sich überhaupt nicht seltsam an. Er versteckte sich ja nicht. Am Abend zuvor war er eine Runde gelaufen. Hatte, als er zurückkam, die Nachbarsfrau auf dem Hof gegrüßt. Heute war er im Supermarkt gewesen, um eine Glühbirne für die Toilette zu kaufen. Hatte Nessa aus der Entfernung gesehen. Er mied die Menschen nicht. Er hatte einfach keine Lust, sie zu treffen. Tatsächlich hatte er überlegt, auf dem Rückweg vom Einkaufen bei Nadir vorbeizugehen. Das sollte er ja eigentlich. Oder seinen Vater oder Robin anrufen. Aber jedes Mal genügte es, nur daran zu denken, dass ihm klar wurde, jetzt noch nicht. Nicht, bevor er mit dem hier fertig war.

Dabei war er nicht wirklich sicher, was »das hier« und »fertig« bedeutete. Alle Titel des Buches zu zeichnen? Eine Viertelstunde frei denken zu können, ohne verrückt zu werden und in die Julia-Denkmühle zu geraten? Oder sich einfach wenigstens okay zu fühlen, wenn er nicht vor einem Zeichenblock saß?

Vielleicht war es tatsächlich so einfach, dass er »fertig« erst begreifen würde, wenn er an dem Punkt angekommen war.

# Julia

»Nächstes Mal darfst du bestimmen, was wir machen. Such was Lustiges raus.«
Isak hatte einen freien Tag. Erst hatten sie bei ihm zu Mittag gegessen und waren dann schnell ins Nacka Forum gefahren, um für eine seiner Cousinen zum Geburtstag Pokémonkarten zu kaufen. Nach dem Geschenkekaufen fuhren sie weiter zum Bahnhof Lillängen und sprangen in die Saltsjö-Bahn. Am Wochenende hatte er die Kamera seiner großen Schwester ausgeliehen und die dann bei einem Freund draußen in Saltsjö vergessen. Der Freund würde jetzt in die Ferien fahren, wenn Isak die Kamera also heute nicht holte, dann würde Fanny (Zitat) ihn umbringen.
»Kein Problem«, versicherte Julia ihm, »wirklich.«
Das war die Wahrheit. Sie war erleichtert gewesen, als er von all den Verpflichtungen des Nachmittags erzählte. Wären sie nicht gezwungen gewesen, hin und her zu sausen, dann hätten sie höchstwahrscheinlich zu Hause bei ihm rumgehangen. Wären womöglich allein gewesen.
Sein Zimmer war winzig klein, weil es ein umgebautes Ankleidezimmer war. Im Grunde bestand es nur aus seinem Bett. Vor Dalarö waren sie schon ein paarmal da gelandet, aber jetzt fühlte sich alles anders an. Man konnte sich nicht einfach hinwerfen und losknutschen. Knutschen, das war so eine große Sache,

oder? Es genügte, sich zu umarmen, wenn man sich sah, oder so wie hier einander gegenüber in der Bahn zu sitzen, seine Hand auf ihrem Knie.

»Hast du heute mit Karin gesprochen?«, fragte er und Julia nickte. »Und es ist immer noch alles okay?«

»Ja. Wir treffen uns morgen.«

Karin und sie arbeiteten sich Schritt für Schritt voran. Das Gespräch am Sonntag. Spinning und Mittagessen zusammen mit Sally am Dienstag und gestern. Morgen: in die Stadt. Nur Julia und Karin, mehrere Stunden.

»Wie schön«, sagte Isak. »Dann seid ihr ja wieder am Ball.«

Ja, mit stolpernden Babyschritten. Am Dienstag beim Sport, da hatte Karin gefragt, wie es im Kino gewesen sei. Ein weiterer klarer kämpferischer Einsatz von ihrer Seite, und allen war klar, dass sie keine tausend Details über das Date hören wollte. Julia hatte sich kurz gefasst. Aber dann, als sie hinterher zu Karin nach Hause gingen und sich ein Mittagessen machten, merkte sie, wie Sally und Karin beide ungewöhnlich interessiert zu ihr hinsahen, wenn Julias Handy eine SMS meldete. Das ganze Gespräch hielt inne. Julias SMS pflegten bisher nie sonderlich spannend zu sein, aber beim zweiten Mal begriff sie, warum das jetzt so war. Sie könnte ja von Isak sein. Sie fragten nicht, und Julia war unsicher, ob sie vielleicht sagen sollte, dass es »nur« ihre Mutter war. Das könnte ja auch falsch wirken. *Wir sollen nicht darüber reden, das ist mir schon klar, aber ich merke, dass ihr euch fragt, wer die Nachricht schickt. Er ist es nicht, wir haben heute Morgen miteinander gesprochen, und jetzt arbeitet er.* Sie sagte nichts, aber Isak war den ganzen Nachmittag wie der Elefant im Zimmer.

Wie kann eine Person, die man nur kurz kennt, so viel Raum einnehmen? Eigentlich war das doch unfair. Karin, Sally und sie waren seit vielen Jahren Freundinnen. Und nun konnten sie nicht mehr frei miteinander reden, weil es da einen Jungen gab, den sie seit ein paar mickrigen Monaten kannten.
Als Karin am Ende dann gefragt hatte, ob Julia Lust hätte, am Freitag mit in die Stadt zu fahren, wäre Julia am liebsten tot auf dem Fußboden zusammengebrochen. Sie war so erschöpft vom Manövrieren zwischen solchen Dingen, die man sagen durfte, und denen, die quälten. Sie hatten sich in dieser Woche dreimal getroffen, reichte das nicht? Es war gut gegangen, sie kamen wieder ins Laufen. Konnten sie jetzt nicht ein bisschen abhängen? Nur einen Tag. Sich mit Isak und Karin zu treffen, war zu einem Staffelholz geworden, und Julia teilte die ganze Woche lang die Tage zwischen ihnen auf. Wann würde *sie* denn mal freihaben?
Aber als Karin fragte, da sagte sie das natürlich nicht, sondern lächelte und antwortete »ja, gerne!«. So wie es sich für eine beste Freundin gehört.
»Und was macht ihr morgen?«, erkundigte sich Isak.
»Karin muss ein paar Sachen für ihren Urlaub einkaufen, also fahren wir in die Stadt und erledigen das.«
»Oje, schon wieder?« Er zog ein Gesicht, das Julia nicht verstand. »Das ist ja dasselbe wie heute, du Arme. Mitgehen und dies erledigen und das. Was würdest du denn gerne machen?«
»Also, es ist wirklich kein Problem, dass wir jetzt nach Saltsjö fahren. Ich schwöre es.«
»Aber sag doch trotzdem mal, was du schön fändest«, beharrte er. »Wenn du ganz frei wählen dürftest, was wäre das?«

»Alles Mögliche. Zum Beispiel, in die Stadt zu fahren.«
»Und dort? Jetzt mal konkret.« Er spielte mit ihrer Hand, flocht ihre Finger ineinander und wieder auseinander.
»Mir gefallen meist langweilige Sachen.«
»Julia, jetzt hör doch auf«, sagte er und verdrehte die Augen.
*Na gut. Dann sage ich: auf einem Steg sitzen. Auf einer Brücke stehen. Ein Eis essen. Auf einer Bank sitzen.*
Heute war Donnerstag. Rasmus hatte sich noch nicht gemeldet. Erstaunlich? Nein. Ganz und gar nicht.
*Obwohl. Doch. Sehr. Hat* er *keine Sehnsucht? Ich schon.*
Gestern hatte sie bei ihrem Vater ausprobiert, ob es sichtbar war, wenn sie die SMS-Konversation mit ihm offen hatte. Also, ob es eine Schreibblase gab, obwohl sie keine SMS geschickt hatte. Das war nicht so. Rasmus würde also nie zufällig sehen, wie viel Zeit sie darauf verwandt hatte, nie abgeschickte Nachrichten an ihn zu formulieren. Oder nur dazuliegen und auf seinen Kontakt zu schauen.
Sie hatte seine Adresse schon rausgesucht. Lerbäcksgränd 8 in Hagsätra. Es dauerte zwischen neunundvierzig und siebenundfünfzig Minuten mit den Öffentlichen dorthin. Gestern Abend zum Beispiel. Neunundvierzig mit einem Bus, der in acht Minuten von Orminge Centrum abging. Das war so verlockend. Sie würde es schaffen. Vom Sofa aufspringen. Die Jacke an sich reißen, zur Haltestelle runterrennen, einsteigen. Um 20:06 bei ihm sein.
Und dann?
Sein Haus suchen. Es schaffen, reinzukommen. Sie wusste nicht, ob sie einen Türcode hatten oder Schlüssel, aber vielleicht würde ein Nachbar sie mit reinlassen. Camilla war ja noch auf Dalarö, also war nur Rasmus zu Hause.

Und dann?
Nein. Nichts.
»Vielleicht in eine Bibliothek gehen. Das mag ich«, sagte sie zu Isak. *Entschuldige, ich werde mich zusammenreißen.* »Und du?«
»Fußball.« Er grinste. »Ich weiß, das ist so offensichtlich. Aber ich mag das Training und auch wenn Spiel ist und wir eine richtige Mannschaft sind. Also, wenn wir alle wie einer spielen und dann einfach ...« Er machte eine Bewegung nach vorn mit den Händen. »Das sind so krass gute Momente. Ja, und dann das Zusammensein hinterher.«
»Hast du das Zlatan-Buch gelesen?«
»Was, hat der ein Buch geschrieben?« Isak grinste breit. »Na klar habe ich das gelesen. Wir gröligen Fußballtypen haben das alle gelesen, Julia.« Er rutsche zu ihrem Sitz rüber. »Und du?«
»Nein. Aber ich kann es tun.«
»Ach was, musst du nicht.« Er beugte sich vor und gab ihr einen Kuss auf die Wange. »Ich habe Freitag und am Wochenende frei. Just saying.«
*Just saying, wir können uns sehen. Was unternehmen.*
Er legte den Arm um ihre Schultern und schnuffelte sich zum Hals und durch ihre Haare. »Das war schön, dass du heute mitgekommen bist.«
»Ja?«
»Ja. Das finde ich. Ich finde, wir sind wie ... man trifft jemanden, merkt sofort, dass man die Person mag, und dann fängt man an zu entdecken, warum.«

Oder man trifft jemanden, kommt zufällig zusammen, und dann fängt man an zu entdecken, was das bedeutet. Dass man ihn mag, aber auf eine andere Art. Auf die freundschaftliche Art. Und dann entdeckt man, dass man zu ihm wirklich nicht gemein oder abweisend sein will, weil er so supernett ist. Und man möchte vielleicht ein bisschen weinen, weil diese Erkenntnis so schwer ist.

Es war schön, wenn er sich so an ihren Hals schnuffelte und sie küsste und nette Dinge flüsterte, aber sie hätte trotzdem am liebsten »tut mir leid« und »es ist nicht sicher, ob ich das hier tun kann, ich weiß es noch nicht« gesagt.

# Rasmus

Niemand aus seiner ganzen Klasse schickte seinen alten Lehrern während der Sommerferien SMS. Und verabredete sich dann mit diesem Lehrer auf einen Kaffee im Kulturhuset. Um ihr seine Kunst zu zeigen. Definitiv niemand.

Es war Sonjas Vorschlag gewesen. Sie hatte angefangen, das Buch zu lesen, und gefragt, ob sie sehen dürfe, was Rasmus gemacht hatte. Und es war ehrlich gesagt ziemlich leicht, da einfach Ja zu sagen.

Sie trafen sich im Foyer. Sonja hatte andere Holzschuhe an, neuere und ohne Farbkleckse, und ein Kleid. Dann lud sie ihn zum Kaffee ein und redete erst mal über alles Mögliche. Danach war es so wie immer. Sie wischte sich die Hände ab und griff nach Rasmus' Zeichenblock. »Jetzt wird's interessant.«

Sie wollte immer zuerst in aller Ruhe schauen. So lange musste man warten und still sein. Rasmus war das schon gewohnt, aber diesmal war er besonders nervös. Er nippte an seinem Tee, und bei jedem weiteren Blatt, das sie umwendete, versuchte er, es mit ihren Augen zu sehen. Zu verfolgen, was sie sah, sich auszumalen, was sie sagen würde.

»All die Farben!«, war das Erste. »Sogar Wasserfarben? Was für ein Schock, Jasse, da hättest du mich vorwarnen müssen. Und

dass alles nicht so perfekt und schön ist!« Sie warf ihm einen anerkennenden Blick zu. »Da sage ich nur: endlich.«
Dann blätterte sie alles noch einmal durch und hielt bei dem Bild mit der Sturmküche inne. »Ich glaube, dass ziemlich viel von dem zusammenhängt, aber ich weiß nicht genau, wie. Dies zum Beispiel. Ich glaube, hier beginnt eine Geschichte. Nicht wahr?«
»Ja, vielleicht. Also, jaa, doch, das ist so. Ich hab sie alle so schnell gemacht und habe es nicht ordentlich von Anfang an durchdacht, aber doch.«
»Dann denk doch jetzt mal ein bisschen.«
Das mochte er so an Sonja. Dass man über alles reden durfte, von den Schwüngen in einer Bewegung über die Farben bis hin, wie unerwartete Ideen auftauchen und vielleicht anfangen, zusammenzuhängen. Dass man in seinen Erzählungen sich ausdenken darf, was man will. Wie ein Verrückter lügen und fantasieren darf. Und klauen. Wild in der Gegend herum. Und dann, was der Witz daran war, »hässlich« zu malen.
Sie blieb an einem seiner Favoriten hängen. »Da bist du doch jetzt sicher auch der Meinung, dass dies sehr gut ist, oder? Ich meine, alles, insgesamt.«
»Ja«, antwortete er, und es war erstaunlich leicht, das zuzugeben. »Vielleicht mein Bestes?«
»Das glaube ich auch.«
»Und es ging so schnell.« Er schnippte mit den Fingern, um zu zeigen, wie schnell.
»Aber hat ja funktioniert.« Sie lächelte und schnippte auch.
Rasmus nahm den letzten Schluck Tee. Der hatte so lange gezogen und war so bitter, dass sich die Zunge zusammenzog. Ein

Vorteil daran, wenn man sich in einem Café traf und nicht in der Schule, war, dass niemand anders einen unterbrach wegen irgendwelcher Fehlzettel oder Abwesenheiten vom Englischunterricht. Hier konnten sie endlos sitzen und reden, ohne den Faden zu verlieren. »Erinnerst du dich an diese Schriftstellerin, die in der Achten zu uns gekommen ist? Die hat gesagt, sie würde immer eine Woche in den Wald fahren. Ich habe auf eine Art dasselbe gemacht, nur zu Hause. Seit Montag habe ich nur gezeichnet. Nichts anderes gemacht. Meine Mutter ist weg, und ich war kaum vor der Tür. Und habe mit niemandem gesprochen.«

»Und wie war das?«

»Ein bisschen gestört vielleicht? Aber schön. Und sehr notwendig. Ich war wie gezwungen, das zu tun.«

»Verstehe«, nickte Sonja. »Und jetzt? Bist du mit der selbst gewählten Isolation durch?«

»Ja, ich glaube schon.«

Sie saßen im Café im Erdgeschoss, direkt am Eingang, wo die ganze Zeit Leute rein und raus liefen. Eine Umgebung, die der totale Gegensatz zu dem war, wie die vergangenen Tage für Rasmus ausgesehen hatten.

»Was passiert, wenn du dich nun wieder in die Welt begibst?«, fragte Sonja.

»Wahrscheinlich nicht so viel. Ich gehe zu Nadir. Es wird wohl so wie immer.«

»Ach was«, sagte Sonja. »Das glaubst du, aber es wird niemals so wie immer. Man nimmt immer ein bisschen Veränderung mit.«

»Alles fließt?«, riet Rasmus.

»Exakt. Alles fließt.«

Er lächelte. »Das ist so dermaßen typisch für dich.«

»Na, und?« Sonja sah zufrieden aus. »Aber schick mir eine Nachricht, wenn du mit allem fertig bist. Ich bin superneugierig, was da passiert, also will ich es sehen, dass das klar ist.«
Rasmus war auch superneugierig. Zum ersten Mal seit Sonntag eine kleine Neugier auf das, was jetzt passieren würde. Und er sehnte sich danach, Nadir zu treffen. Nicht immer nur bei seinem Eingang zu zögern und dann nach Hause zu gehen, ohne bei ihm zu klingeln.
»Ich schicke eine Nachricht, aber wahrscheinlich nicht gleich morgen«, versprach er.
»Keine Eile. Es sind schließlich Sommerferien.«

# Julia

Karin rief um Viertel vor zehn an. »Habt ihr einen neuen Türcode?«
»1442.«
Unerwartet, und doch total erwartet. Wenn Julia und Karin sich zu einer bestimmten Zeit an der Bushaltestelle verabredeten, dann war das nur eine Formalität. Karin war immer schneller, früher auf und rastloser, deshalb begab sie sich meist nicht direkt zur Bushaltestelle sondern nahm den Umweg über Julia.
»Status?«, fragte sie, als Julia öffnete.
»Mitten im Frühstück.«
»Perfekt.«
Vertraute Gerüche sind schwer zu beschreiben. Man denkt erst daran, wie es riecht, wenn man von Dalarö nach Hause kommt, oder wenn man eine Freundin zum ersten Mal seit Langem begrüßt. Karin war fast der vertrauteste Geruch für Julia, und sie konnte auch reinrauschen und sich ein Brot machen, ohne um Erlaubnis fragen zu müssen. Oder sich die Stulle greifen, die da bereits in der Küche bereitlag.
»Was ist unser Plan heute?«
Karin ließ sich am Küchentisch nieder und berichtete von den Ringelnattern oder schlimmstenfalls Kreuzottern, die auf dem Bauernhof ihres Onkels, auf den sie morgen fahren würden,

aufgetaucht waren. Sie musste Gummistiefel kaufen. »Was musst du erledigen, Julli?«
»Nichts Dringendes.«
»Aber wir sollen zur Bib gehen.«
»Sollen wir?«
Karin wedelte mit dem Zettel, den Julias Vater geschrieben hatte.
Der hatte gestern gefragt, ob Julia ein paar Bücher für ihn würde abgeben können, wenn sie schon in der Stadt wäre. Sie war nicht sonderlich scharf darauf gewesen. Rasmus würde nicht dort sein, aber was, wenn er es doch war, ausgerechnet wenn Julia mit Karin hinging. Dann würde man wegen Karin eine angestrengte »Oh, hallo, ein neuer Nachbar von Dalarö«-Scharade aufführen müssen.
Darauf hatte Julia wirklich keine Lust. Sie wollte ihn allein treffen. Bleiben können. Nicht mit einer anderen Person auf dem Weg woandershin sein.
Trotz ihrer zögerlichen Antwort hatten heute Morgen ein Stapel Bücher und ein Zettel von ihrem Vater auf dem Küchentisch gelegen.
Wäre klasse, wenn du es schaffst, bei der Bib vorbeizugehen.
»Das kann ich auch wann anders machen«, sagte Julia.
»Echt?« Karin grübelte weiter über ihre Gummistiefel nach. Checkte im Netz, ob es bei Intersport die gab, die sie haben wollte, und wo der nächste Laden von denen war. »Unten im Skrapan. Ich weiß, wir machen es so: wenn wir da hingehen, dann kannst du die Bücher auf dem Weg abgeben. Dann haben wir die langweiligsten Verpflichtungen des Tages schon erledigt und alle sind glücklich. Schlau, was?«

Ja. Obwohl die Bibliothek keine langweilige Verpflichtung war. Möglicherweise war es sogar die beste des Tages. Nur leider würde Rasmus *nicht* dort sein. Er war vollauf beschäftigt mit … mit was auch immer so toll war. Mit Nadir und seinen Freunden rumhängen. Oder bei seinem Vater sein. Etwas jedenfalls, das ihn so gut unterhalten und beschäftigt hielt, dass er kein Bedürfnis hatte, von sich hören zu lassen. Bestimmt ging er auch nicht (so wie Julia) jeden Tag in Google Earth, für den Fall dass es dort plötzlich und unerwartet ein neues Bild vom Lerbäcksgränd 8 gab, auf dem Rasmus festgehalten war, wie er aus dem Hauseingang kommt oder an einem Fenster steht.
Natürlich.
Ungefähr genauso groß war die Chance, dass er heute in der Bib sein würde. Oder plötzlich, als Julia zum siebzehnten Mal nachschaute, seinen Instagram-Account eingeschaltet hatte. Alle seine sozialen Medien waren verschlossen. Immer noch. Jedes Mal. In Ewigkeit, Amen.
»Doooch, das wird superschlau. Und Olle wird dich klasse finden. Das kann nie schaden«, überredete Karin sie. »Was willst du zum Mittag?«
Irgendwas umsonst zu Hause.
»Donken oder so?« Ohne Astrid war es wenigstens leichter, seine Cheeseburgerwünsche durchzukriegen.
»Okay«, antwortete Karin in einem Ton, als hätte sie auf was anderes gehofft. Einen frischen Salat vielleicht?
*Aber so ist es nun mal mit mir, Karin. Ein bisschen armselig, weißt du.*
Der letzte Babysitterauftrag bei Julia war mehrere Wochen her, und zusammen mit Rasmus hatte sie auf Dalarö eine Menge

Eis und Softdrinks gekauft. Und bereits einen Nachmittag auf Söder herumgehangen. Ihr Geld reichte heute für ein billigeres Mittagessen und einen Kaffee, aber dann war Schluss.
»Oder wir gucken mal, wann wir hungrig sind und was es so gibt?«, versuchte sie einen Kompromiss. Ein teureres Mittagessen und kein Kaffee würde auch gehen.

Sie frühstückten fertig, Julia sprang unter die Dusche und beschloss okay, die Bib durfte in den Plan aufgenommen werden. Das war risikoarm und ihr Vater wäre dankbar. Sein Job begann um sieben Uhr, deshalb musste er um halb fünf oder so aufstehen. Oder um sechs. Jedenfalls total früh. Abends lag er auf dem Sofa und gähnte. Er schaffte es einfach nicht, sich noch in die Stadt zu wälzen.
»Ich nehme meine Bücher auch gleich mit. Vielleicht kannst du mir tragen helfen, denn das wird ungefähr eine Tonne.«
»Ja klar, lad immer drauf«, sagte Karin abwesend. Sie lag auf dem Bett und checkte ihr Handy, während Julia sich nach der Dusche fertig machte.
Eine Folge der Tatsache, dass sie im Wechsel Rasmus' Adresse bei Google Earth aufsuchen musste und in Nachgrübeln darüber geriet, ob, oder besser gesagt, wann Isak fragen würde, warum sie neuerdings so abweisend war, und darüber nachdenken musste, wie sie sich am besten Karin gegenüber verhielt, war, dass es ihr immer noch nicht möglich gewesen war, sich aufs Lesen zu konzentrieren. An den Abenden, an denen sie nicht Karin oder Isak getroffen hatte, waren ihr Vater und sie jeder in seiner Sofaecke versunken und hatten unruhig und müde zwischen langweiligen Fernsehkanälen hin und her gezappt. Julia

hatte noch nicht einmal ihre Taschen von Dalarö richtig ausgepackt, sondern schaute sie jetzt nur ganz eilig durch, um alle Bücher zu finden und auszusortieren, welche in die Bibliothek zurücksollten.

In *Ich gebe dir die Sonne* lag ein Papier. Eine Zeichnung. Mit der Überschrift »Für Julia«. Darunter schlängelte sich von einem Kreuz in der obersten linken Ecke eine Linie mit mehreren Stopps und Symbolen und kleinen Bildern und …«

»Mein Gott!«, rief sie.

War das eine Art Karte? Über sie und Rasmus? Er hatte eine Karte über *sie beide* gezeichnet?

»Was denn?« Karin schaute Julia neugierig über die Schulter. »Was ist das?«

»Das lag im Buch.«

Alle Haltestellen entlang der Linie waren Orte, an denen Julia und Rasmus gewesen waren, oder Sachen, die ihnen passiert waren. Er hatte den Steg gezeichnet, ein Fahrrad, den Laden, Alholmen, eine Bank, zwei Paar Füße nebeneinander, von denen das eine Paar grüne Sneakers trug. Viele solcher Bilder, und alle waren so schön. Daneben gab es Sprechblasen mit Sachen, die sie gesagt hatten. Manchmal auch welche mit einer parallelen Welt. Dann stand da: »Und in der parallelen Welt dachte ich: nein, geh nicht nach Hause, oder ja, sofort, ich rufe spätestens morgen an.«

Oh, bitte, tu das doch, dachte sie. Ruf jetzt an, Rasmus. Auf der Stelle.

Ganz unten in der rechten Ecke, am Ziel oder dem Ende der Karte, gab es ein paar grüne Drachen und noch eine Sprechblase.

»Ich mag dich. Ich will, dass wir zusammen sind. Total peinlich, aber jetzt ist es gesagt.« Mit seinem Namen unterschrieben.
»Und wer zum Teufel ist *Rasmus*?«, fragte Karin.
»Ein Typ von Dalarö.«
»Der?«
»Der …«
Der … Der tausend verschiedene Sachen. Der sie mochte?
»Der neben uns gewohnt hat.«
Karin zeigte auf die rechte Ecke. »Ja, aber das hier! Was meint er denn damit?«
*Ich mag dich. Ich will, dass wir zusammen sind.*
»Er will mit dir zusammen sein?«
*Mein Gott, er will das? Er will es?*
Julia versuchte, die Karte noch einmal ganz schnell zu lesen, um zu begreifen, aber es war, als könne sie nicht richtig sehen. Ist das ein B oder ein P, ist die Figur rund oder oval? Steht da wirklich »Ich will, dass wir zusammen sind«, da ganz unten? Kann das stimmen?
So viele Details, so viel schöne Information. Und alles tanzte umher und war für Karin unmöglich zu verstehen, die mit immer aufgeregteren Fragen neben ihr saß. »Und was ist mit Isak? Ihr wart doch auf einem Date! Weiß er von diesem Rasmus? Nicht?! Wer *ist* das denn? Was habt ihr *gemacht*?«
»Wir haben alle zusammen Sachen unternommen, Mama, Papa und ich«, versuchte Julia zu erklären. Am liebsten hätte sie Karin gebeten zu gehen. Oder zumindest so lange zu schweigen, dass Julia mal einen einzigen Gedanken in Ruhe denken konnte. Richtig auf die Karte schauen konnte. Er wollte? Rasmus wollte?!?
Neunundvierzig bis siebenundfünfzig Minuten von hier nach

Hagsätra. Bis zu ihm und seiner Halskuhle und seinen Händen, Armen und Haaren, weil er auch wollte. *Rasmus!!!*
Julia sah auf die Uhr. Als ob sie den Busfahrplan im Kopf einprogrammiert hätte und genau wüsste, wann einer ging. Ob sie jetzt rennen musste, oder in ganz normalem Tempo gehen konnte. Oder einfach hier sitzen.
Sie versuchte es noch einmal. »Seine Mutter ist auf dasselbe Gymnasium gegangen wie Papa. Du weißt schon, in Luleå. Und außerdem haben sie eine Katze. Eine ganz goldige. So haben wir sie kennengelernt, denn sie ist zu uns ausgebüxt. Sivan.«
»Okay, sehr nett, aber dann?« Karin wischte alle Versuche von Julia einfach beiseite. *Wer schert sich jetzt schon um eine Katze? Was spielt Luleå für eine Rolle?* Dann lief alles genau wie ihr erstes Gespräch über Isak all over again. Karin hatte eine einzige lange Reihe von »Aber, warum?«, und Julia wusste nicht, was sie darauf antworten sollte.
»Du musst ihm doch sagen, also Rasmus, dass du … Ja, also, dass einfach nein. Oder?«, fragte Karin. Und keuchte, als Julia nicht antwortete. »Du bist doch mit Isak zusammen!«
»Ja, danke, ich weiß.«
»Aber?« Karin starrte sie an. »Willst du das denn nicht sein? Willst du mit ihm Schluss machen?«
*Ich weiß nicht. Kann ich das?*
»Was?«
Julia schüttelte den Kopf. *Ich weiß nicht. Darf ich das?*
»Ich begreife nicht, was los ist.« Karin machte eine frustrierte Geste mit den Händen. »Ich verstehe dich wirklich nicht mehr. Du bist total verändert. Und du erzählst ja gar nichts mehr. Du schweigst dich über alles aus!«

Ja. Alles, was Julia hätte erzählen, machen oder denken sollen. So viel.
Und Karin? Die hätte gleich von London erzählen sollen. Aber danach? Nein, dann war nichts mehr.
»Ich weiß auch nicht, was passiert ist«, sagte Julia. »Aber du hast vielleicht auch nicht immer zuhören wollen, oder? Hast du daran schon mal gedacht?«

# Rasmus

Nadir war nicht zu Hause, als Rasmus nach dem Kaffee mit Sonja bei ihm vorbeiging. Und er rief auch später am Abend nicht an. Und als er tags darauf die Tür öffnete, war er nicht gerade herzlich und sonnenscheinig willkommenheißend. Er lehnte sich mit sehr skeptischer Miene und einem typisch verzogenen Mund an den Türrahmen. *Wer bist du? Was machst du hier? Was willst du von mir?*

»Tja.« Rasmus legte sein hoffentlich nettestes Lächeln auf. Das zeigen sollte, was für ein guter Freund er war, wie sehr er Nadir schätzte, obwohl er seit einer Weile nichts von sich hatte hören lassen. »Ich dachte, Basket. Du, ich, Bilal und Viktor?«

Sie hatten alle in derselben Mannschaft zusammen gespielt, bis Rasmus voriges Jahr ausgestiegen war. Nadir konnte nicht begreifen, warum. Er redete andauernd davon, dass Rasmus wieder anfangen sollte. »Du hast nicht so viel verloren. Es wird schon funktionieren, du kannst wieder einsteigen.« Nadir liebte Basketball. Trainieren, auf Matches fahren, alles daran. Einmal bekamen sie in der Schule die Aufgabe, ein geheimes Geräusch aufzunehmen und mitzubringen. Die Klasse sollte dann raten, was es war. Einige brachten total klobige und unmögliche Geräusche mit. Das von Nadir waren Ballpreller in der Sporthalle. Er lachte, als alle grölten »hör auf, das ist echt zu leicht!« Der große Kummer seines Lebens war, dass er zu klein war. Nicht nach normalem Standard, sondern für Basketball.

»Ich dachte, du wärst draußen auf der Insel«, sagte er. »Oder was weiß ich, wo du warst, denn du bist ja einfach abgehauen. Kelly hat dich vor ein paar Tagen gesehen.«

»Ja, ich bin am Montag zurückgekommen.«

Weiter hinten ging Nadirs Mutter durch den Flur und begrüßte Rasmus fröhlich. Das war Nadir egal. »Heute ist Freitag.«

»Ich weiß, aber es gab da eine Sache, die ich fertig machen musste.«

»Eine Sache?«

»Irgendwie so ein Comic.«

Nadir zog eine Augenbraue hoch. »Man kann doch sagen, wenn man fährt und wenn man kommt. Ist das so schwer?«

»Nein, aber …« Rasmus nickte zum Treppenhausfenster. »Das Wetter ist schön. Wenn ich Bilal und Viktor auch frage? Und dann können wir Pizza machen. Nadir, komm schon.«

Nadir kam nicht. »Pizza kann ich auch hier haben.«

»Und wenn ich dir ausrichte, dass du einen guten Musikgeschmack hast?«, versuchte Rasmus weiter.

»Wer sagt das?«

»Ein Mädchen draußen auf Dalarö.«

»Eine Sache, ein Mädchen.« Nadir schnaubte. »Was ist das hier für ein verdammter Kram. *Ich* wohne hier, *du* bist hierhergekommen. Was willst du?«

»Ich versuche es ja! Ich will einfach was Normales machen.«

Nadir seufzte und machte Anstalten, die Tür zu schließen. »Tschüss.«

»Okay, jajaja, warte doch!« Rasmus packte die Tür. »Sie heißt Julia.«

Nadir machte eine Kopfbewegung. *Und weiter?*
»Mehr ist irgendwie nicht. Die hatten auch eine Hütte da draußen, wir haben Sachen zusammen gemacht, aber es ist nichts passiert. Dann bin ich wieder hierhergefahren. Schluss.«
»Ihr seid nicht zusammengekommen?«
»Nein.«
»Warum nicht?«
»Weil sie einen Typen hat. Und nicht wollte. Ich weiß nicht. Weil ich mich lächerlich gemacht habe. Glaube ich. Es kam jedenfalls nicht dazu.«
»Hm.« Das klang schon milder, und Nadirs Stoneface war etwas softer. »War es das, was du vorige Woche gemacht hast?«
»Genau.«
»Aber verdammt, warum sagst du denn nichts? Ich hab mich gewundert. Du warst scheißsauer, als du hier warst.«
»Ich weiß. Aber es ging irgendwie nicht, was zu sagen. Und seit Montag war ich total off, aber das war auch irgendwie nötig, und … Ich kam mir einfach so blöd vor, ihr gegenüber.« Er zuckte mit den Schultern. »Können wir nicht was ganz Normales machen? Basket, Pizza, Spielen. Ich bin so verdammt ausgehungert nach so einem Tag.«
Nadir erwog es. »Und wie lange bleibst du diesmal?«
»Forever and ever. Bis ich sterbe«, sagte Rasmus dramatisch und Nadir verdrehte die Augen. *Bleib mal auf dem Teppich.*
»Und nun willst du Basket spielen?«
»Ja, das will ich.« Rasmus legte den Kopf schief. Jetzt hatte Nadir vielleicht fertig geschmollt. Jetzt waren sie vielleicht auf der sicheren Seite, auf der sie Freunde waren und einfach weitermachten. Konnten sich in die schöne Routine von mehreren Jahren

hineinlehnen, wussten genau, was funktionierte, und was nicht. Rasmus hoffte es. »Ich freu mich auch drauf, ziemlich viel Kloppe zu kriegen. Und dann nach Hause zu kriechen.«
Nadir gluckste. »Ja, denn die wirst du kriegen. Ich habe den ganzen Sommer jeden Tag trainiert.«
»Weißt du was, das wollte ich grade fragen. Kann es sein, dass du den ganzen Sommer jeden Tag trainiert hast, denn wow, du siehst echt so aus, Nadir.«
»Jetzt ist genug.« Nadir lachte laut los. »Was gibt's auf der Pizza?«
»Du kannst Ananas kriegen, denn meine Mutter hat eingekauft. Paprika für mich. Und guten Käse.«
»Sweet. Du rufst Bilal und Viktor an?«
»In einer Viertelstunde unten?«
»Zehn Minuten.« Nadir sagte es auf die Pizza-in-zehn-Minuten-Manier.
Kelly behauptete immer, Nadir würde noch vor seinem fünfundzwanzigsten Lebensjahr drei Kinder um die Beine wuseln haben, und auch wenn Nadir mit Entschiedenheit dagegen protestierte, konnte Rasmus sich das doch auch gut vorstellen. Er strahlte so eine Ruhe und Geborgenheit, etwas Väterliches aus. Nadir machte kein großes Wesen um sich, aber er wurde immer zum Mannschaftskapitän gewählt und so. Wenn er einen auf die Schulter schlug und sagte »ja, ja, wird schon, das richtet sich«, dann glaubte man ihm, ganz gleich, was das Problem war. Kloppe beim Basket einstecken. Sich bei einem Mädchen blamieren. Supersauer sein und wochenlang verschwinden, ohne was zu sagen.
»Vergiss deine Wasserflasche nicht.« Nadir grinste und haute Rasmus auf den Hintern. »So krass viel Kloppe, Jassy.«

# Julia

Wie macht man mit seinem Freund Schluss?
Antwort: Erst sagt man Tschüss zu seiner besten Freundin, die nach dem letzten Gespräch in wer weiß welchem Freundschaftsstatus zurück ist.
Dann beginnt Das-große-Ichweißnicht.
Julia musste die Wohnung verlassen, denn so große Gedanken konnte man nicht im Haus denken. Sie spazierte auf den Wegen um ihr Haus herum. Setzte sich auf eine Bank. Schaute die Karte von Rasmus an. Die war so sehr er und so unglaublich schön, und schlau und witzig und romantisch und sie enthielt alle ihre Schritte, von Sivan in der Hecke immer weiter. Inklusive dem Finale.
*Ich muss das hier machen. Das ist das Einzige, was ich will. Ich* kann nicht *Nein sagen.*
Also nahm sie das Handy und suchte Isaks Nummer. Großes Ichweißnicht. Musste noch mal tief durchatmen und ein paar Runden spazieren. Noch mehr nachdenken. Die Prozedur wiederholen. Stattdessen Arvid anrufen. Er ging ran, war aber auf der Arbeit und konnte erst nach neun Uhr abends reden.
Neun Uhr?! Julia ließ sich auf der nächsten Bank nieder. Wie sollte sie es bis neun Uhr aushalten? Das waren mehrere Stunden. Verglichen mit neunundvierzig bis siebenundfünfzig Minuten, die man brauchte, um zu Rasmus zu kommen.

*Ich will nicht warten. Ich will jetzt hinfahren. Ich will mit ihm zusammen sein. Jetzt.* Jedes Mal, wenn sie zu diesem Gedanken kam, geriet sie in Panik, denn das ging ja nicht, sie würde ein noch schrecklicherer Mensch sein, sie musste mehr schaffen, sonst würde Isak superenttäuscht von ihr sein, und alle anderen auch. Karin. »Ich *begreife* nicht, was du hier grade machst«, war das Letzte, was Karin gesagt hatte, ehe sie ging. Als ob diese Botschaft Julia in der letzten Stunde entgangen wäre. War sie nicht.

Was mache ich hier gerade? Versuche nur, alles zu ordnen, dachte Julia bei jeder Parkbank, auf die sie sich setzte. Alles richtig zu machen.

Aber mit jeder neuen Parkbank kam auch dieselbe beharrliche Gegenfrage: Was war denn das Richtige? Vielleicht gibt es eine andere Art richtig. Wo es darum geht, einfach alles zu gestehen. Isak würde enttäuscht sein. Sie hatte etwas falsch gemacht. Das war dumm und ungeschickt. Aber sie waren nicht verheiratet. Sie hatten keine Kinder. Sie hatte es versucht. Wirklich. Aber es ging nicht mehr. Nicht nur wegen Rasmus, sondern vor allem um ihrer selbst willen.

Bei dem Gedanken konnte sie sich immer länger aufhalten, ohne in große Panik zu geraten. Mit jeder neuen Parkbank wurde es ein wenig leichter. Und am Ende konnte sie das Handy nehmen und seine Nummer wählen.

Als Isak öffnete, wich, ohne dass Julia ein Wort hätte sagen können, sein normales Hallo-Lächeln, einer »Nein, was? was?!«-Miene.

»Du willst reden«, sagte er, und meinte damit so ein »Wir müssen reden«-Reden.

Er trat in den Flur, um sie vorbeizulassen. »Komm, wir gehen rauf.«
Sie landeten auf seinem Bett.
»Dieses Klischee? Im Ernst? Fällt dir nichts Originelleres ein?«, fragte er skeptisch, nachdem sie ihre Rede davon, dass es nicht seine Schuld war, sondern ihre, abgeliefert hatte.
»Ja, aber im Moment ist es kein Klischee. Es ist hundertprozentig wahr.«
Er verdrehte die Augen. »Und jetzt noch, dass wir weiter Freunde sein können, was?«
Sie saßen jeder in einer Ecke seines Betts. Achteten darauf, einander nicht zu berühren.
»Ja, total gerne, wenn du willst«, sagte Julia, und er schnaubte.
»Das war ein Witz.«
»Ach so, Entschuldigung. Aber ... Ne, entschuldige. Für mich war es kein Witz.«
Er sah sie an. »Warum war nach Dalarö alles so anders? Es hat sich alles viel leichter angefühlt, ehe du hingefahren bist.«
Sie hatte noch nichts von Rasmus gesagt. Es war nicht nötig gewesen. Es hatte gereicht zu sagen, dass alles so schnell gegangen war, und dass sie es versucht hatte und ihn total gern hatte, nur eben nicht auf diese Weise. Aber Karin wusste jetzt ja von Rasmus. Sie war mit Astrid befreundet. Deren großer Bruder Petter hieß. Der wiederum mit Isak befreundet war.
Ob Isak noch enttäuschter war? Ja.
Und ein bisschen sauer? Ja, auch das.
»Dann war es also überhaupt nicht, weil alles so schnell ging?«, sagte er. »Toll, Julia.«
Was kann man dann noch sagen? Noch ein »Tut mir leid« und

»echt« und dann ein murmeliges »Aber vielleicht sehen wir uns mal?«, als sie wieder im Flur standen. Ein total erwartetes saures Achselzucken als Antwort kriegen. Verstehen, dass: Ne, vermutlich eher nicht sehen, weil untoll, Julia. *So* untoll. Als ob sie in der letzten halben Stunde diese Botschaft verpasst hätte. Hatte sie nicht. Aber dann war es durch. Isak machte die Eingangstür hinter ihr zu, und sie waren nicht länger zusammen.

# Rasmus

Bilal und Viktor waren beim Basket am Nachmittag dabei. Sie spielten lange, so lange, bis Rasmus darum *bettelte,* aufhören zu dürfen. Wie erwartet war er derjenige, der am meisten keuchte.

»Hab ich doch gesagt«, freute sich Nadir. Er spannte den Bizeps, als sie nach Hause gingen. Gab ihm sogar einen Kuss und lachte über die Gesichter der anderen.

Als Bilal und Viktor in ihre Richtung verschwunden waren, warf er Rasmus einen Arm über die Schulter. »Hast du Cola? Snacks?«

»Ich habe alles.«

»Auch Weißkohl für den Pizzasalat?«

»Ja, ja klar.«

»Perfekt.« Nadir grinste. »Dusche bloß noch, dann komme ich.«

Er tauchte mit einer Cola »sicherheitshalber« und einer »krass naißen« Songlist auf. Setzte sie in Gang und plapperte los, während er seinen Teil der Pizza komponierte. Sagte alle seine normalen Nadir-Sachen. Keine großen Überraschungen, nicht einmal nach diesen zwei Wochen, in denen sie einander fast nicht gesehen hatten, aber heute war es einfach perfekt. Genau das, wonach Rasmus sich so gesehnt hatte. Sogar ausgeschimpft zu werden, weil er so schlampig war, den Weiß-

kohl nicht dünn genug zu schneiden, machte Spaß. Nadir schob ihn beiseite und suchte nach dem Käsehobel.
»Jetzt guck. So macht man das.« Nadir zog ein paar pädagogische Bewegungen und erhielt exemplarisch dünnen Weißkohl. Sah Rasmus an.
»Und?«
»Ja, Papa.«
»Halt die Klappe. Man kann die Sachen doch ordentlich machen, damit es lecker wird, oder?«
»Absolut«, erwiderte Rasmus und fuhr einen »mal ehrlich« abschließenden Blick von Nadir ein.
Während die Pizza im Ofen war, ging Rasmus auf die Toilette. Als er wieder rauskam, hielt Nadir ihm sein Handy hin.
»Rate mal. Du wirst so glücklich sein.«
Zwei grüne »Neue Nachricht«-Felder zeigten sich auf dem Display und Nadir nickte. *Ja. Sie ist es.*
Julia: Bist du zu Hause?
Julia: Und: Hagsätra oder Rönninge?
Rasmus schrieb so schnell, dass er nur so über die Tasten wischte. »Ja!« wurde zweimal hintereinander zu »Ha!«, ehe es ihm gelang. »Ja! Hagsätra.«
Julia: Kann ich zu dir kommen?
Rasmus sah Nadir geschockt an. »Sie will herkommen.«
»Yes!«, grinste Nadir. »Jetzt passiert es!«
»Was denn?«
»Ihr! Du und sie! Glaubst du, sie fährt eine Stunde hierher, um Nein zu sagen und dann wieder eine Stunde nach Hause zu fahren?«
»Glaubst du nicht?«

»Nie im Leben. Aber jetzt antworte. Sag, dass es Pizza gibt.«
»Aber sie hat doch ihren Freund?«
»Scheiß drauf und antworte!«
Rasmus: Ja, komm her!
Julia: Lerbäcksgränd 8?
Wieder sah er Nadir an. »Und sie kennt die Adresse.«
»Siehst du«, versicherte Nadir. »Kapierst du jetzt? Alles klar?«
Rasmus: Exakt. Aber ich kann dich an der U-Bahn abholen.
Julia: In 43 Minuten. Sitze gleich im Bus. Welchen Ausgang soll ich nehmen?
Rasmus: Es gibt nur einen. Bin in 43 min. da.
»Sie ist auf dem Weg.« Rasmus zeigte wieder das Display. »Shit! Was soll ich sagen?«
»Fang mit Hallo! an, das kommt immer gut.«
»Ja klar, aber dann?«
»Frag, ob sie Basket spielen will.« Nadir lachte laut. »Ach was, das wird schon. Bleib einfach locker.«
»Locker bleiben?«, schnaubte Rasmus. »Das ist der schlechteste Rat der Welt, weißt du das?«
»Okay, dann mach dir wie blöd Stress. Ist das besser?«
»Komm, hör auf, Witze zu machen!« Rasmus boxte ihn auf den Arm. »Das hier ist Ernst! Es muss gut werden.«
Nadir riss sich zusammen. »Es *wird* gut, Rasmus, schwör. Du musst dir keine Sorgen machen.«

# Julia und Rasmus

»Es gibt nur einen. Ich bin in 43 min. da.«

Sie las den Satz mehrere Male. *Hörte* ihn. Denn sie wusste, wenn sie gesprochen hätten, dann hätte er ihn mit seiner extra schönen Rasmusstimme gesagt. Diese sanfte, die sie total nervös machte, weil sie *zu* gut war und alle Warnglocken zum Läuten brachte. Oder die ihr heute klarmachte, dass *genau, deshalb,* sodass sie das Schlimmste und Anstrengendste aus den Gesprächen mit Karin und Isak abschütteln konnte. Sie nahm wieder Rasmus' Karte. Die fantastische Karte. Spürte, wie ihre Schultern herabsanken, als sie vom Start losging, allen Haltestellen und Sprechblasen den Weg hinunter bis zur rechten unteren Ecke und dem Finale folgte. Rasmus. Oder *Rasmus!!!*

Zwölf Haltestellen waren es zwischen Slussen und Hagsätra, und alle Passagiere trödelten rein. *Wie* langsam konnte man eigentlich einen Zug besteigen? Großer Test heute auf der grünen Linie. Am Gullmarsplan hielt offenbar noch jemand die Türen auf, was der Fahrer säuerlich über Lautsprecher kommentierte. So was sollte bestraft werden. Vielleicht sogar mit Gefängnis.

Als sie endlich in Hagsätra ankamen, war Julia bereit, loszuspurten, sowie der Zug eingefahren war, denn es fühlte sich an, als sei sie schon seit drei Stunden unterwegs.
Wenn man cool ist, kann man nicht rennen, aber das war ihr egal. Sie war am falschen Ende des Bahnsteigs gelandet, deshalb begann sie mit einem sehr flotten, aber immer noch würdigen Gang, weil sie hinten lag. Aber würdiger Gang genügte nicht. *Er hat eine Karte gezeichnet, da kann ich ja wohl ein bisschen joggen.* Sie lief schneller. Überholte den einen nach dem anderen und endete mit einem richtigen Spurt.
»Julia! Hier.« Rasmus stand ein Stück rechts vom Eingang. »Hallo.«
*Da.* Die Kapuzenjacke, die Jeans und die Hände, die er in die Taschen geschoben hatte, wieder rausholte, um dann nur die eine reinzustecken und … ach. *Hier.*
»Hallo«, keuchte sie die letzten Meter bis zu ihm.
»Bist du gerannt?«
»Alle sind so wahnsinnig langsam gegangen, und ich war am falschen Ende des Zuges, und …« Sie wedelte mit der Hand rückwärts. »Ich musste.«
Er schaute auf sein Handy und hielt dann den Timer hoch, der auf vierundvierzig Minuten tickerte. »Aber du bist pünktlich.«
Vierundvierzig Minuten lang hatte er darüber gegrübelt, was passieren würde, was sie sagen würde, was er mit den Händen tun sollte, und mit den Beinen und ja, dem ganzen Körper und am allermeisten, ob er wirklich, wirklich sicher sein konnte, dass sie kam, um etwas Gutes zu sagen.
Das war nämlich nicht sicher. Es konnte auch das Gegenteil sein.
Nadir, der bis vor drei Minuten mit ihm gewartet hatte, hatte ihm unermüdlich geschworen, dass es nicht so sein würde.

»Niemand fährt zwei Stunden für ein Nein danke. Das erledigt man per SMS.«
»Aber ihr Typ«, erinnerte Rasmus ihn.
»Ihr *ehemaliger Typ*. Tausend Riesen, dass zwischen denen jetzt Schluss ist.«
»Du hast gar keine tausend Riesen, Nadir. Und ich auch nicht.«
Nadir seufzte. »Wollen wir uns momentan wirklich darauf konzentrieren?«
Nein, vielleicht nicht.
Als der Timer auf einundvierzig Minuten stand, schickte Rasmus ihn weg. Auf vierundvierzig kam Julia. Atemlos nach einem Laufmarsch. Und Rasmus zeigte die Uhr.
»Hast du die Zeit gestoppt?«, fragte sie mit der Andeutung eines Lächelns.
»Ja. Ich wollte ja nicht zu spät kommen und irgendwas verpassen oder so … du weißt schon.«
»Ja, ich weiß«, sagte sie, und die kleine Andeutung wuchs sich zu einem richtigen Lächeln aus.
Rasmus wurde klar, dass die Sache mit dem Timer etwas war, was er vielleicht besser nicht offenbart hätte. Aber bei dem Lächeln, da begriff auch er, dass das hier gut werden würde. Sie war nicht hier, um ein Nein zu überbringen, kehrtzumachen und mit dem nächsten Zug wieder zurückzufahren.
»Ich habe deine Karte erst heute gefunden«, sagte sie. »Deshalb hat es so lange gedauert. Ich hab derweil die ganze Woche gewartet, dass du eine SMS wegen der Bib schreibst.«
»Oh. Aber ich dachte, du musst sie erst finden.«
»Und schließlich, dann. Heute. Endlich. Hurra.«
Irgendwie waren die Meter, die sie erst getrennt hatten, plötzlich

verschwunden. Jetzt standen sie so dicht beieinander, dass Julia mit der Kordel von seiner Kapuzenjacke spielen und sie um ihren Finger wickeln konnte.
»Die ist so schön, dass ich fast nicht mehr richtig gucken konnte«, sagte sie und zog ihn noch etwas näher, woraufhin ihm fast die Luft wegblieb. »Irgendwie genauso.«
Es gab doch wohl niemanden, der Komplimente so süß schockiert entgegennahm wie Rasmus. Er fuhr zusammen, wurde rot, und dann musste er zur Seite schauen, ob Julia wirklich mit ihm sprach, oder ob da noch ein anderer Junge stand. Einer, der auch unglaubliche Karten zeichnete. Rasmus checkte das wirklich. Als er begriff, dass es ihm galt, da wagte er zu lächeln. Ein wenig. »Oh.«
»Ja«, sagte Julia wieder, und er wagte, noch ein bisschen mehr zu lächeln.
Es war schön, ihn völlig hemmungslos ansehen zu dürfen. Alle seine »Meinst du das ernst?«, »Ist das wahr?«, »Oh, wow«-Reaktionen zu verfolgen. Nicht länger nervös sein zu müssen, wenn sie *zu* schön waren, sodass sie vielleicht aus dem Konzept kommen und eine Menge verbotener Dinge sagen könnte. Jetzt hieß es einfach frei heraus.
»Und dann bin ich zu Isak gefahren und habe mit ihm geredet, und jetzt sind wir nicht mehr zusammen.«
Und er hatte sich Sorgen gemacht, was er mit seinen Händen anfangen sollte. Was zum Teufel sollte er denn mit den Augen anfangen? Vorigen Sonntag wäre Julia an dieser Stelle längst ausgewichen und hätte mindestens viermal in die andere Richtung geschaut. Heute war da gar nichts. Jedes Mal, wenn Rasmus es zu kontrollieren wagte, derselbe Geradeheraus-Blick.

So viel zu spüren. Sehr, sehr gut, natürlich, aber auch sehr viel.
»Seid ihr nicht mehr?«, sagte er. »Oh. Wie ist … wie fühlt sich das an?«
»Als ob der ganze Tag eine einzige lange Prüfung gewesen wäre. Aber es war die richtige Entscheidung«, sagte sie mit so einem Geradeheraus-Blick. »Und deine Karte. Ich bin in allem derselben Meinung. Mit jedem Wort.«
»Ja?«
»Ja. Und ich will es auch«, sagte sie. »Dass wir zusammen sind.«
Diesmal schaute er nicht zur Seite. Diesmal atmete er bloß und lächelte und biss sich auf die Lippe, und dann wurde ihm klar, dass er so was nicht mehr zu tun brauchte. Niemand musste sich mehr bremsen und auf halbem Weg stehen bleiben. Alle konnten einfach so froh sein und so viel lächeln, wie sie wollten. Genauso, wie sie Sachen zeichnen durften und »ich mag dich« sagen und aus Zügen rennen und »ich auch, ich will auch, dass wir zusammen sind« sagen durften.
Eines der Bücher, die Julia über einen Jungen gelesen hatte, der in das falsche Mädchen verliebt war und superlange darüber schwieg, endete damit, dass das Mädchen es doch herausbekam und dieselben Gefühle für ihn entwickelte. Sie organisierte eine Schatzsuche durch die Stadt mit mehreren Hinweisen, sodass er es begreifen würde. Die letzte Szene war dann, dass er das begriff und dem Mädchen eine SMS schickte, und dass sie zu ihm nach Hause kam. Er machte ihr die Tür auf. Und da endete das Buch.
Als Julia das Buch las, fand sie das ziemlich geizig. Warum bekam man nicht das Ganze, auch den Teil, wenn sie zusammenkamen?

Jetzt verstand sie es etwas besser. Dieser Moment, gerade nachdem oder kurz bevor war so perfekt. Zwei Personen wissen alles, und sie wissen, dass im nächsten Moment etwas noch Fantastischeres beginnen wird. Sie können es genießen, dazustehen und einander ein wenig anzusehen, ehe es losgeht. Das Wissen sacken lassen. Oder: hereinstürmen lassen. Freudenexplodieren lassen.
*Ja! Ich mag dich auch. So unglaublich sehr. Ich will wirklich, dass du das erfährst. Wirklich. So sehr. Sollen wir? Ja!*
Rasmus hatte ja auch auf das große *Jetzt* gewartet. *Jetzt* beginnt es. *Jetzt* geschieht es. Als würde es ein einziger Augenblick sein, und dann war es … klar? In Wirklichkeit waren es schon ungefähr zwanzig solcher Momente gewesen, und alles war viel besser und größer als er es jemals hatte zusammenfantasieren können.
»Gott, wie ich mich danach gesehnt habe«, sagte sie und schlang die Arme um seinen Hals.
»Ich auch«, antwortete er. »Nach allem.«
Zum Beispiel: Noch fester umarmen, mit den Fingern durch Haare fahren, sich in Halskuhlen schnuffeln, einfach alles sagen, was man will. Einander ansehen. Und grinsen und kichern. Und dann küssen. Und küssen und küssen. Bis noch ein Zug aus Slussen kam und die Menschen auf den Bahnsteig strömten und Julia innehielt. Sich umsah.
»Wir können zu mir nach Hause gehen. Also, wenn du willst«, sagte Rasmus.
»Willst du? Hast du Zeit?«
»Ja, absolut«, versicherte er, bis ihm klar wurde, dass sie nur einen Witz gemacht hatte. Niemand fährt eine Stunde, um Ja zu sagen und dann sofort kehrtzumachen und eine Stunde

zurückzufahren. »Aber krass, wie cool du warst. Es ist in diese Richtung.« Er nickte mit dem Kopf in die Richtung zu seinem Haus. »Und *ich* habe momentan ganz viel Zeit.«

»Und wie der Zufall es will ...« Sie schob einen kicherigen Kuss ein. »Ich glücklicherweise auch. Sehr viel. Wir Glückspilze.«

Ja. Er liebte es, wie sie ihn ansah und seine Hand fand. Die auch küsste. Nicht kicherig oder scherzhaft, sondern einfach nur *jetzt*. Noch eins. »Sollen wir dann mal gehen?«

»Warte.« Er musste erst ein bisschen zurückküssen. Trotz aller Leute, weil: Julia, hier, bei ihm. Sie beide. Glückspilze, sie Glückspilze. »Okay, jetzt aber. Komm.«

# Dank

Lisa, was für ein enormes Glück, dass wir vor ein paar Jahren begannen, mit verschiedenen Projekten zusammenzuarbeiten, dass wir beide ein warmes Mittagessen wollten, *gute* Laune haben und hundert andere wichtige Dinge. Aber vor allem, was für ein unglaubliches Glück, dass wir ohne Ende über unser Schreiben reden können. Ist der Beruf des Schriftstellers einsam? Ja. Und nein. Ganz und gar nicht.
Diese Geschichte planten wir beide dieses Jahr auf einem Flug nach Lissabon. Ich habe ziemlich lange gebraucht, um es hinterher aufzuschreiben, aber ich hoffe, es ist ungefähr so geworden, wie wir dachten. »Sag ehrlich, zieht das Buch dich rein?«

Maja Lunde

# Battle

Aus dem Norwegischen von
Antje Subey-Cramer

223 Seiten, geb. mit Schutzumschlag

Über Nacht zieht Amelie mit ihrem Vater aus ihrer Villa mit Pool in eine Osloer Trabantenstadt und hat kaum Geld für das Nötigste. Ihren Freunden vertraut sie sich nicht an und verstrickt sich stattdessen in unzähligen Notlügen.
Mitten in der tristen Vorstadt entdeckt sie jedoch etwas, was sie fasziniert: Mikael, der Breakdance tanzt und als Favorit für den nächsten Battle gilt; Mikael, der ihr offen begegnet und so anders ist als sie selbst oder alle, die sie kennt; Mikael, der sich sofort in sie verliebt.
Amelie muss sich entscheiden. Zum ersten Mal in ihrem Leben muss sie es wagen, ihren Gefühlen zu vertrauen und der Welt zu zeigen, wer sie wirklich ist …

URACHHAUS